Querschnitt

Also Edited by Ian C. Loram and Leland R. Phelps

AUS UNSERER ZEIT

Querschnitt

DICHTER DES ZWANZIGSTEN JAHRHUNDERTS

EDITED BY

IAN C. LORAM
University of Kansas

AND

LELAND R. PHELPS
Duke University

W · W · NORTON & COMPANY · INC ·
NEW YORK

Copyright © 1962 by W. W. Norton & Company, Inc.

Library of Congress Catalog Card No. 62-8632

All Rights Reserved

Published simultaneously in the Dominion of
Canada by George J. McLeod Limited

Printed in the United States of America
for the Publishers by the Vail-Ballou Press

2 3 4 5 6 7 8 9

CONTENTS

Preface   vii

Siegfried Lenz   1
    DIE LIEBLINGSSPEISE DER HYÄNEN   3

Heinrich Böll *11-9-64*   13
    DIE UNSTERBLICHE THEODORA   15

Heinz Piontek   23
    MIT EINEM SCHWARZEN WAGEN   25

Rainer Maria Rilke   33
    EINE GESCHICHTE DEM DUNKEL ERZÄHLT   35

Ilse Aichinger   49
    DIE GEÖFFNETE ORDER   51

Hermann Hesse   63
    DER EUROPÄER   65

Friedrich Georg Jünger   77
    ROBINIEN   79

Thomas Mann   103
    DER WEG ZUM FRIEDHOF   105

vi *Contents*

Leo Slezak 121
    ZWETSCHGERL 123

Hans Erich Nossack 135
    DER JÜNGLING AUS DEM MEER *12-18-64* 137

Friedrich Dürrenmatt 165
    DER TUNNEL 167

Vocabulary 185

PREFACE

The favorable reception accorded the editors' first book, *Aus unserer Zeit,* has encouraged them to undertake a second anthology of modern German prose. Like its predecessor, this volume also has been designed to introduce second-year German students to selected modern writers. Although most of the works have appeared since the end of World War II, the editors felt that students at this level also should be introduced to modern poets like Thomas Mann, Rainer Maria Rilke, and Hermann Hesse whose reputations are world-wide today. This anthology will thus acquaint the student with three of the great creative personalities of modern German literature and with some of the outstanding representative contemporary writers.

The editors have selected works which offer a wide and interesting variety of subject matter and mood, ranging from wartime experiences of soldiers (Aichinger and Jünger) and civilians (Nossack) to the problems of post-war life (Lenz and Piontek). The bitter irony of Hesse is supplemented by the humor of Slezak, and the poetic human world of Rilke stands opposed to the frightening realm of the fantastic revealed in Dürrenmatt's work. To these have been added Thomas Mann's provocative story of a useless and insignificant man and Böll's humorous account of a poet's life.

Two factors governed the ordering of the materials in this book: increasing difficulty and variation of mood. All stories appear in their original forms; nothing has been omitted or simplified. Each selection is prefaced by a short introduction, the purpose of which is to aid the student in better understanding the story.

The meanings for words and phrases which are translated in the footnotes, as well as those given in the vocabulary, apply to the material at hand and are not necessarily the most frequently found or generally accepted meanings for the words or expressions involved. Where a colloquial translation or meaning fits the context, it is given in preference to a more formal one.

The editors would like to express their sincere appreciation to Professor Meno Spann of Northwestern University and to Professor Jack Stein of Harvard University for advice and criticism in the preparation of this text. They would also like to thank Ruth Phelps and Margaret Loram, both of whom gave unstintingly of their time and moral support.

I.C.L.
L.R.P.

ACKNOWLEDGMENTS

Selections in this book are used by permission as follows:

Siegfried Lenz: Die Lieblingsspeise der Hyänen. *From* Auf den Spuren der Zeit. Copyright 1959 by Paul List Verlag, München. Included by permission of Siegfried Lenz.

Heinrich Böll: Die unsterbliche Theodora. *From* Unberechenbare Gäste. Copyright 1956 by Verlag der Arche, Zürich, and included by their permission.

Heinz Piontek: Mit einem schwarzen Wagen. *From* Vor Augen. Copyright by Bechtle Verlag, Esslingen a. Neckar, and included by their permission.

Rainer Maria Rilke: Eine Geschichte dem Dunkel erzählt. *From* Geschichten vom lieben Gott. Copyright 1904 by Insel-Verlag, Wiesbaden, and included by their permission.

Ilse Aichinger: Die geöffnete Order. *From* Der Gefesselte. Copyright 1953 by S. Fischer Verlag, Frankfurt a. Main, and included by their permission.

Hermann Hesse: Der Europäer. *From* Traumfährte. Copyright 1945 by Fretz und Wasmuth Verlag A. G., Zürich, and included by their permission.

Friedrich Georg Jünger: Robinien. *From* Jahresring 58/59, 217-230. Included by permission of the author and of Jahresring.

Thomas Mann: Der Weg zum Friedhof. *From* Erzählungen. Copyright 1958 by Katharina Mann. Included by permission of Katharina Mann and of S. Fischer Verlag, Frankfurt a. Main.

Leo Slezak: Zwetschgerl. *From* Wortbruch. Copyright 1927 by Rowohlt Verlag G. m. b. H., Hamburg, and included by their permission.

Hans Erich Nossack: Der Jüngling aus dem Meer. *From* Interview mit dem Tode. Copyright 1948 by Wolfgang Krüger Verlag, Hamburg. Included by permission of the author and of Wolfgang Krüger Verlag.

Friedrich Dürrenmatt: Der Tunnel. *From* Prosa I-IV. Copyright 1952 by Verlag der Arche, Zürich, and included by their permission.

Querschnitt

SIEGFRIED LENZ

Expelled from his native East Prussia at the end of the war, Siegfried Lenz (1926-   ) now makes his home in Hamburg. He has written novels, essays, and, like others of his generation, plays for radio. All of his work deals with the modern world, frequently in a critical and satirical manner, although he has produced a volume of short stories in a lighter vein.

"Die Lieblingsspeise der Hyänen" depicts the frustration of a man who wishes to be something more than a mere tourist. The protagonist, an American, feels that there is more to life than banality and materialism. This American returns to Europe after the war for a particular reason. His is no idel curiosity; something in him drives him to make the trip. Lenz leaves it to the reader to establish what the "something" may be. One might ask whether the American is moved by a guilty conscience, or by a feeling of brotherhood toward mankind, or even by gratitude.

Unfortunately he is too weak to resist the forces that oppose him. These forces, like hyenas attacking a weak or wounded creature, take advantage of him, imposing their will upon his and stifling it. The pathos and irony of the situation are caught especially in his remark: "Aber jetzt weiß ich, was ich zu tun habe," and again in the last line of the story. In Schiller's famous poem, "Das Lied von der Glocke," the poet, writing of the horrors of war, says: "Da werden Weiber zu Hyänen." This has been taken over into everyday life, so that the behavior of women at a bargain basement sale, for instance, is occasionally compared to that of hyenas. It is perhaps more than mere coincidence that Lenz uses the word "Hyänen" in his title. One need not necessarily assume that he is a misogynist, but rather that he is trying to illustrate the point that the individual who is a little more sensitive than his fellows, who has perhaps a greater sense of responsibility, is frequently overcome by materialism and mediocrity.

DIE LIEBLINGSSPEISE DER HYÄNEN

SIEGFRIED LENZ

Er saß mit dem Rücken zur Wand, unter dem präparierten Kopf eines Keilers,[1] und neben ihm saßen die beiden Frauen. Ich hörte, wie die Frauen auf ihn einsprachen, hörte schon vom Eingang der Kneipe den Vorwurf in ihren Stimmen, die drohenden Ermahnungen, die sie in sein junges, bewegungs- 5 loses Gesicht hineinsprachen: abwechselnd, ungeduldig, in milder Anklage redeten sie auf ihn ein, und er saß da und schwieg. Der junge Amerikaner sagte kein Wort, als die beiden Frauen gleichzeitig aufstanden, er erhob sich nicht, sah sie nicht an, als sie ihre Taschen nahmen, ein Paket unter seinen 10 Tisch schoben und untergehakt an mir vorbei zum Ausgang gingen. Sehr fest hielten sie sich untergehakt,[2] gingen tuschelnd vorbei, und ich sah ihre saubere, rosige Haut, ihre gepflegten Haare, auf denen sie die gleichen Hüte trugen, flache Hüte, die aussahen wie Spiegeleier mit Veilchen. Noch einmal sah ich 15 sie draußen an der Scheibe vorbeigehen, Arm in Arm, mit der Zärtlichkeit verschworener Freundinnen,[3] und beide lächelten.

Wir waren allein. In scharfem Zug[4] trank er sein Glas aus, bestellte einen doppelten Cognac nach, rauchte und saß mit bewegungslosem Gesicht unter dem präparierten Kopf des 20 Keilers, der aus künstlichen Augen, mit erstarrtem Grinsen durch den Zigarettenqualm sah. Die gekrümmten Hauer wirk-

[1] *präparierten Kopf eines Keilers* — mounted boar's head
[2] *Sehr fest hielten sie sich untergehakt* — They had their arms tightly linked
[3] *verschworener Freundinnen* — of intimate friends
[4] *In scharfem Zug* — in one swallow

ten spröde, ausgetrocknet;⁵ sandfarben bogen sie sich zu den Augen hinauf. Ich trank einen einfachen Cognac, blickte zu ihm hinüber: brütend und athletisch saß er da, ein jung aussehender Mann in offenem Kamelhaarmantel, mit kraftvoll
5 gebürstetem Haar. Er sah gut aus; er erinnerte mich an den Mann auf dem Plakat, der von seinen Freunden beneidet wird, weil er von seiner Frau ausschließlich sportliche Unterwäsche geschenkt bekommt.

Er setzte einen Fuß auf das Paket, das die beiden Frauen
10 ihm anvertraut hatten; das Hosenbein wurde hochgezogen, gab den gummierten Rand eines Sockens frei,⁶ ein Stück des Beins, das glatthäutig war, muskulös. Mehrmals kam der magere Kellner an seinen Tisch, stellte ein volles Glas hin, trug das leere fort, und ich sah, daß es immer doppelte waren,
15 die er in scharfem Zug, ohne sein Gesicht zu verändern, trank. Schließlich schien ihm der Kellner leid zu tun; er ließ sich eine Flasche bringen, goß selbst ein und stellte die Flasche auf den verkratzten Marmortisch.

Und jetzt wandte er sich um; als ob er erwacht wäre beim
20 Klirren der Flasche auf dem Marmortisch, hob er den Kopf, blickte die rauchgeschwärzte Tapete an, entdeckte den Keilerkopf über sich und dann mich in meiner Ecke. Traurig lächelte er mir zu. Ich erwiderte das Lächeln, er zeigte mit dem Daumen über sich, auf den Keiler und sagte: „Wissen Sie, wann er zum
25 letzten Mal zu trinken bekam?"

„Heute morgen", sagte ich.

„Gut", sagte er, „dann ist nichts zu befürchten."

Unerwartet hob er die Flasche an, hielt sie mir einladend entgegen:
30 „Wie wär's", sagte er, „bevor der da oben Durst be-

---

⁵ *Die gekrümmten Hauer wirkten spröde, ausgetrocknet* — the curved tusks looked brittle and dried out
⁶ *gab den gummierten Rand eines Sockens frei* — exposed the elastic top of a sock

Die Lieblingsspeise der Hyänen

kommt —" und ich nahm mein Glas und zog an seinen Tisch. Ein Geruch von sehr gutem Rasierwasser umgab ihn; sein Hals war faltenlos, nirgendwo in seinem Gebiß konnte ich eine Plombe[7] entdecken. Sicher goß er mein Glas voll, sagte „also", und wir tranken aus.

„Worauf?" fragte ich.

„Auf alles, was wir hassen", sagte er. Während er sprach, wippte die Zigarette zwischen seinen Lippen. Er hatte braune, schräg geschnittene[8] Augen, dünne Brauen, und ich sah, daß sein Gesicht unter den Augen faltenlos war.

„Noch einen?" fragte er.

„Langsam", sagte ich.

„Sie kommen bald zurück. Wir sollten fertig sein, wenn sie wieder hier sind. Es wird nicht sehr lange dauern."

„Also gut", sagte ich, „einverstanden."

Wieder füllte er die Gläser, warf einen Blick durch die Scheibe und zog seinen Mantel aus, indem er halb aufstand, die Arme steif nach hinten streckte und den Mantel herabrutschen ließ. Ich fing seinen Blick auf und fragte:

„Zum ersten Mal in Deutschland?"

„Nein", sagte er, „ich nicht, aber meine Frau und meine Tochter: sie sind zum ersten Mal hier."

„Ihre Tochter?"

„Marjorie, ja. Sie sind gerade unterwegs, um Schuhe zu kaufen."

„Es gibt solide Schuhe hier", sagte ich.

„Ah", sagte er angewidert, „sie haben sich überall Schuhe gekauft, in Paris zuerst, dann in Italien, und jetzt hier."

Ein Ausdruck von resignierter Verachtung erschien auf seinem Gesicht, eine müde Erbitterung, und er rieb die kleine

---

[7] *Plombe* — filling
[8] *schräg geschnittene* — slanting

Glut von der Zigarette und warf die Kippe⁹ in den Aschenbecher, daß es stäubte.

„Schuhe", sagte er verächtlich, „wohin wir kommen, wollen sie zuerst Schuhe sehen. Als ob Europa nichts anderes zu bieten hätte als Schuhläden. Diese Reise wäre ein Grund, damit ich zeitlebens barfuß ginge. Ich hasse sie."

„Machen Sie eine Erholungsreise?" fragte ich.

Er sah mich überraschend an, mit einem Ausdruck von Wohlwollen, der mich erschreckte; eilig füllte er mein Glas nach, eilig schnippte¹⁰ er uns zwei Zigaretten aus seiner Packung, zündete sie an, und ich spürte, daß er etwas mit mir vorhatte: sein junges Gesicht schob sich über den verkratzten Marmortisch heran,¹¹ stärker wurde der Geruch des sehr guten Rasierwassers:

„Ich hasse sie", sagte er, „keiner kann sich vorstellen, wie ich sie hasse."

„Auch ihre Tochter?" fragte ich, „auch Marjorie?"

„Es ist kein Unterschied zwischen beiden, zumindest besteht für mich kein Unterschied: sie sind Frauen."

Er seufzte, schob die leicht geöffneten Lippen nach vorn,¹² so daß es aussah, als wollte er über eine heiße Suppe blasen; die Augäpfel¹³ röteten sich an den Rändern, eine Gänsehaut fuhr über sein Gesicht,¹⁴ ein Schauder, hervorgerufen durch Alkohol und Erinnerung: etwas Mühsames lag in seiner Haltung, mühsam versuchte er, das Herabfallen des linken Augenlids zu verhindern, das Abgleiten seines Blicks — er begann, betrunken zu werden. Ich dachte an die Frauen,

---

⁹ *Kippe* — cigarette butt
¹⁰ *schnippte* — flipped
¹¹ *er etwas mit mir vorhatte: sein . . . heran* — he wanted something of me, his young face came toward me
¹² *schob . . . nach vorn* — pursed
¹³ *Augäpfel* — eyeballs
¹⁴ *eine Gänsehaut fuhr über sein Gesicht* — a shudder crossed his face

Die Lieblingsspeise der Hyänen

mit denen er reiste, an ihre rosige Haut, dachte an ihre verschworene[15] Zärtlichkeit und daran, daß ich sie zunächst für Schwestern gehalten hatte; und während ich sie noch einmal vor mir sah: tuschelnd, untergehakt, in ihrer herausfordernden Gesundheit,[16] merkte ich, daß ich Mitleid für ihn empfand. Und ich sagte:

„Es tut mir sehr leid."

„Danke", sagte er, „es war nicht umsonst; jetzt weiß ich, was ich zu tun habe, und ich werde es tun. Jetzt bin ich aufgewacht. Diese Reise hat mir die Augen geöffnet."

„Eine Reise ist manchmal gut dafür."

„Nachbar", sagte er, „es war eine Reise, die ich jedem Mann wünsche, der etwas von Frauen hält."

„Hat's Ärger gegeben?"

„Wir sind nicht rübergekommen,[17] um Schuhe zu kaufen, Nachbar. Zuerst sind wir nach Paris gefahren, weil man in Paris ankommt, aber da wollten wir nicht bleiben. In die Nähe von Bernay[18] wollten wir, rauf in[19] die Normandie, zu einer flachen Waldwiese vor einem schnellen Fluß; das war besprochen. Während des Krieges, im Morgengrauen Anfang November, mußten wir notlanden[20] auf dieser flachen Waldwiese bei Bernay, mit zerschossener Benzinleitung. Ich war Pilot, und ich wollte noch einmal diese Wiese sehen, von der ich nichts hielt und die uns nicht enttäuschte, als ich die Maschine aufsetzte und kurz vor dem schnellen Fluß zum Stehen brachte.[21] Ich wollte diese schäbige Wiese sehen, die uns hinterher, nachdem wir die Leitung geflickt[22] hatten, sogar

---

[15] *verschworene* — intimate
[16] *in ihrer herausfordernden Gesundheit* — overwhelmingly healthy
[17] *sind nicht rübergekommen* — did not come over [to Europe]
[18] *Bernay* — city in Normandy
[19] *rauf in* — up north to
[20] *mußten wir notlanden* — we had to make an emergency landing
[21] *zum Stehen brachte* — brought to a stop
[22] *de Leitung geflickt* — patched up the fuel line

wieder starten ließ. Das war der Grund, warum wir in die Nähe von Bernay wollten."

„Und?" fragte ich.

„Ich habe sie nicht wiedergesehen", sagte er, „wir blieben in Paris, wo wir angekommen waren, sie konnten sich nicht trennen, sie kauften Schuhe. Wir kamen aus dieser Stadt nicht raus, bis die Zeit, die wir für Frankreich hatten, vorbei war. Wir sind nach Italien gefahren; die kleine Wiese habe ich nicht gesehen."

Er sprach leise, ohne diese müde Verachtung jetzt, ohne Erbitterung, seine Stimme hatte etwas Gleichgültiges, den Ton wirkungsvoller Sachlichkeit;[23] sie glich einer Stimme, die ich manchmal im Radio höre: von fern her, aus unsichtbarem Verließ[24] erreicht sie mich, setzt eine Beziehung voraus, läßt keine Möglichkeit des Einwandes[25] und will nichts mehr, als daß man ihr recht gibt. Ich gab ihm recht; ich war auf seiner Seite, weil die Frauen mit der rosigen Haut verhindert hatten, daß er seine Wiese zu sehen bekam, das bange Glück erfuhr, die verwachsenen Narben der Landespur wiederzufinden,[26] und ich nickte ihm beistimmend zu. Er füllte die Gläser nach, trank seinen Doppelten in scharfem Zug[27] aus und lächelte resigniert.

„Und in Italien?" sagte ich.

„Die Italiener machen die besten Schuhe", sagte er. „Marlene Dietrich kauft ihre Schuhe in Italien und Soraya[28] auch,

---

[23] *den Ton wirkungsvoller Sachlichkeit* — a note of effective objectivity
[24] *Verließ* — hiding-place
[25] *setzt eine Beziehung voraus, läßt keine Möglichkeit des Einwandes* — presupposes a relationship, permits no possibility of objection
[26] *daß er seine Wiese ... wiederzufinden* — him from seeing his field, from experiencing the uneasy joy of finding again the faded scars of the landing
[27] *seinen Doppelten in scharfem Zug* — his double cognac without stopping
[28] *Soraya* — ex-wife of Shah of Iran

Die Lieblingsspeise der Hyänen

und wer nur etwas auf sich hält,²⁹ der sollte seine Schuhe bei den Makkaronis³⁰ kaufen."

"Kannten Sie Italien?"

"Nachbar", sagte er, "als ich nach Italien kam, hatte ich die zweithöchste Auszeichnung.³¹ Und jetzt sind wir wieder hingefahren, weil ich einen Mann suchen wollte. Ich weiß nicht, wie er heißt, weiß nur, daß er am Berg über einer Brücke wohnen muß. Damals gaben sie mir den Auftrag, die Brücke zu zerstören, und ich flog hin, um es ihnen zu besorgen, aber während des Angriffs erschienen Schafe auf der Brücke, eine ganze Herde im Staub unter mir, und ein Mann, der die Schafe trieb. Wir konnten nicht warten, konnten die Schafe nicht bitten, die Brücke zu verlassen; wir besorgten den Auftrag, und während des Rückflugs schon nahm ich mir vor, später den Mann, der die Schafe trieb, aufzusuchen und ihm etwas zu bringen."

"Lebte er?"

"Wir haben Schuhe gekauft", sagte er. "Ich habe den Mann nicht gesehen, weil sie mich nicht hinfahren ließen. Sie konnten allein ausgehn, sie kauften ohne mich ein, doch wenn sie zurückkamen ins Hotel, wollten sie mich vorfinden. Sie glaubten sterben zu müssen, bekamen nervöse Zusammenbrüche und Hautausschlag,³² wenn ich nicht auf sie wartete. Oh, ich hasse sie, ich hasse diese sanften Anklagen, ihre weichen Vorwürfe, und am meisten hasse ich sie, wenn sie auf ihre Schutzlosigkeit anspielen,³³ oder sich an den sogenannten Gentleman in uns wenden... Kennen Sie die Lieblingsspeise der Hyänen, Nachbar? Es sind Schuhe, bei Gott..."

---

²⁹ *nur etwas auf sich hält* — thinks he is important
³⁰ *Makkaronis* — Italians [derogatory reference]
³¹ *zweithöchste Auszeichnung* — second-highest (military) decoration
³² *nervöse Zusammenbrüche und Hautausschlag* — nervous spells and skin rashes
³³ *auf ihre Schutzlosigkeit anspielen* — take advantage of their helplessness

Die Zigarette wippte zwischen seinen Lippen, der Rauch ringelte sich an seinem Gesicht vorbei, stieg hoch und staute sich unter dem drahtborstigen Kopf des Keilers, dessen Schnauze soweit geöffnet war, daß die rissige Gipsmasse im
5 Zungenbett rosa hervorschimmerte.³⁴ Mit schmerzlichem Wohlwollen sah mich der junge Amerikaner an, füllte mein Glas nach, forderte mich freundlich auf auszutrinken, und ich trank. Sein Gesicht war leicht gedunsen³⁵ vom Alkohol, sein Blick nicht mehr zielsicher,³⁶ doch seine Stimme veränder-
10 te sich nicht. Seine Stimme war leise, sprach mit wirkungsvoller Sachlichkeit auf mich ein, und ich wagte nicht, nach einem Einwand zu suchen: ich gab ihm recht wie jener Stimme im Radio.

„Und von Italien sind Sie zu uns gekommen?"

15 „Ja", sagte er, „von Italien hierher. Und ich betete unterwegs, daß Wolken von Ameisen über die deutschen Schuhläden herfallen möchten — mein Gebet wurde nicht erhört, Nachbar. Als sie den ersten Schuhladen sahen, blieben sie stehen, doch diesmal gab ich es nicht so schnell auf; diesmal steht
20 für mich etwas auf dem Spiel.³⁷ Vierzig Kilometer von hier, nach einem Angriff auf diese Stadt, haben sie mich abgeschossen, das ganze Leitwerk wurde wegrasiert,³⁸ so daß wir Mühe hatten auszusteigen. Aber ich kam raus, der Fallschirm öffnete sich gut, und ich schwebte runter und sah schräg
25 unter mir den Fluß. Doch gleich darauf, nachdem sich mein Fallschirm geöffnet hatte, fiel Charles auf mich zu: die Arme ausgebreitet, hinter sich, schlagend und flatternd, die Leinen

---

³⁴ *staute sich unter ... hervorschimmerte* — collected under the boar's head with its wiry bristles, the snout of which was open so wide that the cracked pinkish plaster in the mouth was visible
³⁵ *gedunsen* — bloated
³⁶ *sein Blick nicht mehr zielsicher* — his eyes were no longer clearly focused
³⁷ *steht für mich etwas auf dem Spiel* — I have something at stake
³⁸ *das ganze Leitwerk wurde wegrasiert* — all of the controls were shot away

Die Lieblingsspeise der Hyänen

und der Schirm, der sich nicht öffnete: so stürzte er herunter, und ich glaubte, er werde auf meinen Schirm fallen. Aber er streifte ihn nicht einmal, sauste neben mir vorbei; ich konnte seine Leinen fassen und festhalten. An meinem Fallschirm landeten wir beide im Fluß. Charles war verwundet, er ertrank."

„Das war vierzig Kilometer von hier?"

„Nicht weiter. Damals hörte der Krieg für mich auf. Und jetzt will ich rausfahren an das Grab von Charles und ihm sagen, daß ich hier bin. Wir waren Freunde schon in der Schule. Seit vier Tagen sind wir in dieser Stadt, und ich bin immer noch nicht rausgefahren zu ihm... oh, ich hasse sie. Aber jetzt weiß ich, was ich zu tun hab."

Heftig ergriff er die Flasche, drückte zu;[39] ich sah seine Knöchel weiß werden, sah, wie sich sein Mund schmal zusammenzog, und plötzlich legte er sich zurück, versetzte dem Paket unter dem Tisch einen Fußtritt. Das Paket rutschte zwischen meinen Stuhlbeinen hindurch, rutschte weiter mit knirschendem Geräusch durch den Mittelgang der Kneipe bis zur braunen Filzportiere[40] des Eingangs.

„Schuhe", sagte er, „auch da sind Schuhe drin; die Lieblingsspeise der Hyänen."

Der magere Kellner schob argwöhnisch seinen Kopf durch die Schiebetür[41] der Küche.

„Zahlen!"[42] sagte der Amerikaner. Der Kellner kam, und er zahlte.

Als er ohne Hast seinen Mantel anzog, sah ich draußen, hinter der Scheibe, die beiden Frauen aus einem Taxi steigen: eilig, mit ihren flachen Hüten, die so aussahen wie Spiegeleier

---

[39] *drückte zu* — squeezed [it]
[40] *Filzportiere* — felt curtain [which covered the entrance]
[41] *Schiebetür* — sliding serving-door
[42] *„Zahlen!"* — "Check!"

mit Veilchen. Eine von ihnen — ich konnte nicht entscheiden, ob es Marjorie war oder ihre Mutter — trug an einem Bindfaden ein Paket. Sie schlugen die Filzportiere zurück, hoben ohne Erstaunen das Paket auf, das dort lag, und kamen an unsern
5 Tisch. Er war sehr ruhig. Er ließ sich von einer der Frauen gleichgültig auf die Wange küssen. Sein Gesicht war bewegungslos, als sie ihm beide Pakete über den verkratzten Marmortisch schoben, wortlos nahm er sie auf. Ich wartete, wartete auf irgend etwas, von dem ich glaubte, daß es gesche-
10 hen müsse, doch es geschah nichts. Er sah mich nur einmal an, mit einem Blick rätselhafter Dankbarkeit, dann gingen sie zum Taxi: er wußte, was er zu tun hatte.

FRAGEN

1. Wer saß in der Kneipe?
2. Was machten die beiden Damen?
3. Wie sah der Mann aus?
4. Worauf tranken der Mann und der Erzähler?
5. Wohin sind die Damen gegangen?
6. Warum war der Mann so bitter?
7. Was hielt der Mann von den Damen?
8. Warum wollte er nach Bernay fahren?
9. Warum fuhr er nicht nach Bernay?
10. Was wollte er in Italien tun?
11. Warum mußte er immer im Hotel auf die Damen warten?
12. Was war die Lieblingsspeise der Hyänen?
13. Was hat der Mann in der Nähe dieser Stadt erlebt?
14. Wie ist Charles gestorben?
15. Was ist mit dem Paket geschehen?
16. Was brachten die Frauen mit?
17. Worauf wartete der Erzähler?

HEINRICH BÖLL

Heinrich Böll (1917-   ) is one of the best-known contemporary German authors, both at home and abroad; his prolific work has been translated into more than ten languages. He was one of the earliest and most successful writers who attempted to depict the second World War and its aftermath. Born in Cologne in 1917, he worked in a publishing house and then attended the university there. During the war, he spent six years in the infantry and several months as an American prisoner of war.

His early works stress, on the one hand, the absurdity and futility of war and militarism, and imply, on the other hand, that man is intended for better things. Although on the surface Böll appears to be a pessimist, one senses nevertheless the hope that man will be able to find his way out of the confusion, despair and chaos into a state of order and reason.

"Die unsterbliche Theodora" shows a more cheerful side of Böll, although he does not completely divorce himself in this story from satire and criticism of the contemporary scene. Here in particular, it is the literary-cultural balloon which he pricks with a humorous, yet sharp-pointed pen. One feels that he is fond of his poet, no matter how mediocre, unoriginal, and absurd Bodo Bengelmann may be. Even the name has a gently ironic connotation. In his story of Bodo's meteoric rise to success and fame, Böll expresses a grudging admiration for him, while at the same time deploring the cultural atmosphere which makes his reputation possible.

11-9-64: Write summary
Answer questions.

DIE UNSTERBLICHE THEODORA

HEINRICH BÖLL

Immer, wenn ich die Bengelmannstraße entlanggehe, muß ich an Bodo Bengelmann denken, dem die Akademie den Rang eines Unsterblichen zuerkannt hat. Auch wenn ich nicht die Bengelmannstraße betrete, denke ich oft an Bodo, aber immerhin: sie geht von Nr. 1 bis 678, führt aus dem Zentrum der Stadt, an den Leuchtreklamen der Bars[1] vorbei bis in ländliche Gefilde,[2] wo die Kühe abends brüllend darauf warten, an die Tränke geführt zu werden. Diese Straße trägt Bodos Namen quer durch die Stadt, in ihr liegt das Pfandhaus,[3] liegt „Becker's billiger Laden",[4] und ich gehe oft ins Pfandhaus, gehe oft in „Becker's billiger Laden", oft genug, um an Bodo erinnert zu werden.

Wenn ich dem Beamten des Leihhauses meine Uhr über die Theke schiebe, er die Lupe vor die Augen klemmt,[5] die Uhr taxiert,[6] sie mit einem verächtlichen „Vier Mark" über die Theke zurück auf mich zuschiebt, wenn ich dann genickt, den Zettel unterschrieben, die Uhr wieder über die Theke geschoben habe, wenn ich zur Kasse[7] schlendere und dort warte, bis die Rohrpost meinen Pfandschein herüber-

---

[1] *Leuchtreklamen der Bars* — neon signs of the bars
[2] *bis in ländliche Gefilde* — as far as the open fields
[3] *Pfandhaus* — pawnshop
[4] *„Becker's billiger Laden"* — Becker's Bargain Store
[5] *die Lupe vor die Augen klemmt* — puts his jeweler's lens to his eye
  taxiert — appraises
[7] *Kasse* — cashier's booth

bringt,⁸ habe ich Zeit genug, an Bodo Bengelmann zu denken, mit dem ich oft genug an dieser Kasse gestanden habe.

Bodo hatte eine alte Remington-Schreibmaschine, auf der er seine Gedichte — mit jeweils vier Durchschlägen⁹ — ins Reine¹⁰ schrieb. Fünfmal haben wir vergeblich versucht, auf diese Maschine ein Darlehen¹¹ des städtischen Leihhauses zu bekommen. Die Maschine war zu alt, klapperte und ächzte, und die Verwaltung des Leihhauses blieb hart, vorschriftsmäßig¹² hart. Bodos Großvater, der Eisenhändler, Bodos Vater, der Steuerberater,¹³ Bodo selbst, der Lyriker — drei Generationen von Bengelmanns hatten zu oft auf dieser Maschine herumgehämmert, als daß sie eines städtischen Darlehens (monatlich 2 %) würdig gewesen wäre.

Jetzt freilich gibt es eine Bengelmann-Gedächtnisstätte,¹⁴ in der man einen rötlichen zerkauten Federhalter aufbewahrt, der unter Glas liegt, mit der Aufschrift versehen: „Die Feder, mit der Bodo Bengelmann schrieb".

Tatsächlich hat Bodo nur zwei von seinen fünfhundert Gedichten mit diesem Federhalter geschrieben, den er seiner Schwester Lotte aus dem Ledermäppchen¹⁵ stahl. Die meisten seiner Gedichte schrieb er mit Tintenstift, manche direkt in die Maschine, die wir an einem Tage äußerster Depression für ihren bloßen Schrottwert¹⁶ von sechs Mark achtzig einem Manne verkauften, der Heising hieß und nichts von der

---

⁸ *die Rohrpost meinen Pfandschein herüberbringt* — the pneumatic post delivers my pawn ticket
⁹ *Durchschlägen* — carbon copies
¹⁰ *ins Reine* — in final form
¹¹ *Darlehen* — loan
¹² *vorschriftsmäßig* — as required
¹³ *Steuerberater* — tax specialist
¹⁴ *Bengelmann-Gedächtnisstätte* — Bengelmann memorial
¹⁵ *Ledermäppchen* — little leather case
¹⁶ *Schrottwert* — scrap value

Die unsterbliche Theodora 17

unsterblichen Lyrik ahnte, die ihr entquollen[17] war. Heising wohnte in der Humboldtstraße, lebte vom Althandel[18] und ist von Bodo in dem Gedicht „Kammer des kauzigen Krämers",[19] verewigt worden.

So ist Bodos wirkliches Schreibgerät nicht in der Bengelmann-Gedächtnisstätte zu finden, sondern dieser Federhalter, der die Spuren von Lotte Bengelmanns Zähnen zeigt. Lotte selbst hat längst vergessen, daß er ihr gehörte, sie bringt es fertig, heute weinend davor zu stehen, Tränen zu vergießen einer Tatsache wegen, die nie eine gewesen ist. Sie hat ihre kümmerlichen Schulaufsätze damit geschrieben, während Bodo — ich entsinne mich dessen genau — nach dem Verzehr zweier Koteletts, eines Haufens Salat, eines großen Vanillepuddings und zweier Käseschnitten — mit diesem Federhalter ohne abzusetzen die Gedichte: „Herbstlich zernebeltes Herz" und „Weine, oh Woge, weine"[20] niederschrieb. Er schrieb seine besten Gedichte mit vollem Magen, war überhaupt gefräßig,[21] wie viele schwermütige Menschen und hatte den Federhalter seiner Schwester nur achtzehn Minuten gebraucht, während seine gesamte lyrische Produktion sich über acht Jahre erstreckte.

Heute lebt Lotte vom lyrischen Ruhm ihres Bruders; sie hat zwar einen Mann geheiratet, der Hosse heißt, nennt sich aber nur „Bodo Bengelmanns Schwester". Sie war immer gemein. Sie verpetzte[22] Bodo immer, wenn er dichtete, denn Dichten gehörte zu den Dingen, die man bei Bengelmanns für zeitraubend, deshalb überflüssig hielt.

[17] *ihr entquollen* — flowed from it
[18] *lebte vom Althandel* — dealt in second-hand goods
[19] *„Kammer des kauzigen Krämers"* — "The crazy chandler's chamber"
[20] *„Herbstlich zernebeltes Herz" und „Weine, oh Woge, weine"* — "Heart Torn by Autumnal Fogs" and "Weep, O Wave, Weep"
[21] *war überhaupt gefräßig* — loved to gorge himself
[22] *verpetzte* — tattled on

Bodos Qual [torment] war groß. Es drängte ihn einfach, war sein
Fluch, reine Poesie von sich zu geben. Aber immer, wenn er
dichtete, Lotte entdeckte es, ihre kreischende Stimme ertönte
im Flur, in der Küche, sie rannte triumphierend in Herrn
Bengelmanns Büro, schrie „Bodo dichtet wieder!" und Herr
Bengelmann — ein furchtbar energischer Mensch — rief: „Wo
ist das Schwein?" [Der Wortschatz der Bengelmanns war
etwas ordinär.] Dann gab es Senge.[23] Bodo, sensibel wie alle
Lyriker, wurde am Wickel[24] gepackt, die Treppe hinunterge-
zerrt und mit dem stählernen Lineal verprügelt, mit dem Herr
Bengelmann Striche unter die Kontoauszüge[25] seiner Kunden
zog.

Später schrieb Bodo viel bei uns zu Hause, und ich bin
Besitzer von fast siebzig unveröffentlichten Bengelmanns, die
ich mir als Altersrente aufzubewahren gedenke. Eines dieser
Gedichte beginnt „Lotte, du Luder, latentes...."[26] [Bodo gilt
als Erneuerer des Strabreims[27]].

Unter Qualen, völlig verkannt, häufig verprügelt, hat Bodo
sein siebzehntes Jahr vollendet, ist in den hohen Genuß der
mittleren Reife gekommen[28] und zu einem Tapetenhändler[29]
in die Lehre gegeben worden. Die Umstände begünstigten
seine lyrische Produktion: der Tapetenhändler lag meistens
betrunken unter der Theke und Bodo schrieb auf die Rückseite
von Tapetenmustern.

Einen weiteren Auftrieb erhielt seine Produktion als er sich

---

[23] *Dann gab es Senge* — Then he got a beating
[24] *am Wickel* — by the collar
[25] *Kontoauszüge* — business statements
[26] *„Lotte, du Luder, latentes..."* — "Lotte, you !atent louse"
[27] *des Stabreims* — of alliterative verse
[28] *ist in den hohen Genuß der mittleren Reife gekommen* — enjoyed the supreme pleasure of having attained his "half-way" diploma [Certain schools give a diploma to students going into the trades and business who do not complete the full course of study.]
[29] *Tapetenhändler* — wall-paper dealer

Die unsterbliche Theodora 19

in jenes Mädchen verliebte, das er in den „Liedern für Theodora" besungen hat, obwohl sie nicht Theodora hieß.

So wurde Bodo neunzehn, und an einem ersten Dezember investierte er sein ganzes Lehrlingsgehalt von 50.—DM in Porto[30] und schickte dreihundert Gedichte an dreihundert verschiedene Redaktionen, ohne Rückporto beizulegen: eine Kühnheit, die in der gesamten Literaturgeschichte einmalig ist. Vier Monate später — noch keine zwanzig Jahre alt — war er ein berühmter Mann. Einhundertzweiundfünfzig von seinen Gedichten waren gedruckt worden, und der schweißtriefende Geldbriefträger[31] stieg nun jeden Morgen vor dem Bengelmannschen Hause vom Fahrrad. Das Weitere[32] ist nur eine Multiplikationsaufgabe, bei der man die Anzahl von Bodos Gedichten mit der Anzahl der Zeitungen, dieses Zwischenergebnis[33] mit 40 zu multiplizieren hat.

Leider genoß er nur zwei Jahre seinen Ruhm. Er starb an einem Lachkrampf. Eines Tages gestand er mir: „Ruhm ist nur eine Portofrage"[34] — flüsterte weiter „ich habe es doch gar nicht so ernst gemeint", brach in heftiges, immer heftiger werdendes Lachen aus — und verschied. Das waren die einzigen Sätze in gültiger Prosa, die er je äußerte: ich übergebe sie hiermit der Nachwelt.

Nun ist Bodos Ruhm in der Hauptsache begründet worden durch seine „Lieder an Theodora", eine zweihundert Gedichte umfassende Sammlung von Liebeslyrik, die an Inbrunst ihresgleichen noch sucht.[35] Verschiedene Kritiker haben sich schon essayistisch an dem Thema versucht: „Wer war Theo-

---

[30] *in Porto* — in postage
[31] *Geldbriefträger* — postal official who delivers money which is sent through the post office
[32] *das Weitere* — from here on everything
[33] *dieses Zwischenergebnis* — the resulting figure
[34] *Portofrage* — a matter of postage
[35] *die an Inbrunst . . . noch sucht* — which have still not been surpassed in fervor

dora?" Einer identifizierte sie schamlos mit einer zeitgenössischen, noch lebenden Dichterin, bewies es triftig,[36] peinlich genug für die Dichterin, die Bodo nie gesehen hat, nun aber fast gezwungen ist, zuzugeben, daß sie Theodora ist. Aber sie ist es nicht: ich weiß es genau, weil ich Theodora kenne. Sie heißt Käte Barutzki, steht in „Becker's billigem Laden" an Tisch 6, wo sie Schreibwaren verkauft. Auf Papier aus „Becker's billigem Laden" sind Bodos sämtliche Gedichte ins Reine geschrieben; oft genug habe ich mit ihm am Tisch dieser Käte Barutzki gestanden, die übrigens eine reizende Person ist: sie ist blond, lispelt ein wenig, hat von höherer Literatur keine Ahnung und liest abends in der Straßenbahn „Becker's billige Bücher", die den Angestellten zum Vorzugspreis[37] verkauft werden. Auch Bodo wußte von dieser Lektüre: es tat seiner Liebe nicht den geringsten Abbruch.[38] Oft haben wir vor dem Laden gestanden, haben Käte aufgelauert,[39] sind ihr gefolgt, an Sommerabenden, in herbstlichem Nebel sind wir diesem Mädchen nachgeschlichen, bis in den Vorort, in dem sie heute noch wohnt. Schade, daß Bodo zu schüchtern war, sie jemals anzusprechen. Er brachte es nicht fertig, obwohl die Flamme heftig in ihm brannte. Auch als er berühmt war, das Geld nur so floß,[40] kaufte er immer in „Becker's billigem Laden", um nur oft dieses hübsche Mädchen zu sehen, die kleine Käte Barutzki, die lächelte und lispelte wie eine Göttin. Daher kommt so oft in den „Liedern für Theodora", die Wendung „zaubrischer Zungenschlag, zahmer..."[41] vor.

Bodo schickte ihr auch oft anonyme Briefe mit Gedichten,

[36] *triftig* — convincingly
[37] *zum Vorzugspreis* — at a discount
[38] *es tat ... nicht den geringsten Abbruch* — it didn't affect his love for her at all
[39] *haben Käte aufgelauert* — lay in wait for Käte
[40] *das Geld nur so floß* — was rolling in money
[41] *„zaubrischer Zungenschlag, zahmer ..."* — "light lyrical lisp ..."

aber ich muß annehmen, daß diese Lyrik im Ofen der Barutzkis gelandet, beziehungsweise gestrandet ist, wenn man mir als schlichtem Epiker ein schlichtes Bild gestatten will.

Noch oft gehe ich abends zu „Becker's billigem Laden", und ich habe festgestellt, daß Käte neuerdings von einem jungen Mann abgeholt wird, der offenbar weniger schüchtern als Bodo und — seiner Kleidung nach zu urteilen — Autoschloßer[42] ist. Ich könnte mich dem Forum der Literaturgeschichte stellen, könnte beweisen, daß diese Käte mit Bodo Bengelmanns Theodora identisch ist. Aber ich tue es nicht, weil ich um Kätes Wohl, das Glück des Autoschlossers zittere. Nur manchmal gehe ich zu ihr, wühle in Flitterpapier,[43] krame in „Becker's billigen Büchern", suche mir einen Radiergummi aus, blicke Käte an und spüre, wie der Atem der Geschichte mich anweht.

FRAGEN

1. Woran dachte der Erzähler, während er die Bengelmannstraße entlangging?
2. Warum ging er ins Leihhaus?
3. Wozu brauchte Bodo seine Schreibmaschine?
4. Was befindet sich in der Bengelmann-Gedächtnisstätte?
5. Was haben sie endlich mit der Schreibmaschine getan?
6. Was tat Lotte, als sie die Feder erblickte?
7. Wann schrieb Bodo seine besten Gedichte?
8. Was tat der Vater, wenn er Bodo beim Dichten fand?
9. Was tat Bodo beim Tapetenhändler?
10. Was machte er mit den 300 Gedichten?

[42] *Autoschloßer* — mechanic
[43] *wühle in Flitterpapier* — poke around in the gift-wrapping paper

11. Warum konnte er nur zwei Jahre lang seinen Ruhm genießen?
12. Wodurch war er hauptsächlich berühmt geworden? *die Liebesgedichte*
13. Wie wußte der Erzähler, daß eine zeitgenössische Dichterin nicht Theodora war?
14. Wo sah Bodo Käte?
15. Warum lernte Bodo Käte nie kennen? *war schüchtern*
16. Was tat der Erzähler manchmal zum Gedächtnis Bodos und seiner unsterblichen Theodora?

HEINZ PIONTEK

Heinz Piontek (1925-) belongs to the post-World War II generation of German writers. He has written both prose and poetry and, in addition, has translated works by John Keats into German. As a result of his concern with problems of lyric poetry his prose reveals an artistry and a concentration which set him apart from many of the writers of his generation. Since Piontek, who is primarily a poet, often resorts to very concise figurative language, the reader must allow his imagination free rein in situations such as one finds at the beginning of "Mit einem schwarzen Wagen." A woman who suddenly appears in front of an oncoming automobile is described simply as "vom Licht der Scheinwerfer aus dem Undurchsichtigen gefischt." The reader does not have to be informed that it is night; the apt combination of "Scheinwerfer" and "Undurchsichtigen" set the scene for the incident with such an effective economy of means that the reader's attention is immediately captured.

Piontek is interested in two levels of action in the story; that action that takes place in the external world in which the characters move and the internal action in the mind of the main character. The author's primary purpose is not to chronicle and explain the details of what has happened but rather to reveal the gradual realization and the full impact of the unavoidable truth of what has actually taken place on the mind and conscience of the main character.

11-16-64

MIT EINEM SCHWARZEN WAGEN

HEINZ PIONTEK

Als die Gestalt einer Frau, vom Licht der Scheinwerfer aus dem Undurchsichtigen gefischt,[1] plötzlich vor dem rechten Kotflügel[2] seines Wagens auftauchte, riß Taubner das Steuer herum und bremste gleichzeitig. Das Auto hüpfte und legte sich[3] auf die Seite wie ein gerammtes Boot. Einen Augenblick später kippte es in die Normallage zurück, die vier Reifen rutschten noch ein Stück über den geschmierten Asphalt.[4] Taubner hing verkrampft[5] über dem Steuer, blind für Sekundenzehntel,[6] etwas Ungeheures erwartend. Jetzt stand der Wagen.

Der Fahrer warf sich herum und äugte durch das Türglas, durch die Scheibe über dem Rücksitz hinaus in die verregnete Straße. Der Schreck hatte ihm den leichten Schleier der Trunkenheit von den Augen gerissen. Bestürzt[7] schwenkte sein Blick über die schlecht erleuchtete Fahrbahn, die vor Nässe dampfte.

Gott sei Dank, dachte der Mann, nichts...nichts passiert! Es konnte ja gar nichts passieren, ich hab noch im letzten Moment richtig reagiert. Absolut richtig. Er startete über-

---

[1] *aus dem Undurchsichtigen gefischt* — picked out of the impenetrable darkness
[2] *Kotflügel* — fender
[3] *legte sich* — tipped
[4] *noch ein Stück über den geschmierten Asphalt* — a little further over the oiled asphalt
[5] *verkrampft* — tensely
[6] *Sekundenzehntel* — a fraction of a second
[7] *Bestürzt* — aghast

stürzt.⁸ Der Wagen schoß mit einem Sprung vor,⁹ sauste über die holperigen Vorstadtstraßen, durchjagte mit kaum gedrosseltem Tempo¹⁰ mehrere Kurven und drängte sich dann in das Gewühl der flimmernden City.

Es war kurz nach sieben Uhr. Um sieben hatte er daheim sein wollen. Bei seinem letzten Kunden war er etwas aufgehalten worden, aber es hatte sich gelohnt. Noch nie war Taubners Umsatz¹¹ so hoch gewesen wie an diesem Tag. Nach dem Abschluß der Geschäfte hatte sein Partner eine Flasche Gin auf den Tisch gestellt und ein paar saftige Zahlmeister-Abenteuer zum besten gegeben.¹² Famoser Mann. In Frankreich hatten sie ein halbes Jahr lang der gleichen Division angehört. Famose Division.

Taubner wohnte in einem Neubaublock.¹³ Keine hundert Schritt vor seiner Haustür stand eine Garage, in der er sich eine Box¹⁴ gemietet hatte. Dorthin fuhr er nun, stellte seinen Wagen ein; doch bevor er die nach Kalk und Benzin riechende Zelle verließ, umschritt er das schwarze Fahrzeug und betrachtete es so eingehend, als sähe er es zum ersten Mal. An der Decke hing eine Glühbirne unter einem Emailleschirm,¹⁵ das schwache Licht sprühte auf den feuchten Lack der Karosserie¹⁶ und blitzte in den Scheiben.

Auf einmal hatte es Taubner nicht mehr eilig, nach Hause zu kommen, wo seine Frau mit dem Abendessen auf ihn wartete. Hastig verschloß er die Garage. „Guten Abend, Herr

---

⁸ *überstürzt* — hurriedly
⁹ *schoß mit einem Sprung vor* — shot forward
¹⁰ *mit kaum gedrosseltem Tempo* — with scarcely reduced speed
¹¹ *Umsatz* — sales
¹² *ein paar saftige Zahlmeister-Abenteuer zum besten gegeben* — told a couple of good army jokes
¹³ *Neubaublock* — new apartment building
¹⁴ *Box* — stall
¹⁵ *Emailleschirm* — enamel shade
¹⁶ *Lack der Karosserie* — [paint] finish of the body

Mit einem schwarzen Wagen

Taubner." Er überhörte den Gruß und lief, die neuen Häuser im Rücken,[17] durch den Regen, die Straße zurück, auf der er gekommen war. In kurzen Abständen[18] spähte er hinter sich. Niemand folgte ihm. Flink warf er sein Taschentuch in die Gosse.[19] Er fühlte sich etwas erleichtert. Sein Bewußtsein sank in ein nervöses Grübeln ab.[20]

Taubner war ein massiver, mittelgrosser Mann mit einem Anflug von Grau an den Schläfen.[21] Als Reisevertreter einer traditionsbewußten Textilfirma war er vielleicht etwas zu flott gekleidet, aber die Leitung des Geschäftshauses sah ihm seine Schwäche für forsche Krawatten und saloppe Anzüge nach,[22] denn er war tüchtig und gewissenhaft und beliebt bei den Kunden. Seine Frau — er hatte spät geheiratet — hielt ihn für klug, gütig und charakterfest, manchmal für etwas herrschsüchtig.[23] „Unsere Ehe ist glücklich", sagte sie auch zu denen, die es nicht hören wollten, „Hubert ist ein idealer Gatte." Und einmal hatte ihr jemand ironisch entgegnet: „Jede Frau bekommt den Mann, den sie verdient."

Taubner öffnete die Tür eines Lokals, das sich in einer verschwiegenen Seitenstraße befand. Er hatte es noch nie betreten, er war kein Freund bürgerlicher Kneipen. Jetzt aber schien es ihm gut genug für einen Besuch. Der runde Raum war mannshoch getäfelt,[24] nur wenige Gäste saßen an den mit Glasscheiben belegten Tischen. Ein Kellner half Taubner unlustig aus dem Mantel.

Der neue Gast ließ sich auf einem Platz nieder, von dem

---

[17] *die neuen Häuser im Rücken* — away from the new houses
[18] *In kurzen Abständen* — at brief intervals
[19] *Gosse* — gutter
[20] *Sein Bewußtsein sank in ein nervöses Grübeln ab* — He began to brood nervously
[21] *Anflug von Grau an den Schläfen* — touch of gray at the temples
[22] *sah ihm seine . . . nach* — pardoned his weakness for flashy ties and baggy suits
[23] *herrschsüchtig* — domineering
[24] *mannshoch getäfelt* — paneled up to the height of a man

aus er das Lokal überblicken konnte. Dann bestellte er einen Cognac und gleich danach einen zweiten. Sein bleiches Gesicht belebte sich rasch, das Flattern der Lider ließ nach, über die Augen zog sich eine Haut aus hartem, kaltem Glanz. Taubner trank weiter und starrte auf den Eingang. Er dachte: Soll doch kommen, wer mag![25] Ich brauche niemanden zu fürchten. Und dann dachte er: Es konnte nichts schiefgehen, ich reagierte absolut richtig. Und wie schnell ich reagierte! Ist eine Freude, sich daran zu erinnern.

Mit einem Schlage suchte ihn ein Gefühl tiefer beklemmender Einsamkeit heim.[26] Er war allein auf der Welt. Allein mit einem Entsetzen, das ihm kalten Schweiß aus den Poren trieb. Hatten ihn die Lebenden verraten? Sollten die Toten seine Genossen werden? Sollte er unter der Erde nach ihnen suchen? Schwankend fuhr er auf. Der Fenstertisch war besetzt; er steuerte auf ihn zu, rückte sich einen Stuhl zurecht,[27] ohne um Erlaubnis zu bitten. Der Mann, dem er nun gegenüber saß, musterte ihn feindselig, das Mädchen neugierig, später belustigt.

„Entschuldigen Sie", sagte Taubner, und man hörte, daß ihm das Sprechen schwer fiel,[28] „ich weiß, ich störe Sie, aber es gibt Momente im Leben... Taubner", sagte er, „ein anständiger Name, immer schon hochanständig gewesen."

Er erhielt keine Antwort. Der Kellner brachte das Glas hinter ihm her und zog die rechte Braue mißbilligend in die Höhe.[29]

„Sie halten mich für betrunken, und wahrscheinlich bin ich's auch", fuhr Taubner fort, „doch wenn ich hinterm Steuer

---

[25] *Soll doch kommen, wer mag!* — I don't care who comes in!
[26] *Mit einem Schlage suchte ihn ... heim* — All at once ... overcame him
[27] *steuerte auf ihn zu, rückte sich ... zurecht* — made for it, took a seat
[28] *daß ihm das Sprechen schwer fiel* — that he had difficulty speaking
[29] *zog die rechte Braue mißbilligend in die Höhe* — raised his right eyebrow disapprovingly

Mit einem schwarzen Wagen

sitze, verstehen Sie, dann reagiere ich richtig und — wie der Blitz. Tatsache.[30] Ich könnte Ihnen einen Fall erzählen, der sich wie ein Unfall anhören würde, wenn ich nicht wie der Blitz... verstehen Sie? Ich säße jetzt nicht hier."

„Das alles mag interessant sein", sagte Taubners Tischnachbar ärgerlich, „aber nicht für uns!"

„Meine Frau weiß, daß ich ein sicherer Fahrer bin. Andere wissen es auch, nur die Polizei weiß es nicht."

„Die Polizei?" wiederholte das Mädchen mit einem halben Lächeln.

„Ja, die Polizei", fing Taubner von neuem an, „alles weiß sie, und was sie nicht weiß, bekommt sie heraus.[31] Bloß von meinem sicheren Fahren hat sie keine Ahnung."

„Vermutlich wird sie es noch erfahren", sagte das Mädchen und lachte laut.

Damit endete ihr Gespräch. Taubner horchte angstvoll auf die Stimmen, die in seinem Kopf durcheinander redeten. Er hörte beschwichtigende Argumente und unwiderlegliche Anklagen,[32] es zischelte, dröhnte und hämmerte, dann wurde es jählings[33] still. Das Rumoren[34] war so monoton geworden, daß es seine Aufmerksamkeit nicht mehr reizte.

Wie lange währte das lärmende Schweigen? Plötzlich pendelte sein Körper gegen eine Holzfläche. Ein Hindernis — es nahm seine erschlafften Sinne in Anspruch.[35] Er spähte und tastete. Die Wohnungstür, natürlich die Wohnungstür. Immer gab es zuletzt noch eine Tür, die man öffnen mußte.

---

[30] *Tatsache* — That's a fact
[31] *bekommt sie heraus* — they find out
[32] *beschwichtigende Argumente und unwiderlegliche Anklagen* — soothing arguments and irrefutable charges
[33] *jählings* — abruptly
[34] *Das Rumoren* — the noise [in his head]
[35] *es nahm seine erschlafften Sinne in Anspruch* — it claimed the attention of his dulled senses

Umständlich schloß er sie auf, fand den Lichtschalter nicht und stand eine Weile unschlüssig in der Diele. Im Wohnzimmer sprach jemand leise und abgerissen;[36] es klang wie ein Schluchzen. Sie weint, dachte er und fühlte Glück und Verdruß in sich aufsteigen; gut ist es, aber es regt mich auf! Dann räusperte er sich[37] und faßte nach der Klinke.

Zwei uniformierte Männer und ein Zivilist im schwarzen Lodenmantel standen neben den Sesseln und blickten ihm kühl und wachsam entgegen. Taubner hielt an. Er zog seinen Hut wie ein Bittsteller.

„Hubert."

„Ja, ich war es", sagte er. Und da war das Zimmer weiß, und es roch nach Benzin und Kalk, der rechte Kotflügel war verbeult,[38] Blut, winzige Perlen auf dem zerschrammten Lack.[39] Er polierte sie mit dem Taschentuch fort...

Die drei Männer näherten sich ihm und zwei begannen gleichzeitig auf ihn einzureden.

„Was in aller Welt soll man nur tun?" sagte Taubner.

Niemand verstand ihn. Der Zivilist sagte: „Machen Sie es uns bitte nicht schwer, Herr Taubner."

FRAGEN

1. Warum mußte Taubner so schnell bremsen?
2. Warum dachte er, daß er richtig reagiert hätte?
3. Wo war er eben gewesen? der Kunde
4. Wo fährt Taubner hin?

---

[36] *abgerissen* — in disconnected phrases
[37] *räusperte er sich* — he cleared his throat
[38] *verbeult* — dented
[39] *zerschrammten Lack* — scratched paint

Mit einem schwarzen Wagen

5. Was war Taubner von Beruf? Reisevertreter einer Textilfirma
6. Wohin ging er, nachdem er sein Auto weggestellt hatte?
7. Wie fühlte er sich auf einmal im Lokal? dass er allein ist.
8. Was hielt er von sich als Fahrer? er war sicherer Fahrer
9. Was tat er, nachdem er sein Gespräch mit dem Mädchen beendet hatte?
10. Warum waren die Polizisten da? verhafften

RAINER MARIA RILKE

"Eine Geschichte dem Dunkel erzählt" is the last story in a series of thirteen which were published under the title *Geschichten vom lieben Gott*. The basic theme which permeates all the stories in this group is the presence of God in everything. Children sense this presence as do those adults who have not lost the sense of harmony and unity which most leave behind when they grow up. Although the entire series was intended for children, Rilke, the story teller, never speaks directly to his prospective audience; most of the stories are told to adults who in turn tell them to children. Instead of relating the selection which follows to his crippled friend Ewald, the poet stays at home and tells it to the darkness.

Rainer Maria Rilke (1875-1926), a sensitive and perceptive master of the German language, is acknowledged as one of the great poets of modern German literature. Although his reputation rests primarily on his poems, "Eine Geschichte dem Dunkel erzählt" is an excellent example of his prose artistry. It is simple, the sentence structure is uncomplicated; and the language, although poetic, is not abstruse. The theme is one which is frequently found in modern literature: man's search either for something he has had and then lost or for something which he has never possessed but desperately desires to find. The doctor's gradual awareness of what he is actually seeking and the beautiful simplicity with which the poet unfolds the secret reveals Rilke as both an astute psychologist and a subtle prose stylist. He is not interested in the outer world in which his characters live and move. Instead, he is absorbed by their inner spiritual life, where the search and struggle are not for worldly goods and gain but for harmony, peace, and true happiness.

EINE GESCHICHTE DEM DUNKEL ERZÄHLT

RAINER MARIA RILKE

Ich wollte den Mantel umnehmen und zu meinem Freunde Ewald gehen. Aber ich hatte mich über einem Buche versäumt, einem alten Buche übrigens, und es war Abend geworden, wie es in Rußland Frühling wird. Noch vor einem Augenblick war die Stube bis in die fernsten Ecken klar, und nun taten alle Dinge, als ob sie nie etwas anderes gekannt hätten als Dämmerung; überall gingen große dunkle Blumen auf, und wie auf Libellenflügeln glitt Glanz um ihre samtenen Kelche.[1]

Der Lahme[2] war gewiß nicht mehr am Fenster. Ich blieb also zu Haus. Was hatte ich ihm doch erzählen wollen? Ich wußte es nicht mehr. Aber eine Weile später fühlte ich, daß jemand diese verlorene Geschichte von mir verlangte, irgendein einsamer Mensch vielleicht, der fern am Fenster seiner finstern Stube stand, oder vielleicht dieses Dunkel selbst, das mich und ihn und die Dinge umgab. So geschah es, daß ich dem Dunkel erzählte. Und es neigte sich immer näher zu mir, so daß ich immer leiser sprechen konnte, ganz, wie es zu meiner Geschichte paßt. Sie handelt übrigens in der Gegenwart und beginnt.

Nach langer Abwesenheit kehrte Doktor Georg Laßmann in seine enge Heimat zurück. Er hatte nie viel dort besessen,

---

[1] *überall gingen ... samtenen Kelche.* — everywhere in the enveloping darkness huge dark flowers opened and as if on the wings of dragon-flies a glow moved around their velvet calyxes

[2] *Der Lahme* — [A young crippled friend of the story-teller to whom he tells a number of the stories in the series *Geschichten vom lieben Gott*. See introduction.]

und jetzt lebten ihm nur mehr zwei Schwestern in der Vaterstadt, beide verheiratet, wie es schien, gut verheiratet; diese nach zwölf Jahren wiederzusehen, war der Grund seines Besuchs. So glaubte er selbst. Aber nachts, während er im
5 überfüllten Zuge nicht schlafen konnte, wurde ihm klar, daß er eigentlich um seiner Kindheit willen kam, und hoffte, in den alten Gassen irgend etwas wieder zu finden: ein Tor, einen Turm, einen Brunnen, irgendeinen Anlaß zu einer Freude oder zu einer Traurigkeit, an welcher er sich wieder
10 erkennen konnte. Man verliert sich ja so im Leben. Und da fiel ihm verschiedenes ein: die kleine Wohnung in der Heinrichsgasse[3] mit den glänzenden Türklinken und den dunkelgestrichenen Dielen,[4] die geschonten Möbel und seine Eltern, diese beiden abgenützten Menschen, fast ehrfürchtig
15 neben ihnen; die schnellen gehetzten Wochentage und die Sonntage, die wie ausgeräumte Säle waren, die seltenen Besuche, die man lachend und in Verlegenheit empfing, das verstimmte Klavier, der alte Kanarienvogel, der ererbte Lehnstuhl, auf dem man nicht sitzen durfte, ein Namenstag,[5]
20 ein Onkel, der aus Hamburg kommt, ein Puppentheater, ein Leierkasten,[6] eine Kindergesellschaft, und jemand ruft: „Klara." Der Doktor wäre fast eingeschlafen. Man steht in einer Station, Lichter laufen vorüber, und der Hammer geht horchend durch die klingenden Räder.[7] Und das ist wie: Klara, Klara. Klara,
25 überlegt der Doktor, jetzt ganz wach, wer war das doch? Und gleich darauf fühlt er ein Gesicht, ein Kindergesicht mit blondem, glattem Haar. Nicht daß er es schildern könnte, aber er hat die Empfindung von etwas Stillem, Hilflosem, Erge-

---

[3] *Heinrichsgasse* — Heinrich Street
[4] *dunkelgestrichenen Dielen* — dark painted halls
[5] *Namenstag* — festival of the anniversary of one's saint
[6] *Leierkasten* — hurdy-gurdy
[7] *der Hammer geht horchend durch die klingenden Räder* — a railroad worker goes along with a hammer, tapping the wheels to see that they ring true

Eine Geschichte dem Dunkel erzählt

benem, von ein Paar schmalen Kinderschultern, durch ein verwaschenes Kleidchen noch mehr zusammengepreßt, und er dichtet[8] dazu ein Gesicht — aber da weiß er auch schon, er muß es nicht dichten. Es ist da — oder vielmehr es war da — damals. So erinnert sich Doktor Laßmann an seine einzige Gespielin Klara, nicht ohne Mühe. Bis zur Zeit, da er in eine Erziehungsanstalt[9] kam, etwa zehn Jahre alt, hat er alles mit ihr geteilt, was ihm begegnete, das Wenige (oder das Viele?). Klara hatte keine Geschwister, und er hatte so gut wie keine; denn seine älteren Schwestern kümmerten sich nicht um ihn. Aber seither hat er niemanden je nach ihr gefragt. Wie war das doch möglich? Er lehnte sich zurück. Sie war ein frommes Kind, erinnerte er sich noch, und dann fragte er sich: Was mag aus ihr geworden sein? Eine Zeitlang ängstigte ihn der Gedanke, sie könnte gestorben sein. Eine unermeßliche Bangigkeit überfiel ihn in dem engen gedrängten Coupé;[10] alles schien diese Annahme zu bestätigen: sie war ein kränkliches Kind, sie hatte es zu Hause nicht besonders gut, sie weinte oft; unzweifelhaft: sie ist tot. Der Doktor ertrug es nicht länger; er störte einzelne Schlafende und schob sich zwischen ihnen durch in den Gang des Waggons. Dort öffnete er ein Fenster und schaute hinaus in das Schwarz mit den tanzenden Funken.[11] Das beruhigte ihn. Und als er später in das Coupé zurückkehrte, schlief er trotz der unbequemen Lage bald ein.

Das Wiedersehen mit den beiden verheirateten Schwestern verlief nicht ohne Verlegenheiten. Die drei Menschen hatten vergessen, wie weit sie einander, trotz ihrer engen Verwandtschaft, doch immer geblieben waren, und versuchten eine

---

[8] *dichtet* — imagines
[9] *Erziehungsanstalt* — educational institution
[10] *Coupé* — railroad car compartment
[11] *tanzenden Funken* — dancing sparks [from the engine]

Weile, sich wie Geschwister zu benehmen. Indessen kamen sie bald stillschweigend überein, zu dem höflichen Mittelton ihre Zuflucht zu nehmen, den der gesellschaftliche Verkehr für alle Fälle geschaffen hat.[12]

Er war bei der jüngeren Schwester, deren Mann in besonders günstigen Verhältnissen war, Fabrikant mit dem Titel kaiserlicher Rat;[13] und es war nach dem vierten Gange[14] des Diners, als der Doktor fragte: „Sag mal, Sophie, was ist denn aus Klara geworden?" „Welcher Klara?" „Ich kann mich ihres Familiennamens nicht erinnern. Der kleinen, weißt du, der Nachbarstochter, mit der ich als Kind gespielt habe?" „Ach, Klara Söllner meinst du?" „Söllner, richtig, Söllner. Jetzt fällt mir erst ein: der alte Söllner, das war ja dieser gräßliche Alte — aber was ist mit Klara?" Die Schwester zögerte: „Sie hat geheiratet — übrigens lebt sie jetzt ganz zurückgezogen." „Ja," machte der Herr Rat, und sein Messer glitt kreischend über den Teller, „ganz zurückgezogen." „Du kennst sie auch?" wandte sich der Doktor an seinen Schwager. „Ja-a-a — so flüchtig; sie ist ja hier ziemlich bekannt." Die beiden Gatten[15] wechselten einen Blick des Einverständnisses. Der Doktor merkte, daß es ihnen aus irgendeinem Grunde unangenehm war, über diese Angelegenheit zu reden, und fragte nicht weiter.

Um so mehr Lust zu diesem Thema bewies der Herr Rat, als die Hausfrau die Herren beim schwarzen Kaffee zurückgelassen hatte. „Diese Klara," fragte er mit listigem Lächeln und betrachtete die Asche, die von seiner Zigarre in den silbernen Becher fiel, „sie soll doch ein stilles und überdies häßliches Kind gewesen sein?" Der Doktor schwieg. Der Herr Rat

[12] *zu dem höflichen ... geschaffen hat.* — to take refuge in that courteous mode of speaking which social intercourse has created for all occasions
[13] *kaiserlicher Rat* — imperial councilor
[14] *Gange* — course
[15] *Die beiden Gatten* — husband and wife

rückte vertraulich näher: „Das war eine Geschichte! — Hast du nie davon gehört?" „Aber ich habe ja mit niemandem gesprochen." „Was, gesprochen," lächelte der Rat fein, „man hat es ja in den Zeitungen lesen können." „Was?" fragte der Doktor nervös.

„Also, sie ist ihm durchgegangen",[16] — hinter einer Wolke Rauches her schickte der Fabrikant diesen überraschenden Satz und wartete in unendlichem Behagen die Wirkung desselben ab. Aber diese schien ihm nicht zu gefallen. Er nahm eine geschäftliche Miene an, setzte sich gerade und begann in anderem berichtenden Ton, gleichsam gekränkt. „Hm. Man hatte sie verheiratet an den Baurat[17] Lehr. Du wirst ihn nicht mehr gekannt haben. Kein alter Mann, in meinem Alter. Reich, durchaus anständig, weißt du, durchaus anständig. Sie hatte keinen Groschen[18] und war obendrein nicht schön, ohne Erziehung usw. Aber der Baurat wünschte ja auch keine große Dame, eine bescheidene Hausfrau. Aber die Klara — sie wurde überall in der Gesellschaft aufgenommen, man brachte ihr allgemein Wohlwollen entgegen, — wirklich — man benahm sich — also sie hätte sich eine Position schaffen können mit Leichtigkeit, weißt du — aber die Klara, eines Tages — kaum zwei Jahre nach der Hochzeit: fort ist sie. Kannst du dir denken: fort. Wohin? Nach Italien. Eine kleine Vergnügungsreise, natürlich nicht allein. Wir haben sie schon im ganzen letzten Jahr nicht eingeladen gehabt, — als ob wir geahnt hätten! Der Baurat,[19] mein guter Freund, ein Ehrenmann, ein Mann —"

„Und Klara?" unterbrach ihn der Doktor und erhob sich. "Ach so, — ja, na die Strafe des Himmels hat sie erreicht. Also

---

[16] *sie ist ihm durchgegangen* — she ran away from him
[17] *Baurat* — member of the Board of Public Works
[18] *Groschen* — penny
[19] *Der Baurat* — [refers to Klara's husband]

der Betreffende[20] — man sagt ein Künstler, weißt du — ein leichter Vogel,[21] natürlich nur so — Also wie sie aus Italien zurück waren, in München: adieu und ward[22] nicht mehr gesehen. Jetzt sitzt sie mit ihrem Kind!"

Doktor Laßmann ging erregt auf und nieder: „In München?" „Ja, in München," antwortete der Rat und erhob sich gleichfalls. „Es soll ihr übrigens recht elend gehen —" „Was heißt elend —?" „Nun," der Rat betrachtete seine Zigarre, „pekuniär und dann überhaupt — Gott — so eine Existenz — —" Plötzlich legte er seine gepflegte Hand dem Schwager auf die Schulter, seine Stimme gluckste vor Vergnügen:[23] „Weißt du, übrigens erzählte man sich, sie lebe von —" Der Doktor drehte sich kurz um und ging aus der Tür. Der Herr Rat, dem die Hand von der Schulter des Schwagers gefallen war, brauchte zehn Minuten, um sich von seinem Staunen zu erholen. Dann ging er zu seiner Frau hinein und sagte ärgerlich: „Ich hab es immer gesagt, dein Bruder ist ein Sonderling." Und diese, die eben eingenickt[24] war, gähnte träge: „Ach Gott ja."

Vierzehn Tage später reiste der Doktor ab. Er wußte mit einemmal,[25] daß er seine Kindheit anderswo suchen müsse. In München fand er im Adreßbuch: Klara Söllner, Schwabing,[26] Straße und Nummer. Er meldete sich an und fuhr hinaus. Eine schlanke Frau begrüßte ihn in einer Stube voll Licht und Güte.

„Georg, und Sie erinnern sich meiner?"

Der Doktor staunte. Endlich sagte er: „Also das sind Sie,

---

[20] *der Betreffende* — the man in question
[21] *ein leichter Vogel* — an irresponsible fellow
[22] *ward* — was
[23] *gluckste vor Vergnügen* — gurgled with pleasure
[24] *eingenickt* — fallen asleep
[25] *mit einemmal* — all at once
[26] *Schwabing* — [the section of Munich where the artists' colony is located]

Eine Geschichte dem Dunkel erzählt 41

Klara," sie hielt ihr stilles Gesicht mit der reinen Stirn ganz ruhig, als wollte sie ihm Zeit geben, sie zu erkennen. Das dauerte lange. Schließlich schien der Doktor etwas gefunden zu haben, was ihm bewies, daß seine alte Spielgefährtin[27] wirklich vor ihm stünde. Er suchte noch einmal ihre Hand und drückte sie; dann ließ er sie langsam los und schaute in der Stube umher. Diese schien nichts Überflüssiges zu enthalten. Am Fenster ein Schreibtisch mit Schriften und Büchern, an welchem Klara eben mußte gesessen haben. Der Stuhl war noch zurückgeschoben. „Sie haben geschrieben?"... und der Doktor fühlte, wie dumm diese Frage war. Aber Klara antwortete unbefangen: „Ja, ich übersetze." „Für den Druck?"[28] „Ja," sagte Klara einfach, „für einen Verlag."[29] Georg bemerkte an den Wänden einige italienische Photographien. Darunter das „Konzert" des Giorgione.[30] „Sie lieben das?" Er trat nahe an das Bild heran. „Und Sie?" „Ich habe das Original nie gesehen; es ist in Florenz, nicht wahr?" „Im Pitti.[31] Sie müssen hinreisen." „Zu diesem Zweck?" „Zu diesem Zweck." Eine freie und einfache Heiterkeit war über ihr. Der Doktor sah nachdenklich auf.

„Was haben Sie,[32] Georg? Wollen Sie sich nicht setzen?" „Ich bin traurig," zögerte er. „Ich habe gedacht — aber Sie sind ja gar nicht elend —" fuhr es plötzlich heraus. Klara lächelte: „Sie haben meine Geschichte gehört?" „Ja, das heißt —" „O," unterbrach ihn Klara schnell, als sie merkte, daß seine Stirn sich verdunkelte," es ist nicht die Schuld der Menschen, daß sie anders davon reden. Die Dinge, die wir

[27] *Spielgefährtin* — playmate
[28] *Für den Druck* — for publication
[29] *Verlag* — publishing house
[30] *das „Konzert" des Giorgione* — [famous painting of musicians by the Italian master Giorgione (1477-1510)]
[31] *Pitti* — the Pitti Palace [famous art museum in Florence]
[32] *Was haben Sie?* — What's the matter?

erleben, lassen sich oft nicht ausdrücken, und wer sie dennoch erzählt, muß notwendig Fehler begehen." Pause. Und der Doktor: „Was hat Sie so gütig gemacht?" „Alles," sagte sie leise und warm. „Aber warum sagen Sie gütig?" „Weil — weil
5 Sie eigentlich hätten hart werden müssen. Sie waren ein so schwaches, hilfloses Kind; solche Kinder werden später entweder hart oder —" „Oder sie sterben — wollen Sie sagen. Nun, ich bin auch gestorben. O, ich bin viele Jahre gestorben. Seit ich Sie zum letztenmal gesehen habe, zu Haus, bis —"
10 Sie langte etwas von Tische her:[33] „Sehen Sie, das ist sein Bild. Es ist etwas geschmeichelt. Sein Gesicht ist nicht so klar, aber — lieber, einfacher. Ich werde Ihnen dann gleich unser Kind zeigen, es schläft jetzt nebenan. Es ist ein Bub. Heißt Angelo, wie er. Er ist jetzt fort, auf Reisen, weit."
15 „Und Sie sind ganz allein?" fragte der Doktor zerstreut, immer noch über dem Bilde.

„Ja, ich und das Kind. Ist das nicht genug? Ich will Ihnen erzählen, wie das kommt. Angelo ist Maler. Sein Name ist wenig bekannt, Sie werden ihn nie gehört haben. Bis in
20 die letzte Zeit hat er gerungen mit der Welt, mit seinen Plänen, mit sich und mit mir. Ja, auch mit mir; denn ich bat ihn seit einem Jahr: du mußt reisen. Ich fühlte, wie sehr ihm das not tat. Einmal sagte er scherzend: ‚Mich oder ein Kind?' ‚Ein Kind,' sagte ich, und dann reiste er."
25 „Und wann wird er zurückkehren?"

„Bis das Kind seinen Namen sagen kann, so ist es abgemacht." Der Doktor wollte etwas bemerken. Aber Klara lachte: „Und da es ein schwerer Name ist, wird es noch eine Weile dauern. Angelino wird im Sommer erst zwei Jahre."
30 „Seltsam," sagte der Doktor. „Was, Georg?" „Wie gut Sie das Leben verstehen. Wie groß Sie geworden sind, wie jung.

---

[33] *langte ... her* — handed over

Eine Geschichte dem Dunkel erzählt   43

Wo haben Sie Ihre Kindheit hingetan? — wir waren doch
beide so — so hilflose Kinder. Das läßt sich doch nicht ändern
oder ungeschehen machen." „Sie meinen also, wir hätten an
unserer Kindheit leiden müssen, von Rechts wegen?"[34] „Ja,
gerade das meine ich. An diesem schweren Dunkel hinter uns, 5
zu dem wir so schwache, so ungewisse Beziehungen behalten.
Da ist eine Zeit: wir haben unsere Erstlinge hineingelegt, allen
Anfang, alles Vertrauen, die Keime[35] zu alledem, was vielleicht
einmal werden sollte. Und plötzlich wissen wir: Alles
das ist versunken in einem Meer, und wir wissen nicht einmal 10
genau wann. Wir haben es gar nicht bemerkt. Als ob jemand
sein ganzes Geld zusammensuchte, sich dafür eine Feder
kaufte und sie auf den Hut steckte, hu!: der nächste Wind
wird sie mitnehmen. Natürlich kommt er zu Hause ohne Feder
an, und ihm bleibt nichts übrig, als nachzudenken, wann sie 15
wohl könnte davongeflogen sein."

„Sie denken daran, Georg?"

„Schon nicht mehr. Ich habe es aufgegeben. Ich beginne
irgendwo hinter meinem zehnten Jahr, dort, wo ich aufgehört
habe zu beten. Das andere gehört nicht mir."   20

„Und wie kommt es dann, daß Sie sich an mich erinnert
haben?"

„Darum komme ich ja zu Ihnen. Sie sind der einzige Zeuge
jener Zeit. Ich glaubte, ich könnte in Ihnen wiederfinden, —
was ich in mir nicht finden kann. Irgendeine Bewegung, ein 25
Wort, einen Namen, an dem etwas hängt[36] — eine Aufklärung
—." Der Doktor senkte den Kopf in seine kalten,
unruhigen Hände.

Frau Klara dachte nach: „Ich erinnere mich an so weniges

---

[34] *von Rechts wegen* — by rights
[35] *wir haben unsere ... die Keime* — we put our first-fruits in it, all [our] beginning, all [our] confidence, the first seeds
[36] *an dem etwas hängt* — with which something is firmly associated

aus meiner Kindheit, als wären tausend Leben dazwischen. Aber jetzt, wie Sie mich so daran mahnen, fällt mir etwas ein. Ein Abend. Sie kamen zu uns, unerwartet; Ihre Eltern waren ausgegangen, ins Theater oder so.[37] Bei uns war alles hell. Mein Vater erwartete einen Gast, einen Verwandten, einen entfernten reichen Verwandten, wenn ich mich recht entsinne. Er sollte kommen aus, aus — ich weiß nicht woher, jedenfalls von weit. Bei uns wartete man schon seit zwei Stunden auf ihn. Die Türen waren offen, die Lampen brannten, die Mutter ging von Zeit zu Zeit und glättete eine Schutzdecke[38] auf dem Sofa, der Vater stand am Fenster. Niemand wagte sich zu setzen, um keinen Stuhl zu verrücken. Da Sie gerade kamen, warteten Sie mit uns. Wir Kinder horchten an der Tür. Und je später es wurde, einen desto wunderbarern Gast erwarteten wir. Ja, wir zitterten sogar, er könnte kommen,[39] ehe er jenen letzten Grad von Herrlichkeit erreicht haben würde, dem er mit jeder Minute seines Ausbleibens näher kam.[40] Wir fürchteten nicht, er könnte überhaupt nicht erscheinen; wir wußten bestimmt: er kommt, aber wir wollten ihm Zeit lassen, groß und mächtig zu werden."

Plötzlich hob der Doktor den Kopf und sagte traurig: „Das also wissen wir beide, daß er nicht kam —. Ich habe es auch nicht vergessen gehabt." „Nein," — bestätigte Klara, „er kam nicht —." Und nach einer Pause: „Aber es war doch schön!" „Was?" „Nun so — das Warten, die vielen Lampen, — die Stille — das Feiertägliche."[41]

Etwas rührte sich im Nebenzimmer. Frau Klara entschul-

---

[37] *so* — some place
[38] *glättete eine Schutzdecke* — smoothed out a slipcover
[39] *wir zitterten sogar, er könnte kommen* — we trembled at the thought that he might arrive
[40] *dem er mit jeder Minute seines Ausbleibens näher kam* — to which he was approaching closer and closer with each passing minute
[41] *das Feiertägliche* — the holiday atmosphere

digte sich für einen Augenblick; und als sie hell und heiter zurückkam, sagte sie: „Wir können dann hineingehen. Er ist jetzt wach und lächelt. — Aber was wollten Sie eben sagen?"

„Ich habe mir eben überlegt, was Ihnen könnte geholfen haben zu — zu sich selbst, zu diesem ruhigen Sichbesitzen.[42] Das Leben hat es Ihnen doch nicht leicht gemacht. Offenbar half Ihnen etwas, was mir fehlt?" „Was sollte das sein, Georg?" Klara setzte sich neben ihn.

„Es ist seltsam; als ich mich zum erstenmal wieder Ihrer erinnerte, vor drei Wochen nachts, auf der Reise, da fiel mir ein: sie war ein frommes Kind. Und jetzt, seit ich Sie gesehen habe, trotzdem Sie so ganz anders sind, als ich erwartete — trotzdem, ich möchte fast sagen, nur noch desto sicherer, empfinde ich, was Sie geführt hat, mitten durch alle Gefahren, war Ihre — Ihre Frömmigkeit."

„Was nennen Sie Frömmigkeit?"

„Nun, Ihr Verhältnis zu Gott, Ihre Liebe zu ihm, Ihr Glauben."

Frau Klara schloß die Augen: „Liebe zu Gott? Lassen Sie mich nachdenken." Der Doktor betrachtete sie gespannt. Sie schien ihre Gedanken langsam auszusprechen, so wie sie ihr kamen: „Als Kind — hab ich da Gott geliebt? Ich glaube nicht. Ja, ich habe nicht einmal — es hätte mir wie eine wahnsinnige Überhebung[43] — das ist nicht das richtige Wort — wie die größte Sünde geschienen, zu denken: Er ist. Als ob ich ihn damit gezwungen hätte, in mir, in diesem schwachen Kind, mit den lächerlich langen Armen, zu sein, in unserer armen Wohnung, in der alles unecht und lügnerisch war, von den Bronze-Wandtellern aus Papiermaché[44] bis zum

---

[42] *Sichbesitzen* — self-possession
[43] *wahnsinnige Überhebung* — insane presumption
[44] *Bronze-Wandtellern aus Papiermaché* — bronze-colored wall plaques made of papier-mâché

Wein in den Flaschen, die so teure Etiketten[45] trugen. Und später —" Frau Klara machte eine abwehrende Bewegung[46] mit den Händen, und ihre Augen schlossen sich fester, als fürchteten sie, durch die Lider etwas Furchtbares zu sehen —
„ich hätte ihn ja hinausdrängen müssen aus mir, wenn er in mir gewohnt hätte damals. Aber ich wußte nichts von ihm. Ich hatte ihn ganz vergessen. Ich hatte alles vergessen. — Erst in Florenz: Als ich zum erstenmal in meinem Leben sah, hörte, fühlte, erkannte und zugleich danken lernte für alles das, da dachte ich wieder an ihn. Überall waren Spuren von ihm. In allen Bildern fand ich Reste von seinem Lächeln, die Glocken lebten noch von seiner Stimme, und an den Statuen erkannte ich Abdrücke seiner Hände."

„Und da fanden Sie ihn?"

Klara schaute den Doktor mit großen, glücklichen Augen an: „Ich fühlte, daß er war, irgendwann einmal war... warum hätte ich mehr empfinden sollen? Das war ja schon Überfluß."

Der Doktor stand auf und ging ans Fenster. Man sah ein Stück Feld und die kleine, alte Schwabinger Kirche,[47] darüber Himmel, nicht mehr ganz ohne Abend. Plötzlich fragte Doktor Laßmann, ohne sich umzuwenden: „Und jetzt?" Als keine Antwort kam, kehrte er leise zurück.

„Jetzt —," zögerte Klara, als er gerade vor ihr stand, und hob die Augen voll zu ihm auf:[48] „jetzt denke ich manchmal: Er wird sein."

Der Doktor nahm ihre Hand und behielt sie einen Augenblick. Er schaute so ins Unbestimmte.

„Woran denken Sie, Georg?"

„Ich denke, daß das wieder wie an jenem Abend ist: Sie

---

[45] *teure Etiketten* — expensive labels
[46] *eine abwehrende Bewegung* — a warding-off gesture
[47] *Schwabinger Kirche* — church in Schwabing
[48] *hob die Augen voll zu ihm auf* — looked straight up at him

Eine Geschichte dem Dunkel erzählt

warten wieder auf den Wunderbaren, auf Gott, und wissen, daß er kommen wird — Und ich komme zufällig dazu —."[49]
Frau Klara erhob sich leicht und heiter. Sie sah sehr jung aus. „Nun, diesmal wollen wirs aber auch abwarten." Sie sagte das so froh und einfach, daß der Doktor lächeln mußte. So führte sie ihn in das andere Zimmer, zu ihrem Kind. —
In dieser Geschichte ist nichts, was Kinder nicht wissen dürfen. Indessen, die Kinder haben sie nicht erfahren. Ich habe sie nur dem Dunkel erzählt, sonst niemandem. Und die Kinder haben Angst vor dem Dunkel, laufen ihm davon, und müssen sie einmal drinnen bleiben, so pressen sie die Augen zusammen und halten sich die Ohren zu. Aber auch für sie wird einmal die Zeit kommen, da sie das Dunkel liebhaben. Sie werden von ihm meine Geschichte empfangen, und dann werden sie sie auch besser verstehen.

FRAGEN

1. Was wollte der Erzähler zu Beginn der Geschichte tun?
2. Was tat Dr. Laßmann nach langer Abwesenheit?
3. Wen wird er besuchen?
4. An wen dachte Dr. Laßmann, als er im Zug saß?
5. Welcher Gedanke ängstigte ihn?
6. Wie beruhigte sich Dr. Laßmann auf dem Zug?
7. Wer war Sophie?
8. Wer war Klara Söllner?
9. Warum hält der Schwager nicht viel von Klara?
10. Wer war Baurat Lehr?
11. Was wurde aus Klara?

[49] *komme zufällig dazu* — come along unexpectedly

12. Warum reiste Dr. Laßmann nach München?
13. Womit verdiente sich Klara etwas Geld?
14. Was zeigte Klara dem Doktor?
15. Wo war Angelo, der Vater?
16. Wann wird er zurückkehren?
17. Warum kam Dr. Laßmann zu Klara?
18. Was hatten die beiden Kinder an dem Abend getan, an den sich Klara erinnerte?
19. Warum entschuldigte Klara sich einen Augenblick?
20. Warum machte Klara einen besonderen Eindruck auf Dr. Laßmann?
21. Was hatte Klara in Florenz gefunden?
22. Wohin führte Klara den Doktor?
23. Wovor haben Kinder Angst?
24. Was werden die Kinder besser verstehen, nachdem sie gelernt haben, das Dunkel liebzuhaben?

ILSE AICHINGER

A Viennese by birth, Ilse Aichinger (1921-) planned a career in medicine but abandoned it in favor of literature. Her work, often showing the influence of Kafka, treats in the main the problems and insecurity of modern man. Her style is generally clear and uncomplicated, often almost poetic, and she manages to penetrate into a world behind ours, one which is frequently real and unreal at the same time. If one reads her work carefully, it becomes apparent that she never completely removes herself or her characters from reality. Often, as in "Die geöffnete Order," reality and unreality, the rational and irrational, seem to change places.

The events in this story are ordinary enough in time of war (and it is worth noting that no names, dates or places are given, indicating the timelessness of the situation). What is unusual is their effect upon the courier. Had he not secretly read the order, his world would never have changed as it did. The author seems to be saying that man is capable of experiencing a new kind of reality, one which derives directly from that to which we are accustomed. The reader should note that the young soldier's experience involves a "Grenzsituation," a borderline situation, and that this occurs in real life exactly on the border between two opposing forces. The "Grenzsituation" may appear irrational, or we may not properly understand it, or it may not be permanent, but it exists nevertheless. Often it may be exactly the opposite of what we assume it should be. This new reality is no science-fiction world, no dream world. Perhaps it startles us, perhaps it disturbs us, but in no way does it seem impossible or incredible. It forces itself upon us, and although at first we regard it as something very different, there is no point in resisting it, as the courier attempts to do. Sooner or later we come to accept it, and when we do, its existence may be justified. It may never recur, but our recognition of it will remain with us.

DIE GEÖFFNETE ORDER

ILSE AICHINGER

Vom Kommando¹ war lange keine Weisung gekommen, und es hatte den Anschein,² als ob man überwintern würde. In den Schlägen³ ringsum fielen die letzten Beeren von den Sträuchern und verfaulten im Moos. Die ausgesetzten Posten klebten verloren in den Baumwipfeln und beobachteten das Fallen der Schatten. Der Feind lag jenseits des Flusses und griff nicht an. Statt dessen wurden die Schatten Abend für Abend länger, und die Nebel hoben sich von Morgen zu Morgen schwerer aus den Niederungen. Es gab unter den jüngeren Freiwilligen der Verteidigungsarmee einige, die Sonne und Mond satt hatten⁴ und sich dieser Art der Kriegführung nicht gewachsen fühlten.⁵ Sie waren entschlossen, wenn es nötig sein sollte, auch ohne Befehl anzugreifen, bevor Schnee fiel.

Derjenige von ihnen, der an einem der nächsten Tage von den Befehlshabern der Abteilung mit einer Meldung an das Kommando geschickt wurde, ahnte deshalb nichts Gutes. Er wußte, daß sie keinen Scherz verstanden, wenn es um Meuterei ging,⁶ so nachlässig sie auch sonst schienen. Einige Fragen, die ihm nach Abgabe der Meldung auf dem Komman-

---

¹ *Kommando* — headquarters
² *es hatte den Anschein* — it seemed
³ *Schlägen* — fields
⁴ *die Sonne... hatten* — who were sick of the sun and moon
⁵ *sich ... nicht gewachsen fühlten* — weren't up to
⁶ *wenn es um Meuterei ging* — if it came to mutiny

do gestellt wurden, ließen ihn fast an ein Verhör denken und
erhöhten seine Unsicherheit.

Um so mehr überraschte es ihn, als ihm nach längerer
Wartezeit eine Order mit dem Befehl übergeben wurde, sie
noch vor Einbruch der Nacht an die Abteilung zurückzu-
bringen. Er wurde angewiesen, den kürzeren Weg zu fahren.
Auf einer Karte bezeichnete man ihm die eingesehenen
Stellen.[7] Zu seinem Unwillen gab man ihm einen Begleiter
mit. Durch das offene Fenster sah er den Beginn des Weges,
den er zu nehmen hatte, vor sich. Der Weg lief quer über die
Lichtung und verlor sich spielerisch zwischen den Hasel-
sträuchern. Man schärfte dem Mann noch einmal Vorsicht ein.[8]
Gleich darauf fuhren sie los.

Es war kurz nach Mittag. Wolkenschatten zogen äsenden
Tieren gleich[9] über den Rasen und verschwanden gelassen
im Dickicht. Der Weg war schlecht und stellenweise fast
unbefahrbar. Niedrige Sträucher drängten dicht heran. Sobald
der Fahrer eine größere Geschwindigkeit nahm, schlugen ihre
Zweige den Männern in die Augen. Der Wald schien auf
Holzsammler zu warten, und auch der Fluß, der da und dort
über ausgerodete Stellen[10] hinweg in der Tiefe sichtbar wurde,
stellte sich unwissend.[11] Auf den Kämmen glänzte geschlagenes
Holz[12] in der Mittagssonne. Nichts in der Natur nahm die
Grenzhaftigkeit zur Kenntnis.[13]

Sie hatten Eile, durch die Schläge zu kommen, die sich
immer wieder zwischen den Stämmen auftaten und mit dem

---

[7] *die eingesehenen Stellen* — the places which were under observation
[8] *Man schärfte . . . ein* — Once more they warned him to be careful
[9] *äsenden Tieren gleich* — like grazing animals
[10] *ausgerodete Stellen* — cleared areas
[11] *stellte sich unwissend* — pretended to notice nothing
[12] *geschlagenes Holz* — cut timber
[13] *Nichts in der Natur nahm die Grenzhaftigkeit zur Kenntnis* — Nothing in nature indicated that this was a boundary area [between opposing armies]

Die geöffnete Order

Blick in die Tiefe zugleich auch sie selbst den Blicken der Tiefe freigaben.¹⁴ Der Fahrer ließ den Wagen über Wurzeln springen und wandte sich von Zeit zu Zeit nach dem Mann mit der Order zurück, wie um sich einer Fracht zu versichern.¹⁵ Das erbitterte den anderen und machte ihn des Mißtrauens seiner Auftraggeber¹⁶ gewiß.

Was hatte seine Meldung enthalten? Wohl hieß es, daß am frühen Morgen einer der entfernteren Posten Bewegungen jenseits des Flusses beobachtet hatte, doch solche Gerüchte gab es immer wieder, und es war möglich, daß sie vom Stab zur Beruhigung der Leute erfunden wurden. Ebenso konnte es sein, daß die Aussendung der Meldung ein Manöver gewesen war und das Vertrauen, das man ihm erwies, fingiert.¹⁷ Sollte er aber Unerwartetes gemeldet haben, so mußte es aus dem Inhalt der Order hervorgehen. Er sagte sich, daß es besser sei, den Inhalt zu wissen, solange man auf eingesehenen¹⁸ Straßen fuhr. Eine Erklärung dieser Art würde er auch geben, wenn man ihn zur Verantwortung zog.¹⁹ Er tastete nach dem Kuvert und berührte das Siegel. Seine Sucht, die Order zu öffnen, wuchs wie Fieber mit dem sinkenden Licht.

Um eine Frist zu gewinnen, bat er den anderen, ihm seinen Platz zu überlassen. Während er fuhr, überkam den Mann Beruhigung. Sie hatten jetzt schon stundenlang die Wälder nicht mehr verlassen. Der Weg war stellenweise von Geröll überschüttet, das von künstlichen Sperren herrührte²⁰ und auf

---

¹⁴ *und mit dem Blick ... Tiefe freigaben* — and as they peered into the woods revealed themselves at the same time to those who might be concealed there
¹⁵ *wie um sich einer Fracht zu versichern* — as if he were checking a load
¹⁶ *Auftraggeber* — superiors
¹⁷ *fingiert* — feigned
¹⁸ *eingesehenen* — under observation
¹⁹ *ihn zur Verantwortung zog* — held him responsible
²⁰ *von Geröll überschüttet, das von künstlichen Sperren herrührte* — covered by rocks which came from road-blocks

die Nähe des Zieles schließen ließ.²¹ Diese Nähe flößte dem Mann Gleichmut ein,²² vielleicht würde sie ihn hindern, das Siegel zu öffnen. Er fuhr ruhig und sicher, aber während sie da, wo der Weg wie in einer plötzlichen Sinnesverwirrung
5 selbstmörderisch hinabstürzte, ohne Schaden wegkamen, blieb der Wagen unmittelbar darauf an einer sumpfigen²³ Stelle stecken. Der Motor hatte ausgesetzt, Schreie von Vögeln ließen die darauffolgende Stille noch größer erscheinen. Farnkräuter wucherten im Umkreis.²⁴ Sie hoben den Wagen
10 heraus. Der Junge erbot sich, einen Defekt, der ihrer Weiterfahrt noch im Weg war, zu beheben.²⁵ Während er unter dem Wagen lag, erbrach der Mann ohne jede weitere Überlegung die Order. Er mühte sich kaum, das Siegel zu wahren. Er stand über den Wagen gebeugt und las. Die Order lautete
15 auf seine Erschießung.²⁶

Es gelang ihm, sie in die Brusttasche zurückzuschieben, ehe der andere seinen Kopf unter dem Wagen hervorzog. „Alles in Ordnung!" sagte er fröhlich. Dann fragte er, ob er nun wieder fahren sollte. Ja, er sollte fahren. Während er ankur-
20 belte,²⁷ überlegte der Mann, ob es besser wäre, ihn jetzt oder im Fahren niederzuschießen. Es gab für ihn keinen Zweifel mehr darüber, daß sein Begleiter Eskorte war.

Der Weg verbreiterte sich an seinem tiefsten Punkt, als reute ihn sein plötzlicher Absturz, und führte sachte hinauf.
25 „Die Seele eines Selbstmörders, von Engeln getragen", dachte der Mann. Aber sie trugen ihn dem Gericht entgegen, und es würde sich als Schuld enthüllen, was als gutes Recht gegolten

---

²¹ *schließen ließ* — indicated
²² *flößte dem Mann Gleichmut ein* — calmed the man
²³ *sumpfigen* — swampy
²⁴ *Farnkräuter wucherten im Umkreis* — The area was rank with ferns
²⁵ *einen Defekt ... zu beheben* — to repair the defect
²⁶ *Die Order lautete auf seine Erschießung* — It was an order for his execution
²⁷ *ankurbelte* — started the motor

Die geöffnete Order

hatte.[28] Es war die Aktion ohne Befehl. Was ihn verwunderte, war die Mühe, die man sich mit ihm nahm.

Im fallenden Dunkel sah er die Umrisse des anderen vor sich, seinen Schädel und seine Schultern, die Bewegungen seiner Arme — eine Fraglosigkeit der Kontur, die ihm selbst versagt blieb.[29] Die Kontur des Bewußten[30] verfließt in der Finsternis.

Der Fahrer wandte sich nach ihm um und sagte: „Wir werden eine ruhige Nacht haben!" Das klang wie reiner Hohn. Aber die Nähe des Zieles schien ihn gesprächig zu machen, und er fuhr fort, ohne eine Antwort abzuwarten: „Wenn wir gut hinkommen!" Der Mann nahm den Revolver vom Koppel.[31] Es war im Wald so finster, daß man denken konnte, die Nacht wäre schon hereingebrochen. „Als Kind", sagte der Fahrer, „mußte ich immer von der Schule durch den Wald nach Hause gehen, wenn es abends war, da habe ich laut gesungen, damals...."

Sie waren über Erwarten schnell an die letzte Rodung gekommen. Wenn wir darüber sind — dachte der Mann, denn von da ab wurde der Wald noch einmal sehr dicht, ehe er sich gegen den abgebrannten Weiler zu öffnete, wo die Abteilung lag. Aber diese letzte Rodung war breiter als alle bisherigen, der Fluß glänzte aus einer größeren Nähe herüber. Ein Spinnennetz von Mondlicht lag über dem Schlag, der sich bis zum Kamm hinaufzog. Der Weg war von den Rädern der Ochsenkarren zerfurcht,[32] die vor langer Zeit hier gefahren

---

[28] *und es würde sich .. gegolten hatte* — and what had been looked upon as sound and right would be revealed as guilt
[29] *eine Fraglosigkeit der Kontur, die ihm selbst versagt blieb* — a definiteness of outline which was denied him
[30] *des Bewußten* — of that of which he was conscious
[31] *Koppel* — gun belt
[32] *Der Weg war ... zerfurcht* — The road had deep ruts cut by the wheels of ox-carts

waren. Die eingetrockneten Furchen glichen im Mondlicht dem Innern einer Totenmaske. Auch dem, der die Rodung gegen den Fluß zu hinuntersah, wurde deutlich, daß die Erde den Abdruck eines fremden Gesichtes trug.

Der Mann hielt den Revolver vor sich auf den Knien. Als der erste Schuß fiel, hatte er deshalb die Empfindung, ihn gegen seinen Willen vorzeitig ausgelöst zu haben. Aber wenn der vor ihm getroffen war, so mußte sein Gespenst von großer Geistesgegenwart sein, denn es fuhr mit größerer Geschwindigkeit weiter. Er brauchte verhältnismäßig lange, ehe er erkannte, daß er selbst der Getroffene war. Der Revolver entfiel seiner Hand, sein Arm sackte herab. Ehe sie den Wald wieder erreichten, fielen noch mehrere Schüsse, ohne zu treffen.

Das Gespenst vor ihm wandte dem Mann sein fröhliches Gesicht zu und sagte: „Hier wären wir glücklich darüber, der Schlag war eingesehen!"[33] — „Halten Sie!" sagte der Mann. „Nicht hier", erwiderte der Junge, „tiefer drinnen!" — Ich bin getroffen", sagte der Mann verzweifelt. Der andere fuhr noch ein Stück weiter, ohne sich umzusehen, und hielt dann plötzlich an. Es gelang ihm, die Wunde abzubinden und das Blut zu stillen. Dann sagte er das einzig Tröstliche, das er wußte: „Wir sind jetzt bald am Ziel!" Dem Verwundeten wird der Tod versprochen — dachte der Mann. „Warten Sie!" sagte er. „Noch etwas?" fragte der Junge ungeduldig. „Die Order!" erwiderte der Mann, und griff mit der linken Hand in die Brusttasche. Im Augenblick seiner tiefsten Verzweiflung war ihm der Wortlaut auf eine neue Weise bewußt geworden. Die Order lautete auf die Erschießung des Überbringers, sie nannte keinen Namen.

„Mein Rock ist durchgeblutet", sagte der Mann, „über-

---

[33] *der Schlag war eingesehen* — the clearing was under observation

Die geöffnete Order 57

nehmen Sie die Order!" Wenn der andere sich weigerte, so würde sich hier alles entscheiden. Nach einem Augenblick des Schweigens fühlte er, wie ihm der Brief aus der Hand genommen wurde. „In Ordnung!" sagte der andere.

Die letzte halbe Stunde verging in Schweigen, Zeit und Weg waren zu Wölfen geworden, die einander rissen. Auf den himmlischen Weiden[34] sind die Schafe geschützt, aber die himmlischen Weiden enthüllten sich als Richtplatz.[35]

Der Ort, wo die Abteilung lag, war ein Weiler von fünf Häusern gewesen, von denen im Lauf der bisherigen Scharmützel[36] drei abgebrannt waren. Die Helle der heilen Höfe machte deutlich, daß die Jungfräulichkeit des Abends der Nacht noch nicht gewichen war.[37] Der Ort war ringsum von Wald umschlossen, der Rasen war niedergetreten und von Fahrzeugen und Geschützen übersät. Ein Drahtverhau[38] grenzte den Platz gegen die Wälder ab.

Auf die Frage des Postens, was er brächte, erwiderte der Fahrer: „Einen Verwundeten und eine Order!" Sie fuhren rund um den Platz. Während der Mann im Wagen sich aufzurichten versuchte, dachte er, daß dieser Ort einem Ziel nicht ähnlicher war als alle andern Orte der Welt. Alle waren eher als Ausgangspunkt begreiflich.[39] Er hörte eine Stimme fragen: „Ist er bei sich?"[40] und hielt die Augen geschlossen. Es ging darum,[41] Zeit zu gewinnen.

Und ehe irgend etwas bekannt wurde, hatte er neue Kräfte

---

[34] *den himmlischen Weiden* — the heavenly pastures
[35] *Richtplatz* — place of execution
[36] *Scharmützel* — skirmish
[37] *Die Helle der heilen Höfe ... gewichen war* — The brightness of the undamaged buildings revealed that the purity of the evening had not yet given way to night
[38] *Drahtverhau* — wire fence
[39] *Alle waren eher als Ausgangspunkt begreiflich* — They all looked more like starting points
[40] *bei sich* — conscious
[41] *Es ging darum* — It was a question of

gefunden, und Waffen, die seine Flucht erleichterten. Als sie ihn aus dem Wagen hoben, hing er schlaff in ihren Armen. Sie trugen ihn in eines der Häuser über den Hof, in dem ein Ziehbrunnen stand. Zwei Hunde schnüffelten um ihn her.
5 Die Wunde schmerzte. In einem Raum im Erdgeschoß legten sie ihn auf eine Bank. Es brannten keine Lampen hier, die Fenster standen offen. „Kümmert euch weiter um ihn!" sagte der Fahrer. „Ich möchte keine Zeit verlieren."

Der Mann erwartete, daß man ihn jetzt verbinden würde,
10 aber als er vorsichtig die Lider hob, fand er sich allein. Vielleicht waren sie weggegangen, um Verbandzeug zu holen. Im Haus war ein lebhaftes Kommen und Gehen, Türen wurden zugeschlagen, Stimmen klangen auf, aber all das trug sein eigenes Verstummen schon in sich und erhöhte, den Schreien
15 der Vögel ähnlich, die Stille, aus der es sich erhob.[42] „Wozu das alles?" dachte der Mann und begann, als nach einigen Minuten noch immer niemand gekommen war, die Möglichkeit einer sofortigen Flucht zu erwägen. Im Flur lehnten abgestellte Gewehre. Dem Posten würde er sagen, er sei mit
20 einer neuen Meldung an das Kommando bestellt. Ausweise hatte er bei sich. Wenn er es bald tat, konnte noch niemand Bescheid wissen.

Er richtete sich auf, wunderte sich aber, wie groß die Schwäche war, die er vorzugeben[43] gedacht hatte. Ungeduldig
25 setzte er die Füße auf den Boden, erhob sich, konnte aber nicht stehen. Er setzte sich zurück und versuchte es entschlossen ein zweites Mal. Bei diesem Versuch riß der Notverband,[44] den der andere angelegt hatte, und die Wunde brach auf. Sie öffnete sich mit der Vehemenz eines verborgenen Wunsches.

---

[42] *aber all das ... es sich erhob* — but all this contained its own silence and intensified, like the cries of the birds, the stillness out of which it grew
[43] *vorzugeben* — of feigning
[44] *Notverband* — emergency bandage

Die geöffnete Order

Er fühlte, wie das Blut sein Hemd durchtränkte und das Holz der Bank näßte, auf die er zurückgefallen war. Durch das Fenster sah er über der getünchten[45] Mauer des Hofes den Himmel. Er hörte das Aufschlagen von Hufen, Pferde wurden in die Stallungen gebracht. Die Bewegungen im Haus hatten sich verstärkt, die Geräusche nahmen zu, es schien Unerwartetes geschehen zu sein. Er zog sich an dem Fenstersims hoch und glitt wieder herab. Er rief, aber es hörte ihn niemand. Man hatte ihn vergessen.

Während er dalag, wich seine Auflehnung einer verzweifelten Heiterkeit.[46] Das Verbluten schien ihm dem Entweichen durch verschlossene Türen ähnlich, einem Übergehen aller Posten. Der Raum, der nur durch die Helle der gegenüberliegenden Mauer wie von Schneelicht ein wenig erleuchtet wurde, enthüllte sich als Zustand. Und war nicht der reinste aller Zustände Verlassenheit, und das Strömen des Blutes Aktion?[47] Da er sie an sich[48] und nicht um der Verteidigung willen gewünscht hatte, war das Urteil, das sich an ihm erfüllte, richtig. Da er das Liegen an den Grenzen satt hatte, bedeutete es Erlösung.

In der Ferne fielen Schüsse. Der Mann öffnete die Augen und erinnerte sich. Es war sinnlos gewesen, die Order weiterzugeben. Sie schossen den anderen nieder, während er hier lag und verblutete. Sie zerrten den anderen hinaus zwischen die Sparren[49] der abgebrannten Höfe, vielleicht hatten sie ihm schon die Augen verbunden, nur sein Mund stand noch halb offen vor Überraschung, sie legten an, sie zielten, Achtung —

---

[45] *getünchten* — whitewashed
[46] *wich seine Auflehnung einer verzweifelten Heiterkeit* — his resistance gave way to a desperate cheerfulness
[47] *Und war nicht . . . des Blutes Aktion* — And was not abandonment the purest of all conditions and the flowing of his blood action?
[48] *an sich* — for their own sakes
[49] *Sparren* — beams

Als er zu sich kam, fühlte er, daß seine Wunden verbunden waren. Er hielt es für einen unnötigen Dienst, den die Engel an dem Verbluteten taten, für Barmherzigkeit, die zu spät kam. „Hier sehen wir uns wieder!" sagte er zu dem Fahrer, der sich über ihn beugte. Erst als er einen Offizier vom Stab am Fußende des Bettes bemerkte, erkannte er mit Schrecken, daß er nicht gestorben war.

„Die Order", sagte er, „was ist mit der Order geschehen?"

„Durch den Schuß lädiert",[50] erwiderte der Offizier, „aber noch lesbar."

„Ich hatte sie zu überbringen", sagte der Mann.

„Wir sind zurecht gekommen!" unterbrach ihn der Fahrer. „Die am andern Ufer haben überall den Angriff begonnen!"

„Es war die letzte Nachricht, die wir zu erwarten hatten." Der vom Stab wandte sich zum Gehen. In der Tür drehte er sich noch einmal zurück und sagte, nur um noch irgend etwas zu sagen: „Ihr Glück, daß Sie den Wortlaut der Order nicht kannten. Wir hatten eine merkwürdige Chiffre[51] für den Beginn der Aktion."

FRAGEN

1. Warum wurde der Soldat auf das Kommando geschickt?
2. Wie war die erste Strecke des Weges?
3. Wer fuhr in dem Wagen?
4. Was wollte der Mann gerne tun?
5. Warum wurde der Mann mit der Order ruhiger?
6. Was geschah, während der Fahrer unter dem Wagen lag?

[50] *lädiert* — damaged
[51] *Chiffre* — cipher

Die geöffnete Order

7. Woran dachte der Mann, nachdem die beiden wieder im Wagen saßen?
8. Warum fiel ihm der Revolver aus der Hand?
9. Warum hielt der Fahrer an?
10. Was machte der Mann mit der Order?
11. Warum hielt der Verwundete die Augen geschlossen?
12. Was tat man mit dem Verwundeten?
13. Woran dachte der Verwundete, als er alleine auf der Bank lag?
14. Was geschah, als er versuchte aufzustehen?
15. Wie erklärte er sich die Schüsse?
16. Was hatte der Verwundete mißverstanden?

HERMANN HESSE

In 1931 Hermann Hesse (1877-) published a volume of shorter prose works under the title *Der Weg nach Innen*. This title is important for an understanding of Hesse because it refers to the path he believes must be taken by those who aspire to true wisdom and understanding. This path leads from the external world into the core of the individual's own being. To tread this way means turning one's back on the things of this world after one has come to see them in their proper perspective. Since the path to self leads through the midst of life, it is fraught with life's distractions and dangers.

Hesse is well aware of the pitfalls which confront man at every turn in our highly technical and advanced civilization; it is this fact that has made him one of the most outspoken critics of our complex modern world. Too many Europeans have lost track of the real values of life and are content to live in a scientific world which they really do not understand; they have lost all ties to nature and simple human values and, in their pride, stand disdainfully apart from the rest of humanity. The attempt to replace what Hesse considers real human values with a devotion to gadgets and a naive faith in "science," which is closer to magic than to reason, has led to what Hesse calls "Verrohung der Kultur" (vulgarization of culture). Just as Hesse has lost faith in European civilization as it exists at present, so has he lost faith in the ability of the spurious European to compete with and to measure up to the authentic and natural peoples of the world. This is the theme of "Der Europäer."

Hesse, a south German by birth, has lived in Switzerland since World War I. In 1946 he received the Nobel prize for literature, and in the years since the close of World War II, his reputation has spread steadily beyond the borders of the German-speaking countries.

DER EUROPÄER
Eine Fabel

HERMANN HESSE

Endlich hatte Gott der Herr ein Einsehen[1] und machte dem Erdentage, der mit dem blutigen Weltkriege geendet, selber ein Ende, indem er die große Flut sandte. Mitleidig spülten die Wasserfluten hinweg, was das alternde Gestirn schändete,[2] die blutigen Schneefelder und die von Geschützen starrenden[3] Gebirge, die verwesenden Leichen zusammen mit denen, die um sie weinten, die Empörten und Mordlustigen zusammen mit den Verarmten, die Hungernden zusammen mit den geistig Irrgewordenen.[4]

Freundlich sah der blaue Weltenhimmel auf die blanke Kugel herab.

Übrigens hatte sich die europäische Technik bis zuletzt glänzend bewährt. Wochenlang hatte sich Europa gegen die langsam steigenden Wasser umsichtig[5] und zäh gehalten. Erst durch ungeheure Dämme, an welchen Millionen von Kriegsgefangenen Tag und Nacht arbeiteten; dann durch künstliche Erhöhungen, die mit fabelhafter Schnelligkeit emporstiegen und anfangs das Aussehen riesiger Terrassen hatten, dann aber mehr und mehr zu Türmen gipfelten. Von diesen Türmen aus bewährte sich menschlicher Heldensinn mit rührender Treue bis zum letzten Tage. Während Europa und alle Welt

---
[1] *hatte Gott der Herr ein Einsehen* — the Lord realized what was going on
[2] *was das alternde Gestirn schändete* — everything that disfigured the aging planet
[3] *von Geschützen starrenden* — bristling with cannon
[4] *den geistig Irrgewordenen* — those who had gone insane
[5] *umsichtig* — prudently

versunken und ersoffen⁶ war, gleißten von den letzten ragenden Eisentürmen noch immer grell und unbeirrt die Scheinwerfer durch die feuchte Dämmerung der untergehenden Erde, und aus den Geschützen sausten in eleganten Bogen die Granaten hin und her. Zwei Tage vor dem Ende entschlossen sich die Führer der Mittelmächte,⁷ durch Lichtzeichen ein Friedensangebot an die Feinde zu richten. Die Feinde verlangten jedoch sofortige Räumung⁸ der noch stehenden befestigten Türme, und dazu konnten auch die entschlossensten Friedensfreunde sich nicht bereit erklären.⁹ So wurde heldenhaft geschossen bis zur letzten Stunde.

Nun war alle Welt überschwemmt. Der einzige überlebende Europäer trieb¹⁰ auf einem Rettungsgürtel in der Flut und war mit seinen letzten Kräften damit beschäftigt, die Ereignisse der letzten Tage aufzuschreiben, damit eine spätere Menschheit wisse, daß sein Vaterland es gewesen war, das den Untergang der letzten Feinde um Stunden überdauert und sich so für ewig die Siegespalme gesichert hatte.¹¹

Da erschien am grauen Horizont schwarz und riesig ein schwerfälliges Fahrzeug, das sich langsam dem Ermatteten näherte. Er erkannte mit Befriedigung eine gewaltige Arche und sah, ehe er in Ohnmacht sank, den uralten Patriarchen groß mit wehendem Silberbart an Bord des schwimmenden Hauses stehen. Ein gigantischer Neger fischte den Dahintreibenden¹² auf, er lebte und kam bald wieder zu sich. Der Patriarch

---

⁶ *versunken und ersoffen* — engulfed
⁷ *Mittelmächte* — Central Powers
⁸ *sofortige Räumung* — immediate evacuation
⁹ *dazu konnten ... sich nicht bereit erklären* — even the most determined peacelovers could not agree to this
¹⁰ *trieb* — floated
¹¹ *das den Untergang ... Siegespalme gesichert hatte* — which had outlived the fall of the last enemies by hours and had thus assured itself of the palm of victory for ever
¹² *Dahintreibenden* — castaway

Der Europäer

lächelte freundlich. Sein Werk war geglückt, es war von allen Gattungen der irdischen Lebewesen je ein Exemplar gerettet.

Während die Arche gemächlich vor dem Winde lief[13] und auf das Sinken der trüben Wasser wartete, entspann sich an Bord ein buntes Leben. Große Fische folgten dem Fahrzeug in dichten Schwärmen, in bunten, traumhaften Geschwadern schwärmten[14] die Vögel und Insekten über dem offenen Dache, jedes Tier und jeder Mensch war voll inniger Freude, gerettet und einem neuen Leben vorbehalten zu sein. Hell und schrill kreischte der bunte Pfau seinen Morgenruf über die Gewässer, lachend spritzte der frohe Elefant sich und sein Weib aus hochgerecktem Rüssel zum Bade, schillernd saß die Eidechse[15] im sonnigen Gebälk; der Indianer spießte mit raschem Speerstoß glitzernde Fische aus der unendlichen Flut, der Neger rieb am Herde Feuer aus trockenen Hölzern und schlug vor Freude seiner fetten Frau in rhythmischen Taktfolgen auf die klatschenden Schenkel,[16] mager und steil stand der Hindu mit verschränkten[17] Armen und murmelte uralte Verse aus den Gesängen der Weltschöpfung vor sich hin. Der Eskimo lag dampfend in der Sonne und schwitzte, aus kleinen Augen lachend, Wasser und Fett von sich, beschnuppert von einem gutmütigen Tapir, und der kleine Japaner hatte sich einen dünnen Stab geschnitzt, den er sorgfältig bald auf seiner Nase, bald auf seinem Kinn balancieren ließ. Der Europäer verwendete sein Schreibzeug dazu, ein Inventar der vorhandenen Lebewesen aufzustellen.

Gruppen und Freundschaften bildeten sich, und wo je ein

---

[13] *vor dem Winde lief* — moved with the wind
[14] *in bunten, traumhaften Geschwadern schwärmten* — hovered in colorful fantastic swarms
[15] *Eidechse* — lizard
[16] *schlug vor Freude ... klatschenden Schenkel* — with a rhythmic beat joyfully slapped the thigh of his fat wife
[17] *verschränkten* — folded

Streit ausbrechen wollte, wurde er von dem Patriarchen durch einen Wink beseitigt.[18] Alles war gesellig und froh; nur der Europäer war mit seiner Schreibarbeit einsam beschäftigt.

Da entstand unter all den vielfarbigen Menschen[19] und Tieren ein neues Spiel, indem jeder im Wettbewerb[20] seine Fähigkeiten und Künste zeigen wollte. Alle wollten die ersten sein, und es mußte vom Patriarchen selber Ordnung geschaffen werden. Er stellte die großen Tiere und die kleinen Tiere für sich, und wieder für sich die Menschen, und jeder mußte sich melden und die Leistung nennen, mit welcher er zu glänzen dachte, dann kam einer nach dem andern an die Reihe.[21]

Dieses famose Spiel dauerte viele Tage lang, da immer wieder eine Gruppe weglief und ihr Spiel unterbrach, um einer andern zuzusehen. Und jede schöne Leistung wurde von allen mit lautem Beifall bewundert.[22] Wieviel Wundervolles gab es da zu sehen! Wie zeigte da jedes Geschöpf Gottes, was für Gaben in ihm verborgen waren! Wie tat sich da der Reichtum des Lebens auf! Wie wurde gelacht, wie wurde Beifall gerufen, gekräht, geklatscht, gestampft, gewiehert!

Wunderbar lief das Wiesel, und zauberhaft sang die Lerche, prachtvoll marschierte der geblähte Truthahn,[23] und unglaublich flink kletterte das Eichhorn. Der Mandrill ahmte den Malaien nach, und der Pavian[24] den Mandrill! Läufer und Kletterer, Schwimmer und Flieger wetteiferten unermüdet, und jeder war in seiner Weise unübertroffen und fand Geltung.[25] Es gab Tiere, die konnten durch Zauber wirken, und

---

[18] *durch einen Wink beseitigt* — settled by a gesture
[19] *vielfarbigen Menschen* — people of many colors
[20] *im Wettbewerb* — in competition
[21] *kam einer nach dem andern an die Reihe* — each one took his turn
[22] *mit lautem Beifall bewundert* — was recognized with loud applause
[23] *der geblähte Truthahn* — the puffed-up turkey
[24] *Pavian* — baboon
[25] *jeder war ... und fand Geltung* — each was unexcelled in his own way and received recognition

Tiere, die konnten sich unsichtbar machen. Viele taten sich durch Kraft hervor,[26] viele durch List, manche durch Angriff, manche durch Verteidigung. Insekten konnten sich schützen, indem sie wie Gras, wie Holz, wie Moos, wie Felsgestein aussahen, und andere unter den Schwachen fanden Beifall und trieben lachende Zuschauer in die Flucht,[27] indem sie sich durch grausame Gerüche vor Angriffen zu schützen wußten. Niemand blieb zurück, niemand war ohne Gaben. Vogelnester wurden geflochten, gekleistert, gewebt, gemauert. Raubvögel konnten aus grausiger Höhe das winzigste Ding erkennen.

Und auch die Menschen machten ihre Sache vortrefflich.[28] Wie der große Neger leicht und mühelos am Balken in die Höhe lief, wie der Malaie mit drei Griffen[29] aus einem Palmblatt ein Ruder machte und auf winzigem Brett zu steuern und zu wenden wußte, das war des Zuschauens wert. Der Indianer traf mit leichtem Pfeil das kleinste Ziel, und sein Weib flocht eine Matte aus zweierlei Bast,[30] die hohe Bewunderung erregte. Alles schwieg lange und staunte, als der Hindu vortrat und einige Zauberstücke zeigte. Der Chinese aber zeigte, wie man die Weizenernte durch Fleiß verdreifachen konnte, indem man die ganz jungen Pflanzen auszog und in gleichen Zwischenräumen verpflanzte.

Mehrmals hatte der Europäer, der erstaunlich wenig Liebe genoß,[31] den Unwillen seiner Menschenvettern erregt, da er die Taten anderer mit hartem und verächtlichem Urteil bemängelte.[32] Als der Indianer seinen Vogel hoch aus dem

---

[26] *taten sich ... hervor* — excelled by strength
[27] *trieben ... in die Flucht* — put to flight
[28] *machten ihre Sache vortrefflich* — did their tasks superbly
[29] *mit drei Griffen* — with three simple motions
[30] *zweierlei Bast* — two kinds of raffia
[31] *erstaunlich wenig Liebe genoß* — was remarkably unpopular
[32] *bemängelte* — belittled

Blau des Himmels herunterschoß, hatte der weiße Mann die Achseln gezuckt und behauptet, mit zwanzig Gramm Dynamit schieße man dreimal so hoch! Und als man ihn aufforderte, das einmal vorzumachen, hatte er es nicht gekonnt, sondern hatte erzählt, ja wenn er das und dies und jenes[33] und noch zehn andere Sachen hätte, dann könnte er es schon machen. Auch den Chinesen hatte er verspottet und gesagt, daß das Umpflanzen von jungem Weizen zwar gewiß unendlichen Fleiß erfordere, daß aber doch wohl eine so sklavische Arbeit ein Volk nicht glücklich machen könne. Der Chinese hatte unter Beifall erwidert, glücklich sei ein Volk, wenn es zu essen habe und die Götter ehre; der Europamann aber hatte auch hierzu spöttisch gelacht.

Weiter ging das fröhliche Wettspiel, und am Ende hatten alle, Tiere und Menschen, ihre Talente und Künste gezeigt. Der Eindruck war groß und freudig, auch der Patriarch lachte in seinen weißen Bart und sagte lobend, nun möge das Wasser ruhig verlaufen und ein neues Leben auf dieser Erde beginnen; denn noch sei jeder bunte Faden in Gottes Kleid vorhanden, und nichts fehle, um ein unendliches Glück auf Erden zu begründen.

Einzig der Europäer hatte noch kein Kunststück gezeigt, und nun verlangten alle andern stürmisch, er möge vortreten und das Seine tun, damit man sehe, ob auch er ein Recht habe, Gottes schöne Luft zu atmen und in des Patriarchen schwimmendem Hause zu fahren.

Lange weigerte sich der Mann und suchte Ausflüchte. Aber nun legte ihm Noah selbst den Finger auf die Brust und mahnte ihn, ihm zu folgen.

„Auch ich", so begann nun der weiße Mann, „auch ich habe eine Fähigkeit zu hoher Tüchtigkeit gebracht und ausgebildet.

---

[33] *das und dies und jenes* — this and that

Der Europäer

Nicht das Auge ist es, das bei mir besser wäre als bei andern Wesen, und nicht das Ohr oder die Nase oder die Handfertigkeit oder irgend etwas dergleichen. Meine Gabe ist von höherer Art. Meine Gabe ist der Intellekt."

"Vorzeigen!" rief der Neger, und alle drängten näher hinzu.

"Da ist nichts zu zeigen", sagte der Weiße mild. "Ihr habt mich wohl nicht recht verstanden. Das, wodurch ich mich auszeichne, ist der Verstand."

Der Neger lachte munter und zeigte schneeweiße Zähne, der Hindu kräuselte spöttisch die dünnen Lippen, der Chinese lächelte schlau und gutmütig vor sich hin.

"Der Verstand?" sagte er langsam. "Also zeige uns bitte deinen Verstand. Bisher war nichts davon zu sehen."

"Zu sehen gibt es da nichts", wehrte sich der Europäer mürrisch. "Meine Gabe und Eigenart ist diese: ich speichere in meinem Kopf die Bilder der Außenwelt auf und vermag aus diesen Bildern ganz allein für mich neue Bilder und Ordnungen herzustellen. Ich kann die ganze Welt in meinem Gehirn denken, also neu schaffen."

Noah fuhr sich mit der Hand[34] über die Augen.

"Erlaube",[35] sagte er langsam, "wozu soll das gut sein? Die Welt noch einmal schaffen, die Gott schon erschaffen hat, und ganz für dich allein in deinem kleinen Kopf innen — wozu kann das nützen?"

Alle riefen Beifall und brachen in Fragen aus.

"Wartet!" rief der Europäer. "Ihr verstehet mich nicht richtig. Die Arbeit des Verstandes kann man nicht so leicht vorzeigen wie irgendeine Handfertigkeit."

Der Hindu lächelte.

"O doch, weißer Vetter, das kann man wohl. Zeige uns

[34] *fuhr sich mit der Hand* — passed his hand
[35] *"Erlaube"* — "Forgive me"

doch einmal eine Verstandesarbeit, zum Beispiel Rechnen. Laß uns einmal um die Wette rechnen! Also: ein Paar hat drei Kinder, von welchen jedes wieder eine Familie gründet. Jedes von den jungen Paaren bekommt jedes Jahr ein Kind. Wieviel
5 Jahre vergehen, bis die Zahl 100 erreicht ist?"

Neugierig horchten alle zu, begannen an den Fingern zu zählen und krampfhaft[36] zu blicken. Der Europäer begann zu rechnen. Aber schon nach einem Augenblick meldete sich der Chinese, der die Rechnung gelöst hatte.

10 „Sehr hübsch", gab der Weiße zu, „aber das sind bloße Geschicklichkeiten. Mein Verstand ist nicht dazu da, solch kleine Kunststücke zu machen, sondern große Aufgaben zu lösen, auf denen das Glück der Menschheit beruht."

„Oh, das gefällt mir", ermunterte Noah. „Das Glück zu
15 finden, ist gewiß mehr als alle andern Geschicklichkeiten. Da hast du recht. Schnell sage uns, was du über das Glück der Menschheit zu lehren hast, wir werden dir alle dankbar sein."

Gebannt[37] und atemlos hingen nun alle an den Lippen des weißen Mannes. Nun kam es. Ehre sei ihm, der uns zeigen
20 wird, wo das Glück der Menschheit ruht! Jedes böse Wort sei ihm abgebeten, dem Magier![38] Was brauchte er die Kunst und Geschicklichkeit von Auge, Ohr und Hand, was brauchte er den Fleiß und die Rechenkunst, wenn er solche Dinge wußte!

25 Der Europäer, der bisher eine stolze Miene gezeigt hatte, begann bei dieser ehrfürchtigen Neugierde allmählich verlegen zu werden.

„Es ist nicht meine Schuld!" sagte er zögernd, „aber ihr versteht mich immer falsch! Ich sagte nicht, daß ich das

---

[36] *krampfhaft* — intensely
[37] *Gebannt* — tense
[38] *Jedes böse Wort sei ihm abgebeten, dem Magier* — May he, the magician, forgive us for every evil word we said about him.

Geheimnis des Glückes kenne. Ich sagte nur, mein Verstand arbeitet an Aufgaben, deren Lösung das Glück der Menschheit fördern wird. Der Weg dahin ist lang, und nicht ich noch ihr werdet sein Ende sehen. Viele Geschlechter werden noch über diesen schweren Fragen brüten!"

Die Leute standen unschlüssig und mißtrauisch. Was redete der Mann? Auch Noah schaute zur Seite und runzelte die Stirn.

Der Hindu lächelte dem Chinesen zu, und als alle andern verlegen schwiegen, sagte der Chinese freundlich: „Liebe Brüder, dieser weiße Vetter ist ein Spaßvogel. Er will uns erzählen, daß in seinem Kopfe eine Arbeit geschieht, deren Ertrag[39] die Urenkel unserer Urenkel vielleicht einmal zu sehen bekommen werden, oder auch nicht. Ich schlage vor, wir anerkennen ihn als Spaßmacher. Er sagt uns Dinge, die wir alle nicht recht verstehen können; aber wir alle ahnen, daß diese Dinge, wenn wir sie wirklich verstünden, uns Gelegenheit zu unendlichem Gelächter geben würden. Geht es euch nicht auch so? — Gut denn, ein Hoch auf[40] unsern Spaßmacher!"

Die meisten stimmten ein und waren froh, diese dunkle Geschichte zu einem Schluß gebracht zu sehen. Einige aber waren ungehalten und verstimmt,[41] und der Europäer blieb allein und ohne Zuspruch[42] stehen.

Der Neger aber, begleitet vom Eskimo, vom Indianer und dem Malaien, kam gegen Abend zu dem Patriarchen und sprach also:

„Verehrter Vater, wir haben eine Frage an dich zu richten. Dieser weiße Bursche, der sich heut über uns lustig gemacht

[39] *eine Arbeit geschieht, deren Ertrag* — a labor is being performed, the result of which
[40] *ein Hoch auf* — a cheer for
[41] *ungehalten und verstimmt* — indignant and irritated
[42] *Zuspruch* — consolation

hat,⁴³ gefällt uns nicht. Ich bitte dich, überlege dir: alle Menschen und Tiere, jeder Bär und jeder Floh, jeder Fasan und jeder Mistkäfer sowie wir Menschen, alle haben irgend etwas zu zeigen gehabt, womit wir Gott Ehre darbringen und unser Leben schützen, erhöhen oder verschönen. Wunderliche Gaben haben wir gesehen, und manche waren zum Lachen;⁴⁴ aber jedes kleinste Vieh hatte doch irgend etwas Erfreuliches und Hübsches darzubringen — einzig und allein dieser bleiche Mann, den wir zuletzt auffischten, hat nichts zu geben als sonderbare und hochmütige Worte, Anspielungen und Scherze, welche niemand begreift und welche niemand Freude machen können. — Wir fragen dich daher, lieber Vater, ob es wohl richtig ist, daß ein solches Geschöpf mithelfe, ein neues Leben auf dieser lieben Erde zu begründen? Könnte das nicht ein Unheil geben?⁴⁵ Sieh ihn doch nur an! Seine Augen sind trüb, seine Stirn ist voller Falten, seine Hände sind blaß und schwächlich, sein Gesicht blickt böse und traurig, kein heller Klang geht von ihm aus! Gewiß, es ist nicht richtig mit ihm⁴⁶ — weiß Gott, wer uns diesen Burschen auf unsere Arche geschickt hat!"

Freundlich hob der greise Erzvater⁴⁷ seine hellen Augen zu den Fragenden.

„Kinder", sagte er leise und voll Güte, so daß ihre Mienen sofort lichter wurden, „liebe Kinder! Ihr habt recht, und habt auch unrecht mit dem, was ihr sagt! Aber Gott hat schon seine Antwort darauf gegeben, noch ehe ihr gefragt habt. Ich muß euch zustimmen, der Mann aus dem Kriegslande ist

---

⁴³ *sich heute über uns lustig gemacht hat* — made fun of us today
⁴⁴ *zum Lachen* — amusing
⁴⁵ *ein Unheil geben* — result in a misfortune
⁴⁶ *kein heller Klang ... mit ihm* — his words don't ring true! There is certainly something wrong with him
⁴⁷ *Erzvater* — patriarch

kein sehr anmutiger Gast, und man sieht nicht recht ein,[48] wozu solche Käuze[49] da sein müssen. Aber Gott, der diese Art nun einmal geschaffen hat, weiß gewiß wohl, warum er es tat. Ihr alle habt diesen weißen Männern viel zu verzeihen, sie sind es, die unsere arme Erde wieder einmal bis zum Strafgericht verdorben haben. Aber sehet, Gott hat ein Zeichen dessen gegeben, was er mit dem weißen Manne im Sinne hat. Ihr alle, du Neger und du Eskimo, habet für das neue Erdenleben, das wir bald zu beginnen hoffen, eure lieben Weiber mit, du deine Negerin, du deine Indianerin, du dein Eskimoweib. Einzig der Mann aus Europa ist allein. Lange war ich traurig darüber, nun aber glaube ich, den Sinn davon zu ahnen. Dieser Mann bleibt uns aufbehalten als eine Mahnung[50] und ein Antrieb, als ein Gespenst vielleicht. Fortpflanzen aber kann er sich nicht, es sei denn,[51] er tauche wieder in den Strom der vielfarbigen Menschheit unter. Euer Leben auf der neuen Erde wird er nicht verderben dürfen. Seid getrost!"

Die Nacht brach ein, und am nächsten Morgen stand im Osten spitz und klein der Gipfel des heiligen Berges aus den Wassern.

FRAGEN

1. Warum wurden große Dämme gebaut?
2. Was verlangten die Feinde?
3. Wo befand sich der letzte Europäer nach der Überschwemmung?

[48] *man sieht nicht recht ein* — it's rather difficult to see
[49] *Käuze* — odd people
[50] *bleibt uns aufbehalten als eine Mahnung* — remains as a warning to us
[51] *es sei denn* — unless

4. Wie wurde der Europäer gerettet?
5. Was befand sich auf der Arche?
6. Was tat der Indianer?
7. Was tat der Europäer?
8. Wie amüsierten sich die Menschen und Tiere?
9. Warum dauerte das Spiel so lange?
10. Warum war der Europäer so unbeliebt?
11. Was sagte der Patriarch am Ende des Spiels?
12. Was verlangten die anderen von dem Europäer?
13. Wie zeichnete sich der Europäer aus?
14. Wieso verstanden die anderen den Europäer nicht richtig?
15. Wie zeichnete sich der Chinese aus?
16. Warum sah man den Europäer so neugierig an?
17. Wieso verstanden sie ihn falsch?
18. Was schlug der Chinese vor?
19. Wie reagierten die anderen?
20. Warum gefiel der Europäer den anderen nicht?
21. Was schien den anderen nicht richtig zu sein?
22. Was sollte man den Weißen verzeihen?
23. Was war der große Unterschied zwischen dem Europäer und den anderen?

FRIEDRICH GEORG JÜNGER

In his poems and stories Friedrich Georg Jünger (1898-) again and again gives expression to the joy he experiences in the imperishable beauty which can be found in the world. Individual beautiful things—the locust blossoms of the following story, for example—may be transitory but, though they wither and die, they are symbolic of a beauty which survives death. Although Jünger believes that man should surrender to the world of nature in order to live in harmony with it, he finds that the pressures of modern civilization make this extremely difficult. Jünger's dream is to see his fellow-men free of the burden of compulsion (*Druck des Zwanges*) under which most of them live. A recurrent theme in his critical essays on modern culture is that men are becoming more and more components of a machine and less and less human beings. There are few people left in Europe who can live the free and unburdened life of the gypsies, existing completely outside the modern technical realm and maintaining a unique relationship to life and nature.

Jünger served in World War I and is thoroughly acquainted with all aspects of the soldier's life. In "Robinien" he is not interested in war and its attendant horrors; there is no mention of the fighting front. And yet the fact that the two men are soldiers is important, for a soldier, regardless of his personal desires or preferences, is not an independent agent; he is an individual living under the burden of compulsion.

In one of Jünger's poems the following line occurs:
"Immer hat mich das Sehen erfreut."

The reader of "Robinien" will be conscious of the fact that the poet indeed finds joy not only in much that he sees in the world, but also in much that the other senses reveal to him. However, this emphasis on physical pleasures is by no means an indication that Jünger is merely a hedonist. These sensuous experiences are significant at a deeper level than the purely physical; they are symbols of a mystery which lies behind them and is reflected in them.

ROBINIEN[1]

FRIEDRICH GEORG JÜNGER

Robinien sind in der Landschaft, in der ich jetzt wohne, selten zu finden, weder in den Gärten noch verwildert. Wachsen würden sie wohl, aber die Leute hier mögen sie nicht. Der Baum gibt hartes Holz und die besten Zaunpfähle,[2] die man sich denken kann. Sie faulen nicht, doch muß man sie umgekehrt, entgegen ihrem Wachstum, einschlagen.[3] Davon aber will ich nicht sprechen, sondern von etwas anderem, das lange zurückliegt,[4] von einer Erinnerung, die heute, an einem Junitage, in mir aufstieg, als ich in einem Stadtgarten eine blühende Robinie sah und den Duft der Blüten roch. Ich mußte da an das Lager denken, in dem ich einen ganzen Sommer verbrachte. Wir wurden dort ausgebildet, und das war für uns, weil der Sommer heiß war, eine recht harte Zeit. Auch wurden wir nicht geschont.[5] Ein armseligerer Platz läßt sich schwer denken. Dort war nichts als Sand, gelber, rötlicher, manchmal auch schneeweißer, der wohl aus purem Quartz bestand. Wehte der Wind, dann trieb er den Sand überall hin, in den Nacken hinein, unters Hemd, zwischen die Schenkel und in die Schuhe. Er wehte in die Ziegelbaracken,[6] in den

---

[1] *Robinien* — locust trees
[2] *Zaunpfähle* — fence posts
[3] *doch muß man sie umgekehrt, entgegen ihrem Wachstum, einschlagen* — but they must be pounded in upside down, [i. e., opposite from the way in which they grow]
[4] *lange zurückliegt* — lies far back in the past
[5] *geschont* — coddled
[6] *Ziegelbaracken* — brick barracks

wir wohnten, und wenn wir aßen, scheuerte[7] er zwischen den
Zähnen, wenn wir im Bett lagen, kitzelte er den Rücken. Dort
standen nur einstöckige Ziegelbaracken aus einem gelblichen
Ziegel, der viel trister ist als der rote, und um das Lager zog
5 sich ein engmaschiger Stacheldraht,[8] von dem noch zu sprechen
ist. In dem Sand wuchs nicht viel mehr als hartes, graues
Gras, das so scharf wie ein Messer schneiden konnte; ich
schnitt mich einige Male daran, als ich es herausreißen wollte.
Wenn ich beim Exerzieren[9] lag und auf das Gras sah, schien
10 mir mehr Kieselsäure als Blattgrün[10] daran zu sein. Viele
Robinien waren da, und ihnen schien der Sand nichts auszu-
machen; sie wuchsen ganz unbekümmert um ihn, vermehrten
sich auch fleißig, so daß um die Bäume sich Stacheldickichte[11]
bildeten, durch die niemand mehr sich hindurchzwängen
15 konnte. Im Juni nun begannen die Bäume zu blühen; weiße
Blütentrauben[12] hingen an ihnen, und ein betäubend süßer
Geruch wehte unversehens durch das Lager. Wenn der Wind
jetzt von Westen kam, brachte er auch Heugeruch von den
großen Wiesen mit, die dort lagen und gemäht wurden. Ging
20 man nämlich aus dem Lager hinaus, eine gute Viertelstunde
durch den Sand, dann veränderte sich die Landschaft.

Ein Dorf lag in der Schleife[13] eines kleinen Flusses, und bei
ihm begann ein weites Wiesenland. Für seine Entwässerung
war wenig gesorgt;[14] im Vorfrühling stand es ganz unter
25 Wasser, trocknete aber aus, ohne daß der Graswuchs zu leiden
schien. Das Gras stand, wie ich selbst sah, sehr üppig dort.

---

[7] *scheuerte* — gritted
[8] *engmaschiger Stacheldraht* — fine meshed barbed wire fence
[9] *beim Exerzieren* — during training exercises
[10] *mehr Kieselsäure als Blattgrün* — more silicic acid than chlorophyl
[11] *Stacheldickichte* — thorny thickets
[12] *Blütentrauben* — clusters of blossoms
[13] *Schleife* — curve
[14] *Für seine Entwässerung war wenig gesorgt* — Little had been done to drain it

Robinien

Weithin dehnten sich die ganz flachen Wiesen, die nicht den Bauern gehörten, sondern von der Militärverwaltung bewirtschaftet wurden.[15] Das konnte uns gleichgültig sein, aber nicht gleichgültig war, daß jetzt, zur Zeit der Heuernte, eine große Schar Mädchen erschien und auf den Wiesen ihre Arbeit begann. Darüber wurde viel gesprochen, und mancherlei Pläne wurden geschmiedet, so daß es allen vorkam, als ob jetzt mehr Munterkeit da sei. Vorauszusehen war, daß die Mädchen nicht lange bleiben würden und daß jeder, der eine Bekanntschaft machen wollte, sich daran halten mußte.[16] Mir schien, daß an dieser Unruhe der Robinien und Heuduft nicht unbeteiligt war;[17] es roch jetzt würziger, und die Sommerhitze begann schon.

Aus dem Lager war aber, die Sonntage ausgenommen,[18] nicht leicht herauszukommen. Tagsüber war an nichts anderes zu denken als an den Dienst, und um neun Uhr abends mußte jeder in der Baracke im Bett liegen. Mancher war dann so müde, daß er nur noch an Schlaf dachte, und wohl auch daran, daß er um vier Uhr in der Frühe[19] wieder aufstehen mußte. Oft hatten wir auch Nachtübungen. Mit zwanzig Jahren aber ist das kein Hindernis, sich noch eine zusätzliche Nacht um die Ohren zu schlagen.[20] Selten gelang es, sich in der Woche eine Ausgeherlaubnis bis Mitternacht zu verschaffen. Die herrschende Meinung war, daß wir nur Unfug stifteten[21] und schlapp zum Dienst kamen. Ich war aber ohne diese Erlaubnis schon zweimal draußen gewesen, war ins Dorf

---

[15] *von der Militärverwaltung bewirtschaftet wurden* — were cultivated by the military authorities
[16] *sich daran halten mußte* — had to be on his toes
[17] *nicht unbeteiligt war* — was at least partly responsible
[18] *die Sonntage ausgenommen* — except for Sundays
[19] *in der Frühe* — in the morning
[20] *Mit zwanzig Jahren ... zu schlagen* — It is not difficult to miss a night's sleep when you're only twenty.
[21] *Unfug stifteten* — got into trouble

gegangen und hatte mit einem der Mädchen gesprochen. Sie hieß Tilly, kam von einer Landwirtschaftsschule[22] zur Heuernte, und ich wollte sie wiedersehen.

Unsere Baracke lag, ein Vorteil, wenn es einer genannt werden kann, dicht am Stacheldraht, und wir stellten auch die Wache dort, die am Draht auf und ab ging. Es kam nun dahin,[23] daß wir den Draht auf eine ingeniöse Art anschnitten, so daß sich in ihm eine Tür bildete, durch die wir ein- und aussteigen konnten. Zu sehen war das von außen nicht; es war beste Handwerksarbeit.[24] Stiegen wir aus und ein, dann drückte der Posten beide Augen zu, und für diesen Liebesdienst erhielt er eine Packung Zigaretten. Auch unser Stubenältester[25] war im Einverständnis. Wir lagen in der Kompanie in drei Räumen, in jedem ein Zug, und der Stubenälteste ließ nie mehr als zwei in der Nacht hinaus, bestimmte auch, wer gehen durfte, wenn sich mehr als zwei meldeten. Daher fügte es sich, daß ich mit Marx ging. Marx war ein waschechter[26] Zigeuner und sah auch so aus. Schwarzhaarig und schwarzäugig war er, olivfarben,[27] bewegte sich auch wie ein Zigeuner mit katzenhafter Geschmeidigkeit.[28] Beliebt war er nicht, weil er zu fremd für die anderen war, und deshalb wohl auch gefürchtet, da seine Bewegungen und Zornausbrüche schwer vorauszusehen und zu beurteilen waren. Er war mehr gewandt als stark, ein zäher Bursche, dazu ein geschickter Messerwerfer. Seine Künste zeigte er uns manchmal, und ich sah da, daß sein Messer einen eigentümlichen Griff hatte, der wohl beschwert war. Nachprüfen konnte ich

---

[22] *Landwirtschaftsschule* — agricultural school
[23] *Es kam nun dahin* — It came to the point
[24] *beste Handwerksarbeit* — workmanship of the best quality
[25] *unser Stubenältester* — the one in charge
[26] *waschechter* — genuine
[27] *olivfarben* — with an olive skin color
[28] *katzenhafter Geschmeidigkeit* — catlike gracefulness

das nicht, da er das Messer nie zum Besehen hergab und nicht duldete, daß ein anderer es berührte. Diese Künste vermehrten sein Ansehen nicht,[29] schadeten ihm vielmehr. Man sah ihm zwar gern zu, wenn er seine Geschicklichkeit zeigte, aber die Leute in unserer Kompanie, Söhne von Bauern und Handwerkern zumeist, hielten das Messer für eine niedere Waffe, die im Streit nicht verwendet werden durfte.

Ich merkte an diesem Abend, daß Marx viel daran lag,[30] aus dem Lager herauszukommen, denn er kämpfte hart mit einem anderen um seine freie Nacht, schaffte es auch, weil er noch nie draußen gewesen war. Ich weiß auch noch, daß manche sich darüber verwunderten. Was ihn hinauszog, wußte ich nicht, sollte es aber bald erfahren. Doch sagte ich mir schon gleich, als wir durch die Drahttür[31] hinausstiegen, daß er nicht wegen der Mädchen, die auf den Wiesen mähten, hinausging. Und das war leicht zu sagen, da die Bauerntöchter die Zigeuner nicht mögen und sich nicht mit ihnen einlassen.[32] Es gibt ja auch kaum einen größeren Unterschied als zwischen einem Zigeuner und einer Bauerntochter, und schwer zu denken ist, was ein Zigeuner mit einer Bauerntochter anfangen sollte. Ich sah aber, daß er sehr aufgeräumt und vergnügt war, auch schwatzte er gleich, als wir in der Dunkelheit weitergingen, auf mich ein.[33] Ich kümmerte mich nicht um sein Geschwätz, verstand auch nur die Hälfte davon, denn er mischte Wörter und Wendungen hinein, die ich nie gehört hatte, daher auch nicht enträtseln[34] konnte. Soviel aber verstand ich, daß er mit mir in eine Wirtschaft gehen und Rotwein trinken wollte, und damit

---

[29] *Diese Künste vermehrten sein Ansehen nicht* — These skills did not enhance his popularity
[30] *Marx viel daran lag* — it was important for Marx
[31] *Drahttür* — door cut in the wire fence
[32] *sich nicht mit ihnen einlassen* — don't get involved with them
[33] *schwatzte ... auf mich ein* — chattered at me ...
[34] *enträtseln* — figure out

war ich einverstanden, denn ich wollte mich in Ruhe umsehen.

Wir kamen jetzt ins Dorf, und hier muß ich sagen, daß das Dorf sich auf die Bedürfnisse im Lager und auch auf die Sitten und Bräuche darin eingerichtet hatte.[35] So waren einige
5 Läden darin, in denen die Soldaten kauften, und mehr Wirtschaften, als für einen so kleinen Ort nötig waren. Es versteht sich, daß[36] wir die mieden, in denen wir Offiziere vermuteten. Wir gingen in eine, in der ich mit Tilly schon gewesen war. Als wir eintraten, fragte uns der Wirt: „Habt ihr Urlaubs-
10 scheine?"[37]

„Nein", sagte ich.

„Ausgeherlaubnis?"[38]

„Auch nicht."

„Dann ins hintere Zimmer."

15 Wir setzten uns nun in ein kleines Zimmer, und dort zu sitzen war mir nicht unlieb, da es einen Blick auf den Hof gab, der von einer elektrischen Birne erleuchtet wurde. Die Mädchen waren in einem zugehörigen Hause untergebracht, vor dem ich auch einige stehen sah, doch war Tilly nicht
20 darunter, und ich entschloß mich, in Ruhe zu warten, bis sie herauskam. Der Wirt schlürfte uns nach und fragte, was wir trinken wollten. Marx bestellte da gleich eine Flasche Rotwein.

„Ich lade dich ein",[39] sagte er.

„Laß das lieber",[40] antwortete ich. „Ich kann meinen Wein
25 selber bezahlen."

„Schlag mir das nicht ab.[41] Du hast dich immer gut benom-

---

[35] *das Dorf . . . eingerichtet hatte* — the village had adapted itself to the needs and habits of the camp
[36] *Es versteht sich, daß* — naturally
[37] *Urlaubsscheine* — military leave orders
[38] *Ausgeherlaubnis* — pass
[39] *Ich lade dich ein* — I invite you [to be my guest]
[40] *Laß das lieber* — That's not necessary
[41] *Schlag mir das nicht ab* — Don't turn me down

men gegen mich, kannst auch ein Glas Wein von mir annehmen."

Lieb war es mir nicht, daß[42] er mich einlud; es verpflichtete mich ja. Auch sagte ich mir, daß er mich nicht umsonst und auf gut Glück[43] einlud und wohl etwas von mir wollte. Er sah mich mit seinen schwarzen Augen hin und wieder an und lächelte sparsam dabei, was bei ihm schon viel war. Kränken mochte ich ihn nicht, und als der Wein kam, trank ich mit, sah dabei auch aus dem Fenster auf den Hof hin. „Bist du verabredet?"[44] fragte er mich.

„Was geht dich das an?"[45]

„Es sieht ganz so aus, als ob du verabredet bist. Ich möchte dir einen Vorschlag machen."

Ich sah ihn an, er druckste herum,[46] beugte sich zu mir und sagte: „Laß das heute und geh mit mir."

Ich dachte erst, ich hätte ihn nicht richtig verstanden, und als ich ihn verstanden hatte, wurde ich ärgerlich. „Den Teufel werde ich tun",[47] sagte ich. „Misch dich doch nicht in meine Sachen ein."

Ich sah, daß Tilly jetzt herauskam und vor dem Haus stehen blieb. Sie stand mit vier anderen Mädchen da und schwatzte mit ihnen. Ich hatte ihr nicht gesagt, daß ich kommen würde, und darin lag, wie sich gleich zeigte, ein Versäumnis.[48] Von der Straße kamen jetzt drei Unteroffiziere, gingen auf die Mädchen zu und sprachen mit ihnen. Die Mädchen aber steckten die Köpfe zusammen und tuschelten miteinander, als ob sie berieten, und gleich darauf gingen alle miteinander

---

[42] *Lieb war es mir nicht, daß* — I did not like the fact that
[43] *umsonst und auf gut Glück* — for no reason at all and by mere chance
[44] *Bist du verabredet?* — Do you have a date?
[45] *Was geht dich das an?* — What business is that of yours?
[46] *er druckste herum* — he hesitated
[47] *Den Teufel werde ich tun* — The devil I will
[48] *darin lag ... ein Versäumnis* — that was a mistake

fort. Ich wußte auch, daß sie zum Tanzen gingen, und der Abend schien mir verdorben zu sein. Zum Tanzen konnte ich ohne Ausgeherlaubnis nicht gehen; es war zu gefährlich, und wenn ich kontrolliert wurde, saß ich auf.[49] Ich stand am Fenster und ging verdrossen an den Tisch zurück.

Marx aber, der sich alles schon zusammengereimt hatte, denn er witterte so scharf wie ein Wolf,[50] fragte mich: „Ist sie dabei?"

Ich antwortete ihm nicht, er beugte sich über den Tisch und sagte: „Sarimanili" — so ähnlich klang das, was er sagte — „du solltest dich mit solchen Mädchen gar nicht abgeben. Sie riechen nach Milch."

„Nach Milch?" fragte ich verwundert.

„Nach Kühen." Er schüttelte sich und lachte. „Kommst du jetzt mit mir?"

„Nein."

„Überleg dir doch erst, was ich sage."

„Schnurstracks[51] gehe ich ins Lager zurück und lege mich ins Bett", sagte ich wütend.

„Ich fresse den Mond,[52] wenn du nicht mit mir gehst. Das ging nicht, wie du dachtest, he? Aber zu ganz anderen Mädchen will ich dich jetzt bringen. Da wirst du sehen, was Feuer und Pfeffer ist."

Schöne Läuseknickerinnen mögen das sein,[53] dachte ich. Überhaupt lügt er ja, denn wo will er die Mädchen hernehmen. Und weshalb drängt er darauf, daß ich mit ihm gehe? Aber es war doch der Augenblick, in dem ich neugierig wurde und ihn aufmerksamer betrachtete.

---

[49] *wenn ich kontrolliert wurde, saß ich auf* — if they checked I would be in trouble
[50] *der sich ... wie ein Wolf* — who had already figured everything out, for he was as clever as a fox
[51] *Schnurstracks* — straight
[52] *Ich fresse den Mond* — I'll eat my hat
[53] *Schöne Läuseknickerinnen mögen das sein* — I'll bet they're a fine bunch of lousehunters

Er zahlte den Wein, und ich war nicht wenig erstaunt, als er noch vier Flaschent zum Minehmen bestellte.

„Vier Flaschen?" fragte der Wirt, der sich auch verwunderte, dem aber das Geschäft nicht unlieb sein konnte.

„Her damit!"[54] Er zahlte bar, wir steckten uns jeder zwei Flaschen in die Taschen, und er schoß wie ein Pfeil hinaus. „Was ist das für einer?"[55] fragte der Wirt, als ich das Zimmer verließ. „Ein seltsamer Kumpan".[56] Ich antwortete ihm nicht, hörte ihn aber noch sagen: „Vier Flaschen? Verdammt, nehmt euch in acht heute." So uneben war das nicht,[57] denn der Wein war schwer.

Wir gingen nun im Dunkel nebeneinander, gingen aus dem Dorf hinaus, nicht über den Fluß und in die Wiesen hinein, sondern seitlich und wieder in den Sand. Und während wir da gingen und er lange Schritte machte, fragte ich mich wieder: Was will er von dir? Wozu nimmt er dich mit?

Überall standen Robinien, Bäume und auch Büsche, und zwischen ihnen tauchte ein Lichtschein auf, auf den wir zugingen. Als wir näher kamen, sah ich drei schwere Wagen dastehen, Wohnwagen, die in Hufeisenform aufgestellt waren Auf der Fläche dazwischen brannte ein Feuer, um das Leute saßen. Da ging mir ein Licht auf,[59] und ich sagte mir, daß das seine Leute waren, die hier lagerten.

„Woher wußtest du, daß sie hier sind?" fragte ich ihn.

Er ging jetzt so rasch, daß ich kaum Schritt hielt[60] und antwortete nur: „Sie haben geschrieben."

---

[54] *Her damit!* — Hand it over!
[55] *Was ist das für einer?* — What kind of a fellow is he?
[56] *Kumpan* — buddy
[57] *So uneben war das nicht* — There was something to that
[58] *Wohnwagen, die in Hufeisenform aufgestellt waren* — trailers, which were parked in the shape of a horseshoe
[59] *Da ging mir ein Licht auf* — Then I realized what the situation was
[60] *Schritt hielt* — kept pace

Zigeuner haben immer Hunde, und auch hier waren sie und begannen scharf zu bellen, als wir ankamen. Sie rannten wütend auf uns zu, aber dann begannen sie zu winseln und zu kriechen und legten sich auf den Bauch vor Marx. Er tätschelte
5 sie, nahm aber, weil er Eile hatte, nicht die Hand dazu, sondern den Fuß. Als ich das sah, sagte ich mir, daß es seine Familie sein müsse, die da lagerte.

So war es auch. Und eine solche Begrüßung hatte ich noch nicht gesehen. Sie sprangen auf, rannten auf ihn zu, umarmten
10 und küßten ihn, als ob sie ihn von oben bis unten ablecken wollten. Ein Höllenlärm war da, Geschrei, Triller, Umhergetanze.[61] Und was mich am meisten erstaunte: der Kerl wurde butterweich davon. Butterweich wurde er, die Tränen liefen ihm über die Backen, und er schnappte nach Luft.

15 Dann, als ein wenig Ruhe eintrat, ging er auf einen dicken, fetten Mann zu, der sitzengeblieben war. Sehr respektvoll näherte er sich ihm und beugte sich zu ihm nieder. Der Dicke aber legte ihm die Hand auf den Kopf und küßte ihn auf beide Backen. Ich sagte mir also, daß es der Chef oder Kapo seiner
20 Familie sein müsse oder auch der ganzen Sippe,[62] denn für eine Familie waren zuviel Leute da. Als die Begrüßungen endeten, wurde auch ich aufmerksam betrachtet. Sie tuschelten mit ihm und er mit ihnen, und sie kamen alle auf mich zu und gaben mir die Hand. Auch der Chef begrüßte mich. Marx
25 nahm mir die Flaschen ab und überreichte sie dem Chef, der sie in den Sand stellte.

Für mich war das alles fremde Welt, die ein fremdes Ansehen und auch einen fremden Geruch hatte. Das nächste war, daß Marx mit mir in die Wagen hineinging und sie mir zeigte.
30 Sauber, ja elegant sah es darin aus. Gefältete Vorhänge an

---

[61] *Ein Höllenlärm war da, Geschrei, Triller, Umhergetanze* — There was an infernal racket, yelling, high-pitched trills, dancing around
[62] *Sippe* — clan

den Fenstern, fournierte Möbel,⁶³ Blumen, kleine Betten, in denen die Kinder schliefen, und große, die sehr reinlich bezogen waren. Pferdezigeuner,⁶⁴ wie ich sie als Kind oft gesehen hatte, waren das nicht; sie fuhren mit schweren, motorisierten Wagen durch das Land und erzeugten ihr Licht und ihren Strom selbst. Vom Pfannenflicken⁶⁵ und dergleichen Künsten konnte das alles nicht kommen. Die Wagen rochen nach Wohlstand und zeigten, daß Vermögen in und hinter ihnen steckte. Woher aber das Geld kam und wie es umgetrieben⁶⁶ wurde, wußte ich nicht, mochte auch nicht danach fragen. Ich sah mir alles genau an, und am meisten gefielen mir die Kinder, die in den Betten lagen. Die kleinen Mädchen trugen das Haar in der Mitte gescheitelt,⁶⁷ und ihre schwarzen Zöpfe lagen neben dem Kopf auf den Kissen. Sie hielten die Finger im Mund, als ob sie an etwas Süßem sögen. Ich merkte, daß Marx mich aufmerksam, ja gespannt betrachtete, merkte auch, daß er stolz war, mir eine solche Pracht zeigen zu können. Mir gefiel das, ich sparte auch nicht mit meiner Anerkennung und strich alles heraus,⁶⁸ bis er schallend auflachte. „Komm jetzt", sagte er, „wir wollen essen."

Wir gingen zum Feuer zurück und setzten uns auf Decken, die über den Sand gelegt waren. Die Nacht war warm, und sie saßen alle schon da und warteten auf uns. Die jungen Zigeunerinnen aber, von denen noch zu sprechen ist, liefen umher und hatten Robinienblüten im Mund, an deren Stielen⁶⁹ sie kauten. Wir tranken erst einen Schnaps, der nach Pflaumen schmeckte, und fingen dann mit dem Essen an, das sie brachten.

[63] *fournierte Möbel* — veneered furniture
[64] *Pferdezigeuner* — gypsies with horses
[65] *Pfannenflicken* — repairing pots and pans
[66] *umgetrieben* — circulated
[67] *gescheitelt* — parted
[68] *strich alles heraus* — praised everything
[69] *Stielen* — tsems

Bekannt ist, daß die Zigeuner Liebhaber von Igelfleisch[70] sind, und ich hätte das gern einmal versucht, hatte auch gehört, daß es wohlschmeckend sei. Damit aber war es nichts,[71] und das Essen schmeckte so, wie es bei wohlhabenden Leuten
5 zu erwarten ist; es war ausgezeichnet und wurde sauber serviert. Mir schien, daß es ein Festessen für den verlorenen Sohn[72] war, doch gab es kein Kalb, sondern Hühnerfleisch mit Reis, vorher auch, um das nicht zu vergessen, eine Suppe, alles stark gewürzt und gut zubereitet. Endlich machten sie
10 zu meiner Verwunderung noch Büchsen auf, in denen Scheiben von Ananas[73] lagen. Von meiner Verwunderung muß ich sagen, daß sie immer größer wurde, doch hinderte sie mich nicht am Essen, das mir nach dem gleichgültigen Fraß[74] im Lager — Hülsenfrüchte[75] meist — vortrefflich schmeckte. Wir
15 tranken Wein dazu, nicht nur den roten, den wir mitgebracht hatten, sondern auch anderen, und ich schonte den Wein nicht. Marx aber trank noch mehr; er schüttete die Gläser nur so herunter. Nach dem Essen aber begann das Vergnügen.

Dazu ist zu sagen,[76] daß wir nicht alle zusammen saßen,
20 sondern in Gruppen. Die Weiber saßen für sich[77] und die verheirateten Männer für sich. Marx und ich aber saßen mit drei Mädchen zusammen, welche wunderliche Namen hatten und Kiki, Zizi und Boa gerufen wurden. Abkürzungen und Kosenamen[78] mochten das sein; mir aber kamen sie mehr
25 wie Vogelgeschrei vor. Wir saßen so eng im Kreis, daß ich nicht herausbrachte, wem die Knie und runden Beine gehörten,

---

[70] *Igelfleisch* — hedgehog meat
[71] *Damit aber war es nichts* — But there was none
[72] *verlorenen Sohn* — prodigal son [at whose banquet a fatted calf was served]
[73] *Scheiben von Ananas* — slices of pineapple
[74] *gleichgültigen Fraß* — dull chow
[75] *Hülsenfrüchte* — beans, peas, lentils, etc.
[76] *Dazu ist zu sagen* — In reference to this, I should mention
[77] *für sich* — together
[78] *Abkürzungen und Kosenamen* — abbreviations and nicknames

Robinien

die sich an mich preßten. Sehr anregend war das, so daß meine Verdrossenheit ganz verschwand und gleichsam weggeschwemmt wurde von dem wachsenden Vergnügen, das ich empfand. Im Anfang aber war ich sehr vorsichtig, ja schüchtern; ich wußte nicht, wie weit ich gehen konnte und sah mich nur um. Offenbar hatten die Mädchen sich prächtig geschmückt; sie trugen seidene Kleider und waren so elegant, daß sie mich einschüchterten. Die Seide war vielleicht zu bunt und war wohl Kunstseide, aber zu ihren Gesichtern und zum Feuer paßte sie, so daß nichts daran auszusetzen war.[79] Tilly trug sich[80] viel einfacher und hatte abends, wenn sie ausging, nur ein blaues Leinenkleid mit einer kleinen Spitze am Hals an. Ihr Kleid gefiel mir, aber die seidenen Kleider gefielen mir auch. Die Mädchen waren viel unbefangener als ich, tranken tüchtig und schwatzten wie die Amseln,[81] und da ich sah, daß sie mich nicht als Fremden behandelten, taute ich auf. Ich brachte auch rasch heraus, daß Marx sich am meisten mit Boa beschäftigte, wandte meine Aufmerksamkeit daher den beiden anderen zu. Boa war ein ziemlich großes, etwas mageres Mädchen mit einem wilden Gesicht, und wenn ich sie ansah, sagte ich mir, daß es mit dem Feuer und Pfeffer wohl seine Richtigkeit haben möge.[82] Mir schien auch, daß sie von höherem Rang war oder doch mehr Ansehen hatte als die beiden anderen, und diese Vermutung erwies sich als richtig; Kiki erzählte mir, daß sie die Tochter und das einzige Kind des Chefs sei. Ich schloß daraus, daß sie von der ganzen Herrlichkeit, die ich um mich sah, den Hauptanteil erben werde, und sagte mir, daß Marx ein kluger Bursche sei. Kiki und Zizi waren zierlicher, und Kiki gefiel mir am besten, weil sie ein

---

[79] *nichts daran auszusetzen war* — nothing could be criticized
[80] *trug sich* — dressed
[81] *Amseln* — blackbirds
[82] *daß es ... haben möge* — that he [Marx] was probably right about the girls being lively

Gesicht wie eine Mandel[83] und lange, schwarze Wimpern hatte. Wenn sie die Wimpern senkte, war es, als ob zwei schwarze Fächer[84] ausgebreitet würden. Sie saß neben mir, und ich bewegte mich gegen sie zunächst so, als ob alles
5 Zufall wäre. Als Zufall kann es dann noch genommen werden, aber es versteht sich,[85] daß ein Mädchen ganz genau weiß, wo der Zufall aufhört und die Absicht beginnt. Von der Seite her sah ich, daß sie mit ihren Wimpern fächerte[86] und lächelte, manchmal auch laut auflachte, wenn ich sie anstieß,
10 und das machte mich mutiger. Ich legte die Hand an sie und um sie[87] und hielt sie manchmal so, wie man ein Musikinstrument hält, vorsichtig und genau, spürte da auch, daß sie schön gewachsen war.[88]

Allerhand wurde jetzt vorgebracht, und gewiß, die Leute
15 verstanden noch sich zu belustigen, sie brauchten keinen anderen dazu und bewegten sich selber. Pantomimen, Musik, Gesang und dergleichen wechselten ab. Marx machte ihnen vor, wie er exerzieren mußte, und sie schrien vor Lachen. Wir lachten, klatschten Beifall und tranken unentwegt;[89] ich
20 spürte, daß mir der Wein in den Kopf zu steigen begann, doch konnte ich damals viel vertragen. Boa, Kiki und Zizi mußten auch zur Belustigung beitragen. Boa und Zizi machten etwas Pantomimisches, das mir gut gefiel, Kiki aber mußte singen. Sie stand auf und stellte sich einige Schritte entfernt
25 von uns hin, schwieg erst und begann dann mit ihrem Gesang. Damit verhielt es sich so, daß[90] sie immer eine Strophe sang

[83] *ein Gesicht wie eine Mandel* — an almond-shaped face
[84] *Fächer* — fans
[85] *es versteht sich* — it is clear
[86] *mit ihren Wimpern fächerte* — was blinking her long lashes
[87] *legte die Hand an sie und um sie* — touched her and put my arm around her
[88] *sie schön gewachsen war* — she had a good figure
[89] *unentwegt* — continuously
[90] *Damit verhielt es sich so, daß* — The song was performed in the following manner

und dann in einen lauten Schrei ausbrach, der von allen, auch von mir, mitgeschrien wurde. Was sie sang, verstand ich nicht, da sie in einer fremden Sprache sang. Sie fing ganz monoton an, brach dann in ihren Schrei aus, der von uns allen aufgenommen wurde, und begann die nächste Strophe. Bald merkte ich, daß sie die Strophen schneller sang und daß die Schreie rascher wiederkehrten, spürte dabei auch, daß das tiefer ging, ins Blut nämlich. Vielleicht kann man eine ganze Nacht so singen, wenn man das Tempo nicht beschleunigt, aber sie sang so, daß niemand mehr sitzen blieb, daß alle aufsprangen und auf ihrem Platz schrien und stampften. Das war eine köstliche Nacht, und sie war noch nicht am Ende.

Dazwischen wurde Kaffee gereicht, starker, bitterer Kaffee, der mich wieder ernüchterte.[91] Ich sagte schon, daß die Nacht warm war, eine schöne Juninacht, auch der Mond kam jetzt ein wenig heraus. Mir war so wohl, wie mir lange nicht gewesen war; ich saß da wie in einem Samtkleid, und daran war der Rotwein nicht unbeteiligt.[92] Kiki gefiel mir nach ihrem Gesang noch besser, und ich fing an, sie mit zärtlichen Blicken zu betrachten. Sie faßte mich mit der Linken am Handgelenk und schrieb mir mit dem rechten Zeigefinger etwas in die Hand hinein. Was das heißen sollte, wußte ich nicht und sah sie fragend an. Auf einmal aber begannen alle, lange Hälse zu machen[93] und horchten wie die Störche in die Nacht hinaus.

„Was ist los?" fragte ich Marx, der ebenso aufmerksam lauschte. Er hielt die fünf Finger einer Hand ausgestreckt in der Luft und schlug mit ihnen aufgeregt ihn und her. Und jetzt hörte ich, daß ein Geräusch von Motoren in der Luft lag

---

[91] *ernüchterte* — sobered
[92] *wie in ... nicht unbeteiligt* — as if I were clothed in velvet [i. e., as if I were in seventh heaven] and the red wine had contributed to this feeling
[93] *lange Hälse zu machen* — to crane their necks

und näher kam. Gleich darauf sah ich ein Licht, das heller und heller wurde. Und nun rollten drei Wagen heran, schwere Wohnwagen, die den unseren wie ein Ei dem anderen ähnelten. Ein Höllenaufruhr[94] entstand da.

Ich hielt das erst für ein Freudengeschrei, aber nur kurz, nur bis zu dem Augenblick, in dem ich sah, daß die Hunde, die draußen gestreunt hatten,[95] sich auf unser Lager zurückzogen, jaulend und mit gesträubtem Haar.[96] Auf Hunde verstand ich mich, und in ihrem Verhalten lag nichts, das auf einen freundschaftlichen Besuch hindeutete. Und jetzt sah ich auch, wozu der Chef gut war. Seine Stimme übertönte alle anderen, die Befehle, die er rief, waren scharf und kurz, und sogleich zogen sich die Weiber in die Wagen zurück. Mir aber wurde, als ich erkannte, daß hier zwei feindliche Familien oder Sippen zusammentrafen, übel zumute.[97] Ich sah, daß Marx wie ein Bock hin und her sprang und mit seinem Messer zu fuchteln[98] begann. Mord und Totschlag schwebten mir vor,[99] und dazu etwas anderes, näherliegendes,[100] das mich mehr beunruhigte, die Aussicht, daß wir nicht rechtzeitig ins Lager zurückkehren könnten. Zwar hätte ich mich jetzt ungehindert in die Büsche schlagen[101] können, aber ich sah sofort, daß ich ohne Marx nicht gehen konnte, daß auf mir allein die Verantwortung lag, ihn zurückzuschaffen. Brachte ich ihn nicht zurück, würde mir das angekreidet werden.[102]

---

[94] *Höllenaufruhr* — hellish din
[95] *gestreunt hatten* — had been wandering around
[96] *jaulend und mit gesträubtem Haar* — howling and with their hair standing upright
[97] *Mir aber wurde ... übel zumute* — I began to to get worried
[98] *fuchteln* — wave
[99] *schwebten mir vor* — I had visions of
[100] *näherliegendes* — closer to me
[101] *schlagen* — duck
[102] *würde mir das angekreidet werden* — that would be chalked up against me

Robinien

Eine Kette von üblen Dingen rollte sich da auf,[103] seine Verhaftung durch die Militärpolizei, die Entdeckung unserer nächtlichen Ausflüge und unserer Drahttür, Vernehmungen, Arreste und dergleichen. Guter Rat war da teuer,[104] und der Weindunst[105] verflog aus meinem Kopfe.

Ich fand aber den Schlüssel zu allen diesen Schwierigkeiten und sah gleich, daß ich mich nur an den Chef wenden konnte. Wunderbar war mir die Ruhe, mit der er mich anhörte, während doch schon die Feindseligkeiten dicht vor der Eröffnung zu stehen schienen und seine Männer sich zum Kampf rüsteten.[106] Er nickte zu meinen hastig hervorgestoßenen[107] Worten und sah mich wohlwollend an. „Ich will keine Unordnung", sagte er. „Er soll sich fortmachen." Sogleich wandte er sich an Marx und befahl ihm, sich wegzuscheren,[108] und da dieser fortfuhr, aufgeregt vor ihm hin und her zu tanzen, gab er ihm einen Fußtritt in die Seite, wie ich ihn nie mächtiger gesehen habe. Marx wurde durch die kraftvolle Bewegung aufgehoben und fortgeschleudert, fiel mit dem Gesicht auf die Erde und blieb liegen. Ich sah noch, wie der Chef seinen Feinden würdevoll entgegenging, und wie sich von der anderen Seite ein ebenso dicker, fetter Mann näherte. Die Begegnung der beiden Häuptlinge wartete ich nicht ab, sondern hob zunächst das Messer auf, das Marx verloren hatte. Mir kam das Messer sehr schwer vor, und ich sagte mir, daß sein Griff mit Blei gefüllt sein müße. Marx rührte sich nicht, und als ich ihn umdrehte, sah ich, daß er nicht verletzt,

---

[103] *Eine Kette von üblen Dingen rollte sich da auf* — A whole series of unpleasant consequences passed before my eyes
[104] *Guter Rat war da teuer* — It was a critical situation
[105] *Weindunst* — the effect of the wine
[106] *dicht vor ... zum Kampf rüsteten* — seemed about to begin and his men were preparing to fight
[107] *hervorgestoßenen* — blurted
[108] *sich wegzuscheren* — to leave

sondern vollkommen betrunken war. Ich schüttelte ihn, hob ihn an, und sogleich, als ich ihn losließ, fiel er wie ein Sack in den Sand zurück. Dazu also hat er dich mitgenommen, dachte ich. Er hat das vorausgesehen und sich einen Gepäck-
5 träger bestellt, der ihn ins Lager zurückschleppen soll. Ich hatte gute Lust,[109] ihm noch einen Fußtritt in den Hintern zu geben. Er grunzte nur unwillig, und der Mond schien ihm jetzt ins Gesicht. Ein ganz betrunkenes, starres, eigenwilliges Gesicht hatte er da. Ich zog ihn nun durch den Sand
10 nach den Wagen hin, sah aber voraus, daß ich ihn auf diese Weise nie ins Lager bringen würde. Eine stumme Verzweiflung befiel mich; ich hockte an einem der Wagen, durch dessen Fenster Licht fiel, und brütete vor mich hin.[110] Dann wurde die Tür des Wagens geöffnet und eine alte Frau stieg das
15 Treppchen herab, das am Wagen angebracht war. Sie war mager und hatte ein richtiges Geiergesicht.[111] „Was sitzt ihr hier?" fragte sie. „Und was ist mit Marx los?"

Ich erklärte ihr, daß er betrunken sei, daß wir ins Lager zurück müßten und daß ich ihn bis dahin nicht allein ziehen
20 oder tragen könne. Das würde eine böse Sache werden. „Du mußt ihn Erde riechen lassen", sagte sie.

„Erde riechen?" fragte ich verwundert. „Wozu soll das dienen?"

„Weißt du nicht, daß der, der Erde riecht, nüchtern wird?"
25 Obwohl ich bezweifelte, daß das helfen könne, drehte ich ihn wieder um und wühlte sein Gesicht auf dem Boden herum. Es half auch nichts, denn der Sand dort hat kaum einen Geruch, und selbst wenn er einen gehabt hätte, hatte Marx kein Geruchsorgan mehr. Er war und blieb so betrunken, daß er

---

[109] *hatte gute Lust* — had a good mind
[110] *brütete vor mich hin* — brooded
[111] *Geiergesicht* — face like a vulture

Robinien

nicht einmal Moschus oder Asa Foetida[112] gerochen hätte. Inzwischen hatten sich die Bewohnerinnen des Wagens um uns versammelt, und ich wurde so wütend, daß ich allein fortgegangen wäre, wenn ich nur die geringste Ausrede gehabt hätte. Von der Männerseite[113] kam wildes Geschrei, und die Frauen lauschten dorthin; ich achtete aber nicht mehr darauf. Endlich kam Kiki, die im Nebenwagen[114] wohnte, und sagte: „Los[115] jetzt, ich werde dir helfen."

Viel war ihre Hilfe wohl nicht wert, doch wurde mir leichter zumute, auch sah ich ein gutes Zeichen darin, daß gerade sie kam. Wir zogen Marx jetzt an den Armen fort, und ich zog doppelt so stark wie Kiki. „Du brauchst nur mit halber Kraft zu ziehen," sagte ich ihr, „sonst strengt es dich zu sehr an."[116]

„Ich bin nicht so schwach", sagte sie, „und halte das gut aus."[117] Sie zog auch ganz wacker, aber es war doch saure Arbeit, und als wir am Dorf vorüber waren und an die Schleife des Flüßchens kamen, mußten wir eine Rast einlegen.[118]

„Auf diese Weise dauert der Weg länger", sagte ich ihr, indem ich nach meiner Armbanduhr sah. „Aber ich denke jetzt, wir werden es schaffen. Ein Glück ist,[119] daß der Dienst morgen später beginnt, wir brauchen erst um sechs aufzustehen. Die Sonne geht aber gegen vier Uhr auf, und vor der Dämmerung müssen wir am Draht sein."

Sie sagte nichts dazu und lachte nur. Wir saßen auf einer

---

[112] *Moschus oder Asa Foetida* — musk or asafoetida [malodorous gum of an oriental herb family]
[113] *Männerseite* — the side where the men were
[114] *im Nebenwagen* — in the next trailer
[115] *Los* — Let's go
[116] *strengt es dich zu sehr an* — it will be too much for you
[117] *halte das gut aus* — I can take it
[118] *eine Rast einlegen* — take a rest
[119] *Ein Glück ist* — Lucky

kleinen Erhebung im Gras, und ich fragte sie: „Wie lange werdet ihr bleiben?"

„Bis morgen früh."

„Und wohin fahrt ihr dann?"

5 „Nach Frankreich."

„Glaubst du, daß das eine schlimme Sache wird mit eurem Streit?"

„Es wird nicht so schlimm werden."

„Warum glaubst du das?"

10 „Weil wir alle unterwegs sind und Eile haben. Paß auf." Sie lauschte in die Nacht hinaus. „Hörst du?"

Ich lauschte auch und hörte das Geräusch von Motoren. „Sie fahren schon weiter", murmelte sie.

„Hör, Kiki," flüsterte ich ihr ins Ohr, „können wir uns
15 nicht wiedersehen?"

Sie kaute wieder an einem Robinienstengel und schwieg. Dann sagte sie: „Ich bin doch hier." Sie legte sich lang hin[120] und ließ sich im Gras von dem Hügel hinunterrollen. Ich sah sie nicht mehr und hörte nur noch ihr Lachen.

20 Klug sind die Zigeunermädchen, und ich muß sagen, daß ich ihre Intelligenz bewundere. Manche werden mir einwenden,[121] daß das nur Schlauheit ist. Nun, es versteht sich von selbst,[122] daß ein Zigeuner schlau sein muß, wenn er durchkommen will. Fast immer bewegt er sich unter Leuten, die
25 ihm nicht wohlgesinnt sind und ihn scheel ansehen.[123] Das, was er mit den Leuten treibt,[124] ist auch nicht immer zu rühmen. Indessen muß er doch leben, muß sein Geschäft betreiben, und Geschäft ist, wie ganz richtig gesagt wird, das

---

[120] *Sie legte sich lang hin* — She stretched out
[121] *Manche werden mir einwenden* — Some people will object and say
[122] *es versteht sich von selbst* — it is obvious
[123] *die ihm nicht wohlgesinnt sind und ihn scheel ansehen* — who are not well disposed toward him and look askance at him
[124] *Das, was er mit den Leuten treibt* — The way he treats people

Geld anderer Leute. Aber das alles meine ich nicht. Ich verstehe unter Intelligenz auch nicht das, was die Leute gemeinhin darunter verstehen und worüber sie viel Geschwätz machen. Ich verstehe darunter, daß jemand sich genau bewegt, und zwar mit jener Genauigkeit, die ihm zugute kommt[125] und sein Glück erhöht. Wer will denn bestreiten, daß unser Glück in der Bewegung liegt und nur aus unseren Bewegungen hervorgehen kann. Gewiß ist mir, daß ich selten einen intelligenteren Satz gehört habe als Kikis „Ich bin doch hier." Daraus geht schon hervor, daß meine Frage viel dümmer war als ihre Antwort. Viel Zeit hatten wir nicht und mußten bald wieder nach Marx sehen. Er lag immer noch da, wo wir ihn hingelegt hatten, und schnarchte mit offenem Munde. „Jetzt ist's an der Zeit, ihn ein wenig zu erfrischen", sagte Kiki. „Faß ihn an."

Wir zogen ihn an das Flüßchen hinunter, hielten ihn jeder an einem Bein und tauchten ihn in das Wasser hinein, so daß er bis an die Brust darin verschwand. „Vorsicht, daß er nicht erstickt", sagte ich.

„So rasch erstickt niemand."

Das Mittel war auch probat,[126] denn er wurde munterer, begann zu prusten[127] und wieder zu grunzen und konnte sogar ein wenig gehen, knickte aber immer wieder ein.[128] So zogen wir ihn an das Lager und den Draht hin, und Kiki verabschiedete sich fort von mir, beantwortete auch die Frage, die ich ihr auf dem Hügel gestellt hatte. „Marx wird dir immer sagen können, wo ich bin." Ich sah ihr noch nach, als sie durch die Robinien fortging.

Der Posten kam jetzt an den Draht, und ich sah, daß es

---

[125] *die ihm zugute kommt* — which profits him
[126] *Das Mittel war auch probat* — The remedy was effective, too
[127] *prusten* — snort
[128] *knickte aber immer wieder ein* — but his knees kept giving way

der lange Theologiestudent war, den wir in der Kompanie hatten. „Das ist eine Schweinerei,[129] daß ihr so spät kommt und das Mädchen bis an den Draht mitbringt", murrte er. „Nächstens[130] werdet ihr sie noch in Uniform stecken und zum Exerzieren mitnehmen."

„Halts Maul",[131] sagte ich, indem ich ihm zwei Pakete Zigaretten gab. „Du mußt mir helfen, ihn in die Baracke zu bringen."

„Besoffen ist der Schweinehund auch."[132]

„Nun", sagte ich, „du drückst dich nicht eben theologisch aus."

„Wenn die Ronde kommt, sind wir aufgeschmissen.[133] Sie können sich hier im Gebüsch anschleichen,[134] und du siehst nicht, wenn sie kommen."

„Daraufhin mußt du es riskieren.[135] Mach den Draht auf und faß an. Denkst du, daß du die Zigaretten umsonst bekommst?"

Er stellte jetzt sein Gewehr weg und half mir. Es ging auch gut ab. Wir brachten ihn an sein Bett und legten ihn hinein. Ein leichter Streif Dämmerung war schon zu sehen. Die Nacht hatte wenig Kühlung gebracht, und vorauszusehen war, daß wir einen heißen Tag bekommen würden. Die Robinien dufteten stark.

Einige Tage darauf, als ich beim Waschen neben Marx stand, sah er mich scharf an und fragte: „Woher hast du das?"

„Was meinst du?"

---

[129] *Schweinerei* — dirty trick
[130] *Nächstens* — The first thing you know
[131] *Halts Maul* — Shut up
[132] *Besoffen ist der Schweinehund auch.* — The pig is drunk, too.
[133] *Wenn die Ronde kommt, sind wir aufgeschmissen.* — If the watch comes, we'll be sunk.
[134] *anschleichen* — sneak up
[135] *Daraufhin mußt du es riskieren.* — You'll have to take that risk.

Robinien

„Das, was du auf der Brust trägst. Hast es doch nicht gefunden."

„Nein, Kiki hat es mir gegeben. Was ist damit?"[136]

Er lächelte, was in der Baracke selten vorkam. „Zeigs her."[137]

Ich gab es ihm hin, einen kleinen Lederbeutel, der an einer Schnur hing. Er faltete ihn auseinander und zog ein Stück Papier hervor, auf dem Schriftzeichen standen.

„Was ist damit?"[138] fragte ich ihn.

„Es hat die Kraft, daß du an die denkst, die es dir gegeben hat."

„Darauf will ich es ankommen lassen."[139]

„Und hat auch noch die Kraft, daß die anderen nichts von dir wissen wollen."[140]

„Auch das wird sich zeigen."

Erwähnen muß ich noch, daß diese Nacht eine Freundschaft zwischen Marx und mir begründete, die vorhielt. Ich sah ihn auch wieder, zuletzt in Barcelona. Er war in seiner Soldatenzeit mager und sah hungrig aus, aber er wurde ein ebenso dicker und fetter Chef wie seine Vorgänger und reiste mit funkelnagelneuen[147] Wagen durchs Land. Er war immer erfreut, wenn er mich sah. Auch Boa, seine Frau, wurde eine dicke Zigeunerin. Kiki aber sah ich nicht wieder; sie starb bald, nachdem ich sie kennengelernt hatte, an einer Lungenentzündung.

---

[136] *Was ist damit?* — What's the matter with it?
[137] *Zeigs her* — Let me see it
[138] *Was ist damit?* — What does it mean?
[139] *Darauf will ich es ankommen lassen* — I'll take a chance with it
[140] *die anderen nichts von dir wissen wollen.* — the others [i. e. other women] won't want to have anything to do with you
[141] *funkelnagelneuen* — brand new

Friedrich Georg Jünger

FRAGEN

1. Was erinnert den Erzähler an das Lager?
2. Was lag eine Viertelstunde vom Lager entfernt?
3. Wer half bei der Heuernte?
4. Wann konnte man das Lager verlassen?
5. Wie kamen die Soldaten nachts aus dem Lager?
6. Was konnte Marx besonders geschickt tun?
7. Wie benahm sich Marx, als sie außerhalb des Lagers waren?
8. Warum mußten sie ins hintere Zimmer?
9. Warum wollte Marx für den Wein bezahlen?
10. Was schlug Marx vor?
11. Wohin gingen die Mädchen, die vor dem Hause standen?
12. Was kaufte Marx, ehe sie das Wirtshaus verließen?
13. Warum gingen sie zu den Wohnwagen?
14. Warum war der Erzähler erstaunt, als Marx die Familie begrüßte?
15. Was beeindruckte den Erzähler?
16. Wie gefiel dem Erzähler das Essen bei den Zigeunern?
17. Mit wem saßen Marx und der Erzähler beim Essen?
18. Wer war Kiki?
19. Wie unterhielt Kiki die Gruppe?
20. Was wurde während der Unterhaltung serviert?
21. Warum regten sich die Zigeuner auf einmal auf?
22. Worüber machte sich der Erzähler Sorgen?
23. Warum gab der Chef Marx einen Fußtritt?
24. Warum drückte der Erzähler Marxs Gesicht auf den Boden?
25. Wie half Kiki dem Erzähler?
26. Wie weiß man, daß der Erzähler Kiki mochte?
27. Was taten der Erzähler und Kiki mit Marx?
28. Warum erhielt der Posten zwei Päckchen Zigaretten?
29. Was gab Kiki dem Erzähler?
30. Was wurde aus Marx?

THOMAS MANN

Thomas Mann, regarded by many as the foremost German novelist and essayist of the first half of the twentieth century, was born in Lübeck in 1875 and died in Switzerland in 1955. In a sense he is "European" rather than German. His work as a whole depicts the decline of the nineteenth-century western culture in which he grew up, and attempts to show how the older tradition gradually gave way to a new ideology and way of life. He was one of the first German authors whose books were banned and burned by the Nazis, who had condemned them as "decadent."

While much of his work might be called pessimistic, he writes nevertheless with flashes of humor and a penetrating irony which has perhaps never been equalled in modern literature. His style, even in such a very early story as "Der Weg zum Friedhof," is cultivated, urbane, and unique. Mann writes, often symbolically, of life and death, of the problem of dualism which faces the artist in society, of morality and intellectual responsibility.

"Der Weg zum Friedhof" treats one of Mann's earliest and favorite themes which runs through much of his later work. His skillful use of contrasts, humor, and irony (even in the name of the "hero") is something which the reader should be aware of, for it has a distinct purpose. The reader should ask himself the following questions: Who is the cyclist? How does Mann make him represent what he is? What is the point of the argument in which he is involved? What do Piepsam's invectives and gyrations mean? Why does the cyclist, unperturbed by Piepsam's predicament and misfortunes, pass by, leaving the unhappy man to his fate? When the reader finds answers to these questions, the deeper meaning of the story will emerge.

DER WEG ZUM FRIEDHOF

THOMAS MANN

Der Weg zum Friedhof lief immer neben der Chaussee, immer an ihrer Seite hin, bis er sein Ziel erreicht hatte, nämlich den Friedhof. An seiner anderen Seite lagen anfänglich menschliche Wohnungen, Neubauten der Vorstadt, an denen zum Teil noch gearbeitet wurde; und dann kamen Felder. Was die Chaussee betraf, die von Bäumen, knorrigen Buchen gesetzten Alters,[1] flankiert wurde, so war sie zur Hälfte gepflastert, zur Hälfte war sie's nicht. Aber der Weg zum Friedhof war leicht mit Kies bestreut, was ihm den Charakter eines angenehmen Fußpfades gab. Ein schmaler, trockener Graben, von Gras und Wiesenblumen ausgefüllt, zog sich zwischen beiden hin.

Es war Frühling, beinahe schon Sommer. Die Welt lächelte. Gottes blauer Himmel war mit lauter kleinen, runden, kompakten Wolkenstückchen besetzt, betupft[2] mit lauter schneeweißen Klümpchen von humoristischem Ausdruck. Die Vögel zwitscherten in den Buchen, und über die Felder daher kam ein milder Wind.

Auf der Chaussee schlich ein Wagen vom nächsten Dorfe her gegen die Stadt, er fuhr zur Hälfte auf dem gepflasterten, zur anderen Hälfte auf dem nicht gepflasterten Teile der Straße. Der Fuhrmann ließ seine Beine zu beiden Seiten der

---

[1] *knorrigen Buchen gesetzten Alters* — ancient gnarled beech-trees
[2] *betupft* — dotted

Deichsel³ hinabhängen und pfiff aufs unreinste.⁴ Am äußersten Hinterteile aber saß ein gelbes Hündchen, das ihm den Rücken zuwandte und über sein spitzes Schnäuzchen hinweg⁵ mit unsäglich ernster und gesammelter Miene auf den Weg
5 zurückblickte, den es gekommen war. Es war ein unvergleichliches Hündchen, Goldes wert, tief erheiternd;⁶ aber leider gehört es nicht zur Sache,⁷ weshalb wir uns von ihm abkehren müssen. — Ein Trupp Soldaten zog vorüber. Sie kamen von der unfernen Kaserne, marschierten in ihrem Dunst⁸
10 und sangen. Ein zweiter Wagen schlich, von der Stadt kommend, gegen das nächste Dorf. Der Fuhrmann schlief, und ein Hündchen war nicht darauf, weshalb dieses Fuhrwerk ganz ohne Interesse ist. Zwei Handwerksburschen kamen des Weges, der eine bucklig,⁹ der andere ein Riese an Gestalt. Sie
15 gingen barfuß, weil sie ihre Stiefel auf dem Rücken trugen, riefen dem schlafenden Fuhrmann etwas Gutgelauntes zu und zogen fürbaß. Es war ein maßvoller Verkehr, der sich ohne Verwicklungen und Zwischenfälle erledigte.¹⁰

Auf dem Wege zum Friedhof ging nur ein Mann; er ging
20 langsam, gesenkten Hauptes und gestützt auf einen schwarzen Stock. Dieser Mann hieß Piepsam, Lobgott Piepsam, und nicht anders.¹¹ Wir nennen ausdrücklich seinen Namen, weil er sich in der Folge aufs sonderbarste benahm.

Er war schwarz gekleidet, denn er befand sich auf dem
25 Wege zu den Gräbern seiner Lieben. Er trug einen rauhen,

---

³ *Deichsel* — wagon-tongue
⁴ *aufs unreinste* — horribly out of tune
⁵ *über . . . hinweg* — out over
⁶ *Goldes wert, tief erheiternd* — worth its weight in gold, most entertaining
⁷ *gehört es nicht zur Sache* — it has nothing to do with the story
⁸ *Dunst* — dust and sweat
⁹ *bucklig* — humpbacked
¹⁰ *der sich . . . erledigte* — which moved along without complications and incidents
¹¹ *und nicht anders* — believe it or not

Der Weg zum Friedhof

geschweiften Zylinderhut, einen altersblanken Gehrock, Beinkleider,[12] die sowohl zu eng als auch zu kurz waren, und schwarze, überall abgeschabte Glacéhandschuhe.[13] Sein Hals, ein langer, dürrer Hals mit großem Kehlkopfapfel,[14] erhob sich aus einem Klappkragen, der ausfranste, ja, er war an den Kanten schon ein wenig aufgerauht,[15] dieser Klappkragen. Wenn aber der Mann seinen Kopf erhob, was er zuweilen tat, um zu sehen, wie weit er noch vom Friedhof entfernt sei, so bekam man etwas zu sehen, ein seltenes Gesicht, ohne Frage ein Gesicht, das man nicht so schnell wieder vergaß.

Es war glatt rasiert und bleich. Zwischen den ausgehöhlten Wangen aber trat eine vorn sich knollenartig verdickende Nase hervor,[16] die in einer unmäßigen, unnatürlichen Röte glühte und zum Überfluß von einer Menge kleiner Auswüchse strotzte, ungesunder Gewächse,[17] die ihr ein unregelmäßiges und phantastisches Aussehen verliehen. Diese Nase, deren tiefe Glut scharf gegen die matte Blässe der Gesichtsfläche abstach,[18] hatte etwas Unwahrscheinliches und Pittoreskes,[19] sie sah aus wie angesetzt, wie eine Faschingsnase,[20] wie ein melancholischer Spaß. Aber es war nicht an dem.[21] — Seinen Mund, einen breiten Mund mit gesenkten Winkeln, hielt der Mann fest geschlossen, und wenn er aufblickte, so zog er

---

[12] *einen rauhen, geschweiften Zylinderhut, einen altersblanken Gehrock, Beinkleider* — a coarse, old-fashioned top-hat, a Prince Albert, shiny with age, trousers
[13] *abgeschabte Glacéhandschuhe* — worn kid gloves
[14] *Kehlkopfapfel* — Adam's apple
[15] *aus einem Klappkragen ... wenig aufgerauht* — out of a frayed turn-down collar, indeed, it was already a little worn at the edges
[16] *trat eine vorn sich knollenartig verdickende Nase hervor* — there protruded a bulbous nose
[17] *zum Überfluß ... ungesunder Gewächse* — in addition was completely covered with little pimples, unhealthy growths
[18] *abstach* — contrasted
[19] *Pittoreskes* — fantastic
[20] *Faschingsnase* — false nose [worn at Fasching, a German Mardi Gras festival]
[21] *Aber es war nicht an dem* — but this was not the case

seine schwarzen, mit weißen Härchen durchsetzten Brauen
hoch unter die Hutkrempe²² empor, daß man so recht zu sehen
vermochte, wie entzündet und jämmerlich umrändert seine
Augen waren.²³ Kurzum, es war ein Gesicht, dem man die
5 lebhafteste Sympathie dauernd nicht versagen konnte.

Lobgott Piepsams Erscheinung war nicht freudig, sie paßte
schlecht zu diesem lieblichen Vormittag, und auch für einen,
der die Gräber seiner Lieben besuchen will, war sie allzu
trübselig. Wenn man aber in sein Inneres sah, so mußte man
10 zugeben, daß ausreichende Gründe dafür vorhanden waren.
Er war ein wenig gedrückt, wie? — es ist schwer, so lustigen
Leuten wie euch dergleichen begreiflich zu machen — ein
wenig unglücklich, nicht wahr? ein bißchen schlecht behandelt.
Ach, die Wahrheit zu reden, so war es dies nicht nur ein
15 wenig, er war es in hohem Grade, es war ohne Übertreibung
elend mit ihm bestellt.²⁴

Erstens trank er. Nun, davon wird noch die Rede sein.²⁵
Ferner war er verwitwet, verwaist²⁶ und von aller Welt verlassen; er hatte nicht eine liebende Seele auf Erden. Seine Frau,
20 eine geborene Lebzelt,²⁷ war ihm entrissen worden, als sie
ihm vor Halbjahrsfrist²⁸ ein Kind geschenkt hatte; es war das
dritte Kind und es war tot gewesen. Auch die beiden anderen
Kinder waren gestorben; das eine an der Diphtherie, das
andere an nichts und wieder nichts, vielleicht an allgemeiner
25 Unzulänglichkeit.²⁹ Nicht genug damit, hatte er bald darauf

---

[22] *Hutkrempe* — brim of his hat
[23] *wie entzündet ... seine Augen waren* — how inflamed his eyes were and what horrible bags he had under them
[24] *es war ohne Übertreibung elend mit ihm bestellt* — without exaggeration he was in a miserable state
[25] *davon wird noch die Rede sein* — more of that later
[26] *verwitwet, verwaist* — widowed, orphaned
[27] *eine geborene Lebzelt* — whose maiden-name was **Lebzelt**
[28] *vor Halbjahrsfrist* — six months ago
[29] *Unzulänglichkeit* — inadequacy

Der Weg zum Friedhof

seine Erwerbsstelle eingebüßt,[30] war schimpflich aus Amt und Brot[31] gejagt worden, und das hing mit jener Leidenschaft zusammen, die stärker war als Piepsam.

Er hatte ihr ehemals einigermaßen Widerpart zu halten[32] vermocht, obgleich er ihr periodenweise unmäßig gefröhnt[33] hatte. Als ihm aber Weib und Kinder entrafft waren, als er ohne Halt und Stütze, von allem Anhang entblößt,[34] allein auf Erden stand, war das Laster Herr über ihn geworden und hatte seinen seelischen Widerstand mehr und mehr gebrochen. Er war Beamter im Dienste einer Versicherungssozietät gewesen, eine Art von höheren Kopisten mit monatlich neunzig Reichsmark bar. In unzurechnungsfähigem Zustande jedoch hatte er sich grober Versehen schuldig gemacht[35] und war, nach wiederholten Vermahnungen, endlich als dauernd unzuverlässig entlassen worden.

Es ist klar, daß dies durchaus keine sittliche Erhebung Piepsams zur Folge gehabt hatte, daß er nun vielmehr vollends dem Ruin anheimgefallen war.[36] Ihr müßt nämlich wissen, daß das Unglück des Menschen Würde ertötet; — es ist immerhin gut, ein wenig Einsicht in diese Dinge zu besitzen. Es hat eine sonderbare und schauerliche Bewandtnis hiermit.[37] Es nützt nichts, daß der Mensch sich selbst seine Unschuld beteuert; in den meisten Fällen wird er sich für sein Unglück verachten. Selbstverachtung und Laster aber stehen in der

---

[30] *seine Erwerbsstelle eingebüßt* — forfeited his job
[31] *aus Amt und Brot* — out of his livelihood
[32] *Widerpart zu halten* — to resist
[33] *unmäßig gefröhnt* — given in immoderately
[34] *von allem Anhang entblößt* — deprived of all human contacts
[35] *In unzurechnungsfähigem Zustande ... schuldig gemacht* — He had committed clumsy errors, however, while he was not responsible for his actions
[36] *daß dies durchaus ... anheimgefallen war* — that this had by no means resulted in any moral improvement in Piepsam, but that he rather had deteriorated completely
[37] *Es hat eine sonderbare und schauerliche Bewandtnis hiermit* — Thereby hangs a peculiar and horrible tale

schauderhaftesten Wechselbeziehung,³⁸ sie nähren einander, sie arbeiten einander in die Hände,³⁹ daß es ein Graus ist. So war es auch mit Piepsam. Er trank, weil er sich nicht achtete, und er achtete sich weniger und weniger, weil das immer
5 erneute Zuschandenwerden⁴⁰ aller guten Vorsätze sein Selbstvertrauen zerfraß. Zu Hause in seinem Kleiderschranke pflegte eine Flasche mit einer giftgelben Flüssigkeit zu stehen, einer verderblichen Flüssigkeit, — wir nennen aus Vorsicht nicht ihren Namen. Vor diesem Schranke hatte Lobgott
10 Piepsam buchstäblich schon auf den Knien gelegen und sich die Zunge zerbissen; und dennoch war er schließlich erlegen.⁴¹
— Wir erzählen euch nicht gern solche Dinge; aber sie sind immerhin lehrreich. — Nun ging er auf dem Wege zum Friedhof und stieß seinen schwarzen Stock vor sich hin. Der
15 milde Wind umspielte auch seine Nase, aber er fühlte es nicht. Mit hoch emporgezogenen Brauen starrte er hohl und trüb in die Welt, ein elender und verlorener Mensch. — Plötzlich vernahm er hinter sich ein Geräusch und horchte auf: ein sanftes Rauschen näherte sich aus weiter Ferne her mit großer
20 Geschwindigkeit. Er wandte sich um und blieb stehen. — Es war ein Fahrrad, dessen Pneumatik auf dem leicht mit Kies bestreuten Boden knirschte, und das in voller Karriere⁴² herankam, dann aber sein Tempo verlangsamte, da Piepsam mitten im Wege stand.

Ein junger Mann saß auf dem Sattel, ein Jüngling, ein
25 unbesorgter Tourist. Ach, mein Gott, er erhob durchaus nicht den Anspruch,⁴³ zu den Großen und Herrlichen dieser Erde gezählt zu werden! Er fuhr eine Maschine von mittlerer

---

³⁸ *Wechselbeziehung* — correlation
³⁹ *arbeiten einander in die Hände* — play into each other's hands
⁴⁰ *Zuschandenwerden* — collapse
⁴¹ *erlegen* — succumbed
⁴² *in voller Karriere* — at full speed
⁴³ *er erhob durchaus nicht den Anspruch* — he by no means laid claim

Qualität, gleichviel aus welcher Fabrik, ein Rad im Preise von
zweihundert Mark, auf gut Glück geraten.⁴⁴ Und damit
kutschierte er ein wenig über Land, frisch aus der Stadt
hinaus, mit blitzenden Pedalen in Gottes freie Natur hinein,
hurra! Er trug ein buntes Hemd und eine graue Jacke darüber,
Sportgamaschen⁴⁵ und das keckste⁴⁶ Mützchen der Welt, —
ein Witz⁴⁷ von einem Mützchen, bräunlich kariert,⁴⁸ mit einem
Knopf auf der Höhe. Darunter aber kam ein Wust,⁴⁹ ein
dicker Schopf von blondem Haar hervor, das ihm über die
Stirne emporstand. Seine Augen waren blitzblau. Er kam
daher wie das Leben und rührte die Glocke; aber Piepsam
ging nicht um eines Haares Breite aus dem Wege. Er stand
da und blickte das Leben mit unbeweglicher Miene an.

Es warf ihm einen ärgerlichen Blick zu und fuhr langsam
an ihm vorüber, worauf Piepsam ebenfalls wieder vorwärts zu
gehen begann. Als es aber vor ihm war, sagte er langsam und
mit schwerer Betonung:

„Numero neuntausendsiebenhundertundsieben." Dann kniff
er die Lippen zusammen und blickte unverwandt vor sich
nieder, während er fühlte, daß des Lebens Blick verdutzt auf
ihm ruhte.

Es hatte sich umgewendet, den Sattel hinter sich mit der
einen Hand erfaßt und fuhr ganz langsam.

„Wie?" fragte es. —

„Numero neuntausendsiebenhundertundsieben", wiederholte Piepsam. „O nichts. Ich werde Sie anzeigen."

„Sie werden mich anzeigen?" fragte das Leben, wandte sich
noch weiter herum und fuhr noch langsamer, so daß es ange-

---

⁴⁴ *gleichviel... geraten* — of no special make, a bike costing about 200 marks, at a rough guess
⁴⁵ *Sportgamaschen* — puttees
⁴⁶ *keckste* — snappiest
⁴⁷ *ein Witz* — a gem
⁴⁸ *kariert* — checked
⁴⁹ *Wust* — mass

strengt mit der Lenkstange[50] hin und her balanzieren mußte. —

„Gewiß", antwortete Piepsam in einer Entfernung von fünf oder sechs Schritten.

„Warum?" fragte das Leben und stieg ab. Es blieb stehen und sah sehr erwartungsvoll aus.

„Das wissen Sie selbst sehr wohl."

„Nein, das weiß ich nicht."

„Sie müssen es wissen."

„Aber ich weiß es nicht", sagte das Leben, „und es interessiert mich auch außerordentlich wenig!" Damit machte es sich an sein Fahrrad, um wieder aufzusteigen. Es war durchaus nicht auf den Mund gefallen.[51]

„Ich werde Sie anzeigen, weil Sie hier fahren, nicht dort draußen auf der Chaussee, sondern hier auf dem Wege zum Friedhof", sagte Piepsam.

„Aber, lieber Herr!" sagte das Leben mit einem ärgerlichen und ungeduldigen Lachen, wandte sich neuerdings um und blieb stehen. „Sie sehen hier Spuren von Fahrrädern den ganzen Weg entlang. — Hier fährt jedermann."

„Das ist mir ganz gleich",[52] entgegnete Piepsam, „ich werde Sie anzeigen."

„Ei, so tun Sie, was Ihnen Vergnügen macht!" rief das Leben und stieg zu Rade. Es stieg wirklich auf, es blamierte sich nicht,[53] indem ihm das Aufsteigen mißlang; es stieß sich nur ein einziges Mal mit dem Fuße ab, saß sicher im Sattel und legte sich ins Zeug,[54] um wieder ein Tempo zu gewinnen, das seinem Temperamente entsprach.

„Wenn Sie nun noch weiter hier fahren, hier, auf dem Wege

---

[50] *Lenkstange* — handle bar
[51] *Es war durchaus nicht auf den Mund gefallen* — He was certainly not at a loss for words.
[52] *Das ist mir ganz gleich* — I don't care
[53] *es blamierte sich nicht* — he didn't look ridiculous
[54] *legte sich ins Zeug* — exerted himself

Der Weg zum Friedhof

zum Friedhof, so werde ich Sie ganz sicher anzeigen", sprach Piepsam mit erhöhter und bebender Stimme. Aber das Leben kümmerte sich jämmerlich wenig[55] darum; es fuhr mit wachsender Geschwindigkeit weiter.

Hättet ihr in diesem Augenblick Lobgott Piepsams Gesicht gesehen, ihr wäret tief erschrocken gewesen. Er kniff die Lippen so fest zusammen, daß seine Wangen und sogar die glühende Nase sich ganz und gar verschoben,[56] und unter den unnatürlich hoch emporgezogenen Brauen starrten seine Augen dem entrollenden Fahrzeug mit wahnsinnigem Ausdruck nach. Plötzlich stürzte er vorwärts. Er legte die kurze Strecke, die ihn von der Maschine trennte, rennend zurück und ergriff die Satteltasche; er klammerte sich mit beiden Händen daran fest, hing sich förmlich daran und, immer mit übermenschlich fest zusammengekniffenen Lippen, stumm und mit wilden Augen, zerrte er aus Leibeskräften[57] an dem vorwärtsstrebenden und balancierenden Zweirad. Wer ihn sah, konnte im Zweifel sein, ob er aus Bosheit beabsichtigte, den jungen Mann am Weiterfahren zu hindern, oder ob er von dem Wunsche gepackt worden war, sich ins Schlepptau nehmen zu lassen,[58] sich hinten aufzuschwingen und mitzufahren, ebenfalls ein wenig hinauszukutschieren, mit blitzenden Pedalen in Gottes freie Natur hinein, hurra! — Das Zweirad konnte dieser verzweifelten Last nicht lange widerstehen; es stand, es neigte sich, es fiel um.

Nun aber wurde das Leben grob. Es war auf ein Bein zu stehen gekommen, holte mit dem rechten Arme aus[59] und gab Herrn Piepsam einen solchen Stoß vor die Brust, daß er mehrere

---

[55] *jämmerlich wenig* — very little
[56] *sich ... verschoben* — were distorted
[57] *aus Leibeskräften* — with all his strength
[58] *sich ins Schlepptau nehmen zu lassen* — to let himself be towed along
[59] *holte mit dem rechten Arme aus* — raised his right arm

Schritte zurücktaumelte. Dann sagte es mit bedrohlich anschwellender Stimme:

„Sie sind wohl besoffen,[60] Kerl! Wenn Sie sonderbarer Patron[61] sich's nun noch einmal einfallen lassen, mich aufzu-
halten, so haue ich Sie in die Pfanne,[62] verstehen Sie das? Ich schlage Ihnen die Knochen entzwei! Wollen Sie das zur Kenntnis nehmen!"[63] Und damit drehte es Herrn Piepsam den Rücken zu, zog mit einer entrüsteten Bewegung sein Mützchen fester über den Kopf und stieg wieder aufs Rad. Nein, es war
durchaus nicht auf den Mund gefallen. Auch mißlang ihm das Aufsteigen ebensowenig wie vorhin. Es trat wieder nur einmal an, saß sicher im Sattel und hatte die Maschine sofort in der Gewalt. Piepsam sah seinen Rücken sich rascher und rascher entfernen.

Er stand da, keuchte und starrte dem Leben nach. — Es stürzte nicht, es geschah ihm kein Unglück, kein Pneumatik platzte, und kein Stein lag ihm im Wege; federnd[64] fuhr es dahin. Da begann Piepsam zu schreien und zu schimpfen; — man konnte es ein Gebrüll heißen, es war gar keine menschliche Stimme mehr.

„Sie fahren nicht weiter!" schrie er. „Sie tun es nicht! Sie fahren dort draußen und nicht auf dem Wege zum Friedhof, hören Sie mich?! — Sie steigen ab, Sie steigen sofort ab! Oh! oh! ich zeige Sie an! ich verklage Sie! Ach, Herr du mein Gott, wenn du stürztest, wenn du stürzen wolltest, du windige Kanaille,[65] ich würde dich treten, mit dem Stiefel in dein Gesicht treten, du verfluchter Bube..."

---

[60] *besoffen* — drunk
[61] *Sie sonderbarer Patron* — A character like you
[62] *haue ich Sie in die Pfanne* — I'll knock your teeth out
[63] *Ich schlage Ihnen die Knochen entzwei! Wollen Sie das zur Kenntnis nehmen!* — I'll beat you to a pulp! Bear that in mind!
[64] *federnd* — gracefully
[65] *du windige Kanaille* — you scoundrel of a windbag

Der Weg zum Friedhof

Niemals wurde dergleichen gesehen! Ein schimpfender Mann auf dem Wege zum Friedhof, ein Mann, der mit geschwollenem Kopfe brüllt, ein Mann, der vor Schimpfen tanzt, Kapriolen macht,[66] Arme und Beine um sich wirft und sich nicht zu lassen weiß.[67] Das Fahrzeug war schon gar nicht mehr sichtbar, und Piepsam tobte noch immer an derselben Stelle umher.

„Haltet ihn! Haltet ihn! Er fährt auf dem Wege zum Friedhof! Reißt ihn doch herunter, den verdammten Laffen![68] Ach... ach... hätte ich dich, wie wollte ich dich schinden, du alberner Hund, du dummer Windbeutel, du Hansnarr, du unwissender Geck....[69] Sie steigen ab! Sie steigen in diesem Augenblick ab! Wirft ihn denn keiner in den Staub, den Wicht?[70] Spazierenfahren, wie? Auf dem Wege zum Friedhof, was? Du Schurke! Du dreister Bengel,[71] du verdammter Affe! Blitzblaue Augen, nicht wahr? Und was sonst noch? Der Teufel kratze sie dir aus, du unwissender, unwissender, unwissender Geck!...."

Piepsam ging nun zu Redewendungen über, die nicht wiederzugeben sind,[72] er schäumte und stieß mit geborstener[73] Stimme die schändlichsten Schimpfworte hervor, indes die Raserei seines Körpers sich immer mehr verstärkte. Ein paar Kinder mit einem Korbe und einem Pinscherhunde[74] kamen von der Chaussee herüber; sie kletterten über den Graben, umringten den schreienden Mann und blickten neugierig in

---

[66] *Kapriolen macht* — jumps around
[67] *und sich nicht zu lassen weiß* — doesn't know how to control himself
[68] *Laffen* — fop
[69] *wie wollte ich ... du unwissender Geck* — how I'd like to skin you alive, you stupid dog, you silly windbag, you clown, you ignorant fool
[70] *Wicht* — wretch
[71] *Du Schurke! Du dreister Bengel* — You scoundrel! You impudent rascal
[72] *die nicht wiederzugeben sind* — which are unprintable
[73] *geborstener* — cracked
[74] *Pinscherhunde* — terrier

sein verzerrtes Gesicht. Einige Leute, die dort hinten an den Neubauten arbeiteten oder eben ihre Mittagspause begonnen hatten, wurden ebenfalls aufmerksam, und Männer sowohl wie Mörtelweiber[75] kamen den Weg daher auf die Gruppe zu.
Aber Piepsam wütete immer weiter, es wurde immer schlimmer mit ihm.[76] Er schüttelte blind und toll die Fäuste gen Himmel und nach allen Richtungen hin, zappelte mit den Beinen, drehte sich um sich selbst, beugte die Knie, schnellte wieder empor vor unmäßiger Anstrengung, recht laut zu schreien. Er machte nicht einen Augenblick Pause im Schimpfen, er ließ sich kaum Zeit zu atmen, und es war zum Erstaunen, woher ihm all die Worte kamen. Sein Gesicht war fürchterlich geschwollen, sein Zylinderhut saß ihm im Nacken,[77] und sein umgebundenes Vorhemd[78] hing ihm aus der Weste heraus. Dabei war er längst bei Allgemeinheiten angelangt und stieß Dinge hervor, die nicht im entferntesten mehr zur Sache gehörten. Es waren Anspielungen auf sein Lasterleben und religiöse Hindeutungen, in so unpassendem Tone vorgebracht und mit Schimpfwörtern liederlich untermischt.[79]

„Kommt nur her, kommt nur alle herbei!" brüllte er. „Nicht ihr, nicht bloß ihr, auch ihr anderen, ihr mit den Mützchen und den blitzblauen Augen! Ich will euch Wahrheiten in die Ohren schreien, daß euch ewig grausen soll, euch windigen Wichten!... Grinst ihr? Zuckt ihr die Achseln?... Ich trinke... gewiß, ich trinke! Ich saufe sogar, wenn ihr's hören wollt! Was bedeutet das?! Es ist noch nicht aller Tage Abend![80] Es kommt der Tag, ihr nichtiges Geschmeiß,[81]

---

[75] *Mörtelweiber* — women hod-carriers
[76] *es wurde immer schlimmer mit ihm* — he got worse and worse
[77] *saß ihm im Nacken* — was on the back of his head
[78] *Vorhemd* — dickey
[79] *mit Schimpfwörtern liederlich untermischt* — mixed with vulgar swearwords
[80] *Es ist noch nicht aller Tage Abend* — We haven't seen the end of it yet
[81] *ihr nichtiges Geschmeiß* — you worthless trash

Der Weg zum Friedhof

da Gott uns alle wägen wird... Ach... ach... des Menschen Sohn[82] wird kommen in den Wolken, ihr unschuldigen Kanaillen, und seine Gerechtigkeit ist nicht von dieser Welt! Er wird euch in die äußerste Finsternis werfen, euch munteres Gezücht,[83] wo da ist Heulen und..."

Er war jetzt von einer stattlichen Menschenansammlung umgeben. Einige lachten, und einige sahen ihn mit gerunzelten Brauen an. Es waren noch mehr Arbeiter und Mörtelweiber von den Bauten herangekommen. Ein Fuhrmann war von seinem Wagen gestiegen, der auf der Landstraße hielt, und, die Peitsche in der Hand, ebenfalls über den Graben herzugetreten. Ein Mann rüttelte Piepsam am Arme, aber das führte zu nichts. Ein Trupp Soldaten, der vorübermarschierte, reckte lachend die Hälse nach ihm. Der Pinscherhund konnte nicht länger an sich halten,[84] stemmte die Vorderbeine gegen den Boden und heulte ihm mit eingeklemmtem Schwanze[85] gerade ins Gesicht hinein.

Plötzlich schrie Lobgott Piepsam noch einmal aus voller Kraft: „Du steigst ab, du steigst sofort ab, du unwissender Geck!" beschrieb mit einem Arme einen weiten Halbkreis und stürzte in sich selbst zusammen. Er lag da, jäh verstummt,[86] als ein schwarzer Haufen inmitten der Neugierigen. Sein geschweifter Zylinderhut[87] flog davon, sprang einmal vom Boden empor und blieb dann ebenfalls liegen.

Zwei Mauersleute beugten sich über den unbeweglichen Piepsam und verhandelten in dem biederen[88] und vernünftigen Ton arbeitenden Männern über den Fall. Dann machte sich

---

[82] *des Menschen Sohn* — The Son of Man [Christ]
[83] *Gezücht* — breed
[84] *nicht länger an sich halten* — no longer restrain itself
[85] *mit eingeklemmtem Schwanze* — with its tail between its legs
[86] *jäh verstummt* — suddenly silenced
[87] see footnote 12 above
[88] *biederen* — honest

der eine von ihnen auf die Beine und verschwand im Geschwindschritt.⁸⁹ Die Zurückbleibenden nahmen noch einige Experimente mit dem Bewußtlosen vor. Der eine besprengte ihn aus einer Bütte mit Wasser, ein anderer goß aus seiner Flasche Branntwein in die hohle Hand und rieb ihm die Schläfen damit. Aber diese Bemühungen wurden von keinem Erfolge gekrönt.

So verging eine kleine Weile. Dann wurden Räder laut, und ein Wagen kam auf der Chaussee heran. Es war ein Sanitätswagen, und an Ort und Stelle machte er halt: mit zwei hübschen kleinen Pferden bespannt⁹⁰ und mit einem ungeheuren roten Kreuze an jeder Seite bemalt. Zwei Männer in kleidsamer⁹¹ Uniform kletterten vom Bocke⁹² herab, und während der eine sich an das Hinterteil des Wagens begab, um es zu öffnen und das verschiebbare Bett⁹³ herauszuziehen, sprang der andere auf den Weg zum Friedhof, schob die Gaffer⁹⁴ beiseite und schleppte mit Hilfe eines Mannes aus dem Volke Herrn Piepsam zum Wagen. Er wurde auf das Bett gestreckt und hineingeschoben wie ein Brot in den Backofen, worauf die Tür wieder zuschnappte und die beiden Uniformierten wieder auf den Bock kletterten. Das alles ging mit großer Präzision, mit ein paar geübten Griffen, klipp und klapp, wie im Affentheater.⁹⁵

Und dann fuhren sie Lobgott Piepsam von hinnen.

---

[89] *machte sich ... im Geschwindschritt* — one of them set off and disappeared on the double
[90] *bespannt* — harnessed to it
[91] *kleidsamer* — well-fitting
[92] *Bocke* — coachman's seat
[93] *verschiebbare Bett* — stretcher
[94] *Gaffer* — onlookers
[95] *mit ein paar geübten Griffen, klipp und klapp, wie im Affentheater* — with a few practiced movements, snappily, just as in the trained monkey show

FRAGEN

1. Zu welcher Jahreszeit fand die Geschichte statt?
2. Warum war der zweite Wagen unwichtig?
3. Warum war der Name des Mannes wichtig?
4. Was ist mit Piepsams Kindern geschehen?
5. Warum wurde er entlassen?
6. Warum trank Piepsam?
7. Was tat er, als er ein Geräusch hinter sich hörte?
8. Wer saß auf dem Rad?
9. Warum ärgerte sich der Mann auf dem Fahrrad?
10. Warum merkte sich Piepsam die Nummer des Fahrrads?
11. Warum wollte er den Mann anzeigen?
12. Wie reagierte der Mann auf dem Fahrrad?
13. Was tat Piepsam dann?
14. Warum taumelte er zurück?
15. Was tat Piepsam, nachdem das Fahrrad weitergefahren war?
16. Wer kam, um ihn anzusehen?
17. Worüber redete er jetzt?
18. Was geschah auf einmal mit Piepsam?
19. Was tat einer der Mauersleute?
20. Was machten die Sanitäter mit Piepsam?

LEO SLEZAK

Leo Slezak (1874-1946) was a well-known and celebrated personality on the opera stages of Europe and America, for he was one of the great Wagnerian tenors of the early twentieth century. In Germany, Austria, and Switzerland, however, his fame was two-fold; he was noted not only for his magnificent voice but also for his wit. Like Enrico Caruso, another great singer of his day, Slezak had a natural gift for spontaneously capitalizing on the inherent humor of many operatic situations.

Unlike Caruso, Slezak occasionally resorted to pen and paper and thus endowed some of his humor with that durability which the printing press assures and which unfortunately was denied his voice because of the inadequacy of recording techniques of the time. His first published work bore the all-inclusive and final title *Meine sämtlichen Werke* (My Complete Works). The success of this brash and clever venture into the field of literature was so remarkable that the author felt called upon to break his word and add to his "complete works." The next volume was entitled *Wortbruch* (Breach of Promise), and it is in this work that "Zwetschgerl" is to be found.

Slezak had a talent for exposing the humorous side of almost every situation and institution; he parodied his favorite operas, poked fun at officialdom, and laughed at his profession and himself. The famous opera singer, Leo Slezak, was by far his favorite subject and some of the most amusing sections of his books are concerned with his own personal experiences. In "Zwetschgerl" he wittily recounts the trials and tribulations which resulted from the acquisition of a mongrel puppy.

ZWETSCHGERL[1]

LEO SLEZAK

Ich war bei lieben Freunden auf einem herrlichen Gut zu Besuch, und bei der Besichtigung des Kuhstalles — der ein ziemliches Quantum[2] von Neid und einen Überschuß von Verständnis für die Landwirtschaft in mir auslöste — wurde ich durch ein geradezu beängstigendes Gekläffe und Wehgeheul aus irgendeiner Stallecke gestört.
Als Tierfreund ging ich diesem Gekläffe nach und fand in einer Kiste einen schwarzen, hundeähnlichen Gegenstand, den ich sofort auf den Arm nahm und liebkoste. —
Die Spuren dieser Zärtlichkeit machten sich auf meinem blütenweißen Hemd in Form von unzweideutigen Flecken bemerkbar, die jedem die Annahme aufzwangen, ich müsse in irgendeine Jauchengrube[3] gefallen sein.
Meine Tierliebe erlitt aber dadurch keinen Abbruch,[4] ich nahm den Hund und brachte ihn meiner Frau.
„Um Gottes Willen, Leo, was bringst du denn dahergeschleppt?"[5] —
„Liebe Elsa, das ist ein herrliches Tier! Ein Hund, wie du siehst, unser lieber Zwetschgerl. — Ich traf ihn im Stalle, er heulte derart, daß man der festen Meinung sein mußte, es sei

---
[1] *Zwetschgerl* — Little Prune (name of a dog)
[2] *ein ziemliches Quantum* — a great deal
[3] *Jauchengrube* — manure pit
[4] *erlitt aber dadurch keinen Abbruch* — was not terminated by this
[5] *bringst du denn dahergeschleppt?* — do you have in tow there?

mindestens eine Meute von Hunden losgelassen. Man sagte mir, er wird eine Dogge — eine schwarze Dogge."
Am Bauch hatte er eine knopfartige Geschwulst, die mir als Kennzeichen einer besonderen Rasse geschildert wurde.
Später entpuppte sich dieser Knopf als Nabelbruch.[6] Ich beschloß, der Dogge die Ohren stutzen[7] und den Schwanz kupieren[8] zu lassen. Aber man riet mir dringend ab, mit dem Einwande, man solle doch lieber noch warten, weil es nicht ganz ausgeschlossen erscheine, daß die Dogge eventuell ein Dackel[9] werde. Bei dem wären dann die gestutzten Ohren, sowie auch der kupierte Schwanz ein Fehler.

Der Besitzer des Hundes, ein biederer Unterverwalter,[10] machte mich auf seine Vorzüge aufmerksam, die er ins grellste Licht setzte.[11] Sogar dem Nabelbruch wußte er so vorteilhafte Seiten abzugewinnen,[12] daß ich ihn als Glücksfall empfand.

Auch behauptete er, der Hund sei sehr wachsam, was sich darin dokumentierte, daß er die ganze Nacht, ohne jede Pause, heule, wodurch die Nachtruhe von achtzig Kühen gestört würde. Ein Argument, das ich zwar widerstrebend aber dennoch gelten ließ.

Für dreihundert Mark nahm ich das Hündchen in meinen Besitz. — Ein unsagbar erfreuliches Empfinden in mir tragend, band ich ihm eine blaue Schleife um den Hals und nannte ihn feierlich: Zwetschgerl. — Warum ich ihn so nannte, weiß ich nicht, das ist auch ganz gleichgültig.[13]

[6] *Nabelbruch* — navel rupture
[7] *stutzen* — cropped
[8] *kupieren* — cut
[9] *Dackel* — [shortened form of the word *Dachshund*]
[10] *ein biederer Unterverwalter* — an honest minor official
[11] *er ins grellste Licht setzte* — he painted in the most glowing colors
[12] *Sogar dem Nabelbruch wußte er so vorteilhafte Seiten abzugewinnen* — he even knew how to present such favorable arguments for the navel rupture
[13] *das ist auch ganz gleichgültig* — it doesn't matter either

Zwetschgerl

Daß er vorher gebührend gereinigt wurde, sei nicht unerwähnt.[14]

Auf der Wagenfahrt nach der Bahn nahm ich meinen lieben Zwetschgerl auf den Schoß, was zur Folge hatte, daß er mir, ohne daß ich es merkte, meine oberbayerische Älplerhose[15] derart zerbiß, daß sie voraussichtlich weggeworfen werden muß. Darüber wird der Lederhosenfachmann in Tegernsee[16] entscheiden. — Jedenfalls ein Zeichen, daß Zwetschgerl sehr gute Zähne hat und als Wachhund sicher seinen Mann stellen wird.[17]

An der Bahn merkte ich erst, wie mich das gütige Tierchen zugerichtet hatte.[18]

Meine Begeisterung begann ein wenig zu verflachen. Diese Verflachung[19] wurde noch stärker, weil Zwetschgerl die schöne blaue Schleife, die seinen Hals schmückte, zum größten Teil aufgefressen hatte. —

Ich erteilte ihm einen ernsten Ordnungsruf,[20] der, voraussichtlich seines jugendlichen Alters wegen — Zwetschgerl zählte erst vier Wochen — keinen besonders tiefen Eindruck auf ihm machte. —

Aber jugendliches Alter ist ein Fehler, der mit jedem Tage besser wird. — Also lag es mir ferne,[21] zu verzagen.

Die Einwaggonierung[22] Zwetschgerls verursachte erhebliche Schwierigkeiten. Ich trug mich mit dem Gedanken,[23] da

---

[14] *sei nicht unerwähnt* — should not go unmentioned
[15] *oberbayerische Älplerhose* — Bavarian leather pants
[16] *Lederhosenfachmann in Tegernsee* — leather pants specialist in the town of Tegernsee
[17] *seinen Mann stellen wird* — will be very courageous
[18] *wie mich ... zugerichtet hatte* — what the dear little animal had done to me.
[19] *Verflachung* — decrease [in enthusiasm]
[20] *erteilte ihm einen ernsten Ordnungsruf* — gave him a severe reprimand
[21] *Also lag es mir ferne* — Accordingly I did not think
[22] *Einwaggonierung* — entraining
[23] *Ich trug mich mit dem Gedanken* — I entertained the thought

doch auf der Bahn Kinder unter drei Jahren frei sind und
Zwetschgerl ruhig als Baby beurteilt werden konnte, ihn
einfach ohne Entrichtung irgendeines Fahrgeldes[24] durchzu-
schmuggeln. Wir wickelten ihn zu diesem Behufe in den
Mantel meiner Frau ein, was erstens ein orkanartiges[25] Geheul
hervorrief und zweitens dem Mantel drei Knöpfe kostete, die
Zwetschgerl in seinem gewiß berechtigen Zorne abbiß.

Der Schaffner meinte ganz richtig: „Sö, Sö haben ja an Hund
da in dem Packel.[26] — Wo habens[27] denn die Hundskarten?"
Ich antwortete, der Tatsache entsprechend,[28] daß dies noch
kein fertiger Hund, sondern ein quasi Hundesäugling[29] wäre,
der erst ein Hund werden wolle. Mit der in Bayern[30] so wohl-
tuenden Deutlichkeit erwiderte der durchlochende Beamte,[31]
daß ich ihn nicht derblecken[32] solle, und schloß seine lange
Rede mit der Bemerkung, daß Hund — Hund sei und daß
für ihn bezahlt werden müsse.

Ich erlegte an der Kasse 6 Mark 50 Pfennig — bis München
— und Zwetschgerl machte seine erste Reise.

Wir betteten ihn auf meinen Wettermantel und alles war
großartig. —

Als sich der Zug in Bewegung setzte und beim Anfahren[33]
einen ziemlich starken Ruck machte, wie das bei unseren
Zügen in Bayern üblich ist und meistens durch abgebissene
Zungen der Fahrgäste in die Erscheinung tritt,[34] erschrak

[24] *Entrichtung irgendeines Fahrgeldes* — paying any fare at all
[25] *orkanartiges* — horrible [resembling the howl of a tornado]
[26] *Sö ... in dem Packel* — *Sie, Sie haben ja einen Hund da in dem Paket*
[27] *habens* — *haben Sie*
[28] *der Tatsache entsprechend* — adhering to the actual fact
[29] *ein quasi Hundesäugling* — a dog baby, so to say
[30] *Bayern* — Bavaria
[31] *der durchlochende Beamte* — the ticket-punching official [conductor]
[32] *derblecken* — kid
[33] *beim Anfahren* — at the moment of starting
[34] *in die Erscheinung tritt* — manifests itself

das liebe Tierchen heftig. Die Folgen dieses Erschreckens waren umgehend auf dem Mantel zu bemerken. —

Die Fahrt nach München kann ruhig als Martyrium bezeichnet werden — weil Zwetschgerl dem Bahnfahren keinen richtigen Reiz abgewinnen konnte. Er zerbiß einem neben ihm sitzenden Reisenden die Joppe, worauf der Besitzer mit ziemlich weithin schallender Stimme und liebloser Kritik an Zwetschgerl Schadenersatz verlangte. Er nannte meine Dogge ein Marastel, ein ölondiges[35] — und behauptete, daß dies gar kein Hund, sondern die Kreuzung zwischen einem Regenschirm und einem Nachtkastel[36] wäre.

Bezüglich der Rassereinheit Zwetschgerls ließ ich mich mit dem zweifellos nicht informierten Reisegefährten erst in gar keine Polemik ein, bezahlte die geforderten fünfzig Mark und stieg mit meinem Liebling im Arme aus.

Zwetschgerl kostete schon 356 Mark 50 Pfennig.

In München hatten wir zweieinhalb Stunden Aufenthalt, die wir, infolge der Anwesenheit Zwetschgerls, im Wartesaal verbringen mußten. Das sympathische Tierchen fühlte sich auf meinem Arm nicht besonders wohl und zeigte, in berechtigtem Freiheitsdrange,[37] das ermüdende Bestreben, herunterzuspringen.

Um die Zeit zu kürzen, ging ich an den Fahrkartenschalter und verlangte zwei Billetts Vierter[38] und eine Hundekarte.

Der Beamte fragte, ob ich einen polizeilichen Ausweis für den Hund habe. — In München herrsche die Tollwut, und kein Hund dürfe ohne polizeiärztliche Untersuchung das Weichbild der Stadt verlassen.[39]

---

[35] *ein Marastel, ein ölondiges* — a miserable cur
[36] *Nachtkastel* — bedside table in which the chamber pot is kept
[37] *in berechtigtem Freiheitsdrange* — in his justifiable desire to be free
[38] *zwei Billetts Vierter* — two fourth-class tickets
[39] *ohne polizeiärztliche Untersuchung das Weichbild der Stadt verlassen* — leave the jurisdictional area of the city without a police medical examination

Meine abermalige Daraufhindeutung,[40] daß dies noch kein richtiger Hund sei, daß er erst vor ganz kurzer Zeit auf einem wunderbaren Gut, einem Rittergute in Tiefenbrunn bei Weßling,[41] geboren wäre, ergab die Anschauung, daß Hund — Hund sei, und man mir ohne Vorweisung des amtlichen Dokumentes keine Hundekarte ausfolgen dürfe.

Ich rannte in den Wartesaal zurück und wollte Zwetschgerl zu Boden schmettern; meine Frau in ihrer so überaus entwickelten Herzensgüte verhinderte es.

Also auf zur Hundepolizei! —

Diese befindet sich in der Sendlingertorstraße. Ich entschied, ein Auto zu nehmen. — Es geschah![42] — Zwetschgerl besah sich München, indem er in seinem jugendlichen Unverstand um sich herumbiß[43] und auch das Autofahren nicht sonderlich schön fand.

Bei der Hundepolizei wurde ich auf Befragen in den vierten Stock gewiesen. Ziemlich erschöpft oben angelangt, erfuhr ich, daß die Amtsstunden bereits vorüber wären. Als ich einem Beamten mein Erstaunen darüber zum Ausdruck brachte, meinte[44] dieser, ob ich glaube, daß die Leute sich wegen meinem dreckigen Hundsviech[45] den ganzen Tag daherhocken[46] würden. Ich enthielt mich jeder Gegenäußerung und stieg die vier Treppen wieder hinunter — mit dem festen Entschluß, Zwetschgerl zu töten. Wieder scheiterte mein Vorsatz an der energisch versagten Genehmigung meiner mir vor Gott angetrauten Gemahlin.[47]

---

[40] *Meine abermalige Daraufhindeutung* — my repeated pointing out the fact
[41] *einem Rittergute in Tiefenbrunn bei Weßling* — a manor in Tiefenbrunn near Weßling
[42] *Es geschah!* — It was done
[43] *um sich herumbiß* — snapped at the air around him
[44] *meinte* — asked
[45] *dreckigen Hundsviech* — mangy cur
[46] *daherhocken* — sit there
[47] *meiner ... Gemahlin* — of my lawfully wedded wife

Zwetschgerl

Also zurück zum Bahnhof.

Das Auto machte 180 Mark, weil die sechzigfache Taxe gefordert wurde. Zwetschgerl kostete 536 Mark 50 Pfennig.

Am Schalter zeigte ich den Hund dem Beamten und schilderte ihm meine Lage. Daß ich nach Tegernsee müsse und doch das Hündchen nicht einem Delikatessenhändler zur Bereitung von bekömmlicher Schmierwurst[48] übergeben könne. Er teilte meine Anschauung, ich bekam eine Hundekarte und fuhr heim.

Die Reise zu schildern und gewissenhaft zu berichten, wie Zwetschgerl sich benommen hat, dazu bin ich nicht in der Lage — es fehlt mir der Mut. Tatsache ist, daß mir von seiten des Schaffners erklärt wurde,[49] ich müsse den ganzen Waggon mit Schwefelsäure reinigen lassen, wenn er überhaupt noch zu reinigen sei.

Was heute Schwefelsäure kostet, ist leicht zu erfahren.

Der Gedanke, Zwetschgerl umzubringen, nahm immer greifbarere Formen an. Ich beriet mit mir nur noch die Todesart.

Der Tegernseer Stationsvorstand ließ mich, weil ich ihm bekannt war, unbehelligt heimfahren und sagte nur, man werde mir die Rechnung senden.

Auf der Heimfahrt im Wagen schlief Zwetschgerl ein. In seinem Schlummer hatte er etwas so Versöhnliches, daß ich wieder schwankend wurde. Ich streichelte ihn.

Zu Hause angelangt, legte ich ihn meiner lieben Schwiegermama in den Schoß. Welchen Eindruck das Hunderl[50] auf die alte Dame machte, kann man leicht ermessen, wenn man bedenkt, daß sie die Fassung verlor und einige Minuten außerstande war, zu sprechen!

---

[48] *zur Bereitung von bekömmlicher Schmierwurst* — for making into tasty sausage
[49] *Tatsache ist, daß mir von seiten des Schaffners erklärt wurde* — The fact is, the conductor declared
[50] *Hunderl* — [Austrian diminutive form for *Hund*]

Wundervoller Zwetschgerl!

Nachdem sich das lähmende Schweigen gelöst hatte, erfolgte allerdings ein Niagarawasserfall von Vorwürfen, und meine Behauptung, daß dies eine schwarze Dogge wäre, ergab ein
5 derartiges Hohngelächter, wie ich es selbst von den Lippen meiner Schwiegermutter noch nicht erlebt hatte.

Bei allen Mitgliedern der Familie stand es fest: Zwetschgerl muß hinaus!

Als er wieder erwachte und sein ganz und gar unzivilisiertes
10 Benehmen zur Schau trug,[51] wurde dieser vielseitige Antrag zum Beschluß erhoben.[52]

Aber wie ihn loswerden?

Während dieser Beratung zernagte er meiner Tochter den Volant[53] am Rock und betrachtete die Wadenstutzen[54] meines
15 Sohnes als Eckstein.

Wir hatten die Unvorsichtigkeit begangen,[55] Zwetschgerl auf den Fußboden zu lassen und zwei Minuten nicht zu beobachten.

Da ich im Zorne schrecklich bin, wollte ich ihn mit irgend-
20 einem Gefäß, das mir gerade in die Hand kam, zerschmettern.

Man fiel mir in den Arm und nannte mich grausam! —

Wir beschlossen, eine Zeitungsannonce in den „Alpenboten" einrücken zu lassen,[56] eine Tegernseer Zeitung, deren Abonnenten wir sind, um zu erfahren, was in der Welt
25 vorgeht.

---

[51] *zur Schau trug* — revealed
[52] *wurde dieser vielseitige Antrag zum Beschluß erhoben* — this multilateral proposal [to get rid of the dog] was raised to the status of a decision
[53] *Volant* — ruffle
[54] *Wadenstutzen* — a type of knee-length stocking worn in Bavaria
[55] *hatten die Unvorsichtigkeit begangen* — had been careless enough
[56] *eine Zeitungsannonce in den „Alpenboten" einrücken zu lassen* — to place an ad in the „Alpine Messenger"

Zwetschgerl

Gelegenheitskauf!!!⁵⁷
Wundervolle schwarze Dogge,
acht Wochen alt,
preiswert zu verkaufen.
Anfragen: Landhaus Slezak, Egern.⁵⁸
Ganze Legionen von Bewerbern meldeten sich.
Inzwischen kam die Rechnung der Eisenbahnwaggonputzfrau.⁵⁹

Rechnung

Ausputzen des Waggons Nr. 34732 — München-Tegernsee-München, sechs Stunden Arbeit — Mark 178. —.

Zwetschgerl kostete mich schon 714 Mark 50 Pfennig. Ich forderte den Selbstkostenpreis.⁶⁰
Man bot mir, angesichts der Geldentwertung — 10 Mark. Als ich frug,⁶¹ ob man mir nicht wenigstens 15 Mark geben könne, lehnte man ab, mit der Begründung, daß man heute noch gar nicht in der Lage wäre zu beurteilen, ob dies überhaupt ein Hund wäre.
Ich verwarf diese Anschauung als indiskutabel und behielt Zwetschgerl.
Das blieb das einzige Angebot, das ich bekam. Die anderen Kauflustigen⁶² ergriffen, beim blossen Anblick Zwetschgerls, panikartig die Flucht.
Was nun? — Töten durfte ich ihn nicht, weil ich diesbezüglich von seiten meiner Frau strenges Verbot hatte.⁶³

---

⁵⁷ *Gelegenheitskauf!* — Bargain!
⁵⁸ *Landhaus Slezak, Egern* — Villa Slezak in Egern [small town on the Tegernsee]
⁵⁹ *Eisenbahnwaggonputzfrau* — railroad car cleaning woman
⁶⁰ *den Selbstkostenpreis* — the amount I had paid out
⁶¹ *frug* — past tense form of *fragen* [S. German colloquialism]
⁶² *Kauflustigen* — potential buyers
⁶³ *weil ich ... Verbot hatte* — because as far as this point was concerned my wife had issued a strict prohibition

Ich kann nämlich nie tun, was ich will, wie das bei anderen Haushaltsvorständen[64] üblich ist. Meine Frau erlaubt mir zwar alles, aber ich darf von dieser Erlaubnis keinen Gebrauch machen. —

So entschieden wir uns, Zwetschgerl zu verschenken. Die ältesten Freunde versagten. — Jeder hatte entweder schon einen Hund oder sonst irgendeine durchsichtige Ausrede. Wenn man in Not ist, wenden sich die intimsten Freunde von einem ab. —

Ein Mann, den ich mir treu ergeben wähnte,[65] refusierte meinen Zwetschgerl und riet mir, diese über jeden Zweifel erhabene Mißgeburt dem Schinder zur Amtshandlung zu übergeben.[66]

Liebloser Geselle! —

Nun nahm ich Zwetschgerl in den Rucksack,[67] setzte mich aufs Rad und fuhr zu einem Holzknecht am Fuße des Wallbergs.[68] Dem gab ich hundert Mark und schenkte ihm den Liebling. — Er nahm das Geld, und ich war Zwetschgerl endlich los.

Das Hündchen kostete nun 814 Mark 50 Pfennig, eine zerbissene Lederhose, einen zernagten Mantel, drei Knöpfe von der Jacke meiner Frau und einen zerfetzten Volant meiner Tochter. Die grünen Wadenstutzen meines Sohnes haben die Farbe eingebüßt, und die Annonce im „Alpenboten" bin ich noch schuldig. —

Sollte mir der Holzknecht die Bestie wiederbringen, so lasse ich mährische Klobassen[69] aus ihm machen — das sind wohl-

---

[64] *Haushaltsvorständen* — heads of households
[65] *treu ergeben wähnte* — thought to be faithfully devoted
[66] *diese über jeden . . . zu übergeben* — to turn this unquestionably sublime monster over to the scavenger for treatment
[67] *Rucksack* — knapsack
[68] *Wallberg* — a mountain near the Tegernsee
[69] *mährische Klobassen* — Moravian sausages

schmeckende Knoblauchwürste aus Neutitschein[70] — und wenn sich die ganze Familie auf den Kopf stellt.

P.S. — Die Zeit heilt alle Wunden — Zwetschgerl war vergessen.

Da wurde ich eines Tages von meiner Köchin zum Metzger in den Ort geschickt — etwas zu holen, was sie vergessen hatte.

Dazu bin ich gut — aber wenn ich beim Kochen mir irgend etwas aus einem Topf ausborge — schreit sie gleich: „Gnä Frau, der gnä Herr[71] stiehlt schon wieder." — —

Da kommt mir im Laden ein Riesenvieh mit dem Kopf eines Bulli, dem Vordergestell eines Neufundländers und dem Hinterteil eines Dackels[73] entgegen — so groß wie ein Kalb — und knurrt mich zähnefletschend an.

„Aufpassen, Herr Kammersänger[73] — das Luada is bissig."[74]

Im Nu[75] hatte er mir ein Stück aus meinem Wetterfleck herausgebissen.

„Ja, Herr Kefer — wo haben Sie denn den Hund her?" —

„Den hab ich vom Strauner Beni — an Holzknecht[76] am Wallberg gekauft — — der Hund wird guat — da kimmt koana so leicht zum Haus zuwi![77] — Der Beni hat g'sagt —

---

[70] *Knoblauchwürste aus Neutitschein* — garlic sausages from Neutitschein [small town in Bavaria]
[71] *Gnä Frau, der gnä Herr* — Madam, the master
[72] *ein Riesenvieh ... eines Dackels* — a huge beast with the head of a bulldog, the front part of a Labrador retriever and the hind part of a dachshund
[73] *Herr Kammersänger* — Sir [Kammersänger was a title conferred by the emperor on an eminent opera singer; there is no equivalent in the English language]
[74] *das Luada is bissig* — that brute bites [equivalent to: *das Luder ist bissig*]
[75] *Im Nu* — In a flash
[76] *Strauner Beni — an Holzknecht* — Beni Strauner, a wood-cutter
[77] *der Hund wird guat — da kimmt koana so leicht zum Haus zuwi!* — equivalent to *Der Hund wird gut — da kommt keiner so leicht zum Haus heran!*

er is von Eana⁷⁸ — Herr Kammersänger — da haben wir ihn erst Tannhäuser⁷⁹ nennen wollen, aber der Nam is z'lang — jetzt haast er ‚Läo.'" ⁸⁰ —
Ich habe den Metzger gewechselt.

FRAGEN

1. Wo war Slezak am Anfang der Geschichte?
2. Was hörte er auf einmal?
3. Was entschloß er, mit dem Tier zu tun?
4. Wieviel kostete der Hund?
5. Was tat er mit dem Hund auf dem Zug?
6. Warum mußte Slezak noch eine Karte kaufen?
7. Warum mußte er dem Mann auf dem Zug 50 Mark bezahlen?
8. Was mußte Slezak tun, bevor er in München eine Hundekarte kaufen durfte?
9. Warum konnte Slezak den Hund nicht bei der Hundepolizei untersuchen lassen?
10. Warum wird Slezak eine Rechnung von der Eisenbahn bekommen?
11. Was für einen Eindruck machte der Hund auf die Mutter von Slezaks Frau?
12. Was beschloß die Familie, mit dem Hund zu tun?
13. Besprechen Sie die einzige Gelegenheit, die Slezak hatte, den Hund zu verkaufen!
14. Was beschloß Slezak, mit dem Hund zu tun?
15. Wie wurde er Zwetschgerl endlich los?
16. Was ereignete sich beim Metzger?

⁷⁸ *Der Beni hat g'sagt — er is von Eana* — equivalent to : *Der Beni hat gesagt — er ist von Ihnen*
⁷⁹ *Tannhäuser* — an opera by Wagner [the main role in which Slezak sang many times.]
⁸⁰ *der Nam is z'lang — jetzt haast er ‚Läo'* — equivalent to : *Der Name ist zu lang — jetzt heißt er ‚Leo'* [Slezak's first name]

HANS ERICH NOSSACK

Nossack's (1901-) entire early literary production was destroyed in July, 1943, during the bombing of Hamburg. Starting all over again after the war, Nossack determined to carry on as a writer. He did not expect much from the postwar world, although he seemed amazed that it could survive. In a poem published in 1947 he wrote:

"Bereit zu leben wie am Rand der Welt,
such ich und frage, was mich aufrecht hält."

In general, Nossack's work is tinged with pessimism, as he depicts the vain efforts of man to find himself and some measure of happiness in a cynical world.

"Der Jüngling aus dem Meer," although it may seem to be part fairy tale or dream, must nevertheless also be interpreted on another level. Nossack always manages to remind us unobtrusively that we have at least one foot firmly established in reality. The reader will have to consider various possibilities in attempting to discover the identity of the boy. One should take note of a number of points in the story: why Hanna came to the sea; her changing attitude toward the boy; the unspoken name which she guesses; her assertion that she is not afraid of him; the awakening of an almost maternal instinct in her.

Nossack's bitterness and irony, which he tries to conceal behind an informal, almost chatty style, breaks through in Hanna's anxiety over the possible fate of the boy should he stay on land instead of returning whence he came. The same may be noted in her narrative about her pianist friend.

One may possibly detect a ray of light in Nossack's critical attitude toward Hanna's decision to try and arrange her life for herself, but we are given no hint as to how she will go about it or whether she has a chance to succeed. However, the quotation at the end of the story would seem to indicate that hope is not entirely out of the question.

DER JÜNGLING AUS DEM MEER

HANS ERICH NOSSACK

Daß ein Fischer sich mit seinem Netz eine Frau aus dem Meer fischt, hat man schon oft gehört, und es ist nichts besonderes dabei.[1] Mir selber ist das allerdings noch nicht geschehen, doch das mag nur daran liegen, daß ich noch niemals Gelegenheit hatte, im Meer zu fischen. Ich zweifle eigentlich nicht daran, daß er mir auch glücken könnte. Ich fühle in Gedanken schon, wie das Netz sich strafft und wie es schwerer und schwerer wird, je höher ich es ziehe. Ich blicke erstaunt über den Rand des Bootes und sehe etwas Helles im Wasser. Natürlich lasse ich das Netz nicht fahren, sondern strenge mich nun erst recht an. Schließlich gelingt es mir, den Fang[2] an die Oberfläche zu heben, und ich erkenne, daß es sich um eine Frau handelt, die sich in mein Netz verwickelt hat. Sie kann sich nicht rühren, vielleicht will sie es auch gar nicht, aber sie lebt, denn sie blickt mich durch einen Spalt ihrer Augenlider an. Das Wasser tropft in großen Perlen von ihrem Leib ab. Ein erfreulicher Anblick! Das mit den schuppigen Fischschwänzen[3] statt der Beine ist schon schwerer sich vorzustellen. Es muß ein unangenehmes Gefühl sein. Doch da es schon einmal soweit gekommen ist, sehe ich es entweder gar nicht mehr oder man gewöhnt sich schnell daran.

Meist laufen solche Geschichten ein wenig traurig aus, das ist wahr. Die Frau oder das Meermädchen wird trotz aller

[1] *dabei* — about it
[2] *Fang* — catch
[3] *schuppigen Fischschwänzen* — scaly fish tails

Liebe nicht recht heimisch auf dem Lande oder der Fischer läßt im letzten Augenblick das Netz fahren und springt hinterher. Auch wenn er das nicht tut, da die Sitte es ihm verbietet, ist doch nicht mehr viel mit ihm anzufangen.[4] Er wird sich von den Menschen und besonders den Frauen fernhalten. Ja, besonders von ihnen; denn wenn er aus Vergeßlichkeit dennoch eine von ihnen heiraten würde, liefe es unglücklich aus. Man sieht ihn daher abends auf einer Klippe sitzen und ins Meer hinausblicken. Manchmal hört man ihn auch singen

Das ist nun einmal so, und es wird auch nie etwas daran zu ändern sein. Wer die Gefahr nicht laufen will, der bleibe besser zu Hause und lasse sich von seiner Großmutter sein Leibgericht[5] kochen.

Daß aber eine Frau ein ähnliches Erlebnis mit einem Manne gehabt hat, ist uns noch nie erzählt worden. Ehrlich gesagt, auch ich habe immer geglaubt, daß im Meere nur Frauen oder Mädchen lebten. Höchstens noch so ein alter Meergreis mit einem Dreizack[6] und einem unappetitlichen, blanken Wanst.[7] Denn die verspielten,[8] dunkelbraunen Burschen, die sich wie Seehunde um ihn herumtummeln, zählen ja gar nicht.

Sollte diese irrige Annahme daran liegen, daß Frauen über derartige Erlebnisse viel verschwiegener zu sein pflegen als wir Männer?

Wie dem auch sei,[9] Hanna St. ist eine solche Geschichte passiert. Der Name Hanna gefällt mir übrigens nicht besonders gut. Das mag ein Vorurteil sein, denn als ich noch ein Kind

---

[4] *ist doch nicht mehr viel mit ihm anzufangen* — there is no longer much that we can do with him anyhow
[5] *Leibgericht* — favorite dish
[6] *Dreizack* — trident
[7] *Wanst* — stomach
[8] *verspielten* — playful
[9] *Wie dem auch sei* — Be that as it may

Der Jüngling aus dem Meer

war, hatten wir ein Dienstmädchen zu Hause mit ganz starkem, blondem Haar und unwahrscheinlich roten Backen. Wenn sie mir die weiße Seidenschleife band, wie sie Jungens damals, um für irgendeinen Besuch herausgeputzt[10] zu werden, zusammen mit einem unbequemen steifen Kragen tragen mußten, war es mir sehr unangenehm. Kurz, würde ich mir diese Geschichte ausdenken, so ließe sich gewiß ein besserer Name finden, als gerade Hanna. Irgendein Name, der bei einem mehr oder weniger bekannten Ereignis der Vergangenheit schon einen bestimmten Klang bekommen hat, so daß der Zuhörer sich sagen kann: „Aha, so ist es gemeint", oder: „So sah sie aus". Denn diese Hanna war keineswegs blond, sondern hatte dunkles, feines, kurzgeschnittenes Haar. Auch war ihr Gesicht blaß und schmal. Überhaupt war sie schlank und zart. Oder besser gesagt, mager; das ist schließlich keine Schande; wir hungern ja alle schon seit acht Jahren.[11] Ja, wenn ich ein Franzose wäre, würde ich sie zum Beispiel Suzette nennen.

Doch bleiben wir bei Hanna und bei der Wahrheit.

Als sie an einem Juliabend, etwa gegen neun Uhr, ins Meer ging, um zu baden, fühlte sie, wie etwas sie unter Wasser von rückwärts festhielt. Es war eine weiche, aber bestimmte Berührung nur wenig oberhalb ihres linken Knies. Sie glaubte zunächst, es wäre Seetang,[12] der sich an ihrem Bein verfangen hätte.

Übrigens war es ein sehr schwüler Tag. Die See war spiegelglatt. Es lag ein leichter, violetter Dunst über dem Wasser, der sich gegen den Horizont verdichtete. Die Landzunge zur Rechten schien sehr nahe. Das Fischerhaus darauf leuchtete

---

[10] *herausgeputzt* — dressed up
[11] *wir hungern ja alle schon seit acht Jahren* — [reference to World War II and the early postwar years when the people had very little to eat]
[12] *Seetang* — seaweed

gespenstisch weiß, ohne daß es doch um diese Tageszeit eine bestimmte Lichtquelle gab.

Hanna war erst am späten Nachmittag angekommen. Die Fahrt war sehr anstrengend gewesen, wie das heute bei den schlechten Zugverbindungen so ist. Das letzte Stück, wo früher ein Autobus fuhr, mußte sie zu Fuß machen; bei der Hitze und mit einem Handkoffer war das kein Vergnügen. Sie hatte dann im Dorf mit den Fischersleuten gesprochen, von denen der Krieg noch einige übrig gelassen hatte, ließ sich aber bald den Schlüssel zu einem der kleinen Wochenendhäuser aushändigen, die oben auf dem Steilufer[13] standen. Sie hatte dort früher einmal gewohnt und wollte es auch jetzt versuchen.

Das Häuschen war arg geplündert, aber Hanna hatte damit gerechnet. Nachdem sie ein wenig Ordnung geschaffen und festgestellt hatte, daß sich zur Not darin hausen ließ,[14] setzte sie sich erschöpft an den Tisch der Wohnküche[15] und dachte: Jetzt werde ich einen Brief schreiben. Da fiel ihr ein, daß sie das Meer noch gar nicht richtig gesehen hätte, stand auf, nahm ihr Badezeug aus dem Koffer und ging zum Strand hinunter, der um diese Stunde völlig einsam dalag.

Sie entkleidete sich nach einigem Nachdenken, zog ihren Badeanzug an und ging behutsam ins Meer. Erst reichte ihr das Wasser bis zu den Knöcheln, es war angenehm erfrischend. Doch sie warf sich nicht hinein, sie ging Schritt für Schritt weiter, vorsichtig, als wolle sie keine Spuren im Sande des Meeresbodens hinterlassen. Bald reichte ihr das Wasser bis an die Hüften. Dann kam eine Sandbank und hob sie fast ganz wieder aus dem Meer heraus. Doch bald wurde es tiefer. Als

---

[13] *Steilufer* — bluff
[14] *sich zur Not darin hausen ließ* — it was livable in an emergency
[15] *Wohnküche* — combination living room and kitchen

Der Jüngling aus dem Meer

das Wasser ihre Schultern bespülte, dachte sie: Nun will ich hinausschwimmen. Und da geschah es.

Es ist vielleicht nicht ganz richtig, wenn ich sagte, sie fühlte sich von rückwärts festgehalten. Es war mehr so, als hielte sich etwas an ihrem Beine fest.

Hanna fühlte nach, was es wäre, und hatte den Eindruck, daß sich eine kleine Hand an ihrem Knie festklammerte. Besser gesagt, ein Patschhändchen.[16] Das war natürlich eine Sinnestäuschung,[17] die vielleicht durch das Wasser hervorgerufen wurde.

Erstaunt zog Hanna ihre Hand zurück und blickte halbumgewandt ins Wasser. Sie sah etwas wie eine weiße Gestalt zu ihren Füßen, konnte es aber nicht genau erkennen.

„Lassen Sie mich los!" rief sie, und sofort wurde sie freigegeben. Doch die Gestalt blieb auf dem Meeresgrunde um sie herum. Hanna glaubte ein Paar Augen zu sehen, die sie fragend anschauten, doch im Wasser verschwamm immer alles rasch wieder.

„Kommen Sie heraus!" rief sie dann. Sie spürte, wie das Wasser von ihren Füßen aufwärts sanft an ihrem Körper empordrängte, und gleich tauchte der Kopf eines Jünglings aus dem Meer.

Sie waren sich beide ziemlich nah. Der Jüngling war nur wenig größer als Hanna. Das Wasser reichte ihm bis zu den Achseln. Seine Schultern bildeten eine Linie mit der Küste. Hanna stand mit dem Rücken zur See.

Man muß sich nicht wundern, daß sie nicht erschrak. Auch ich würde ja, wie ich es schon erwähnte, nicht erschrocken sein, wenn ich ein Mädchen aus dem Meer fischte. Zuerst, wenn man es merkt, ist man neugierig, und sobald man sieht, um was es sich handelt, hat man ganz andere Gedanken im Kopf.

[16] *Patschhändchen* — tiny little hand
[17] *Sinnestäuschung* — illusion

Sie standen sich eine ganze Weile schweigend gegenüber.
Der Jüngling sah Hanna wartend an. Sie wollte ihn fragen,
was er von ihr wolle, ließ es dann aber. Er wird mich gesehen
haben, als ich ins Wasser ging, dachte sie, und hat sich in
mich verliebt. Er ist noch sehr jung und wagt es mir nicht zu
sagen.

Sie versuchte ihm zuzulächeln, und auch der Jüngling
lächelte zaghaft. Das gefiel Hanna nicht. Was bildet er sich
ein! Als wenn ich auf ihn gewartet hätte. Und überhaupt,
was soll ich mit ihm machen, fragte sie sich. Wir können hier
nicht ewig im Wasser stehen. Und andrerseits kann ich ihn
nicht einfach wieder wegschicken. Zu dumm, daß mir das
gerade heute passieren muß.

Sie dachte angestrengt nach. Dabei bildete sich eine finstere
Falte zwischen ihren Augenbrauen. Auch über das Gesicht des
Jünglings lief es wie ein Schatten.[18] Da tat es Hanna leid.

„Gehn Sie voran", sagte sie und zeigte nach dem Strande.
Immerhin, es war ihr lieber, daß er voran ging, um ihn im
Auge zu behalten.

Der Jüngling gehorchte. Erst als er auf die Sandbank kam,
fiel es ihr auf, daß er völlig nackt war. Sie zögerte etwas und
sofort blieb er auch stehen und wandte sich nach ihr um. Er
befürchtete wohl, daß sie ihm nicht folgen würde.

„Gehn Sie weiter", rief Hanna ihm zu. „Dort liegt mein
Badetuch. Tun Sie sichs um."

Er ist sehr hübsch, dachte sie, während sie zum Strand
gingen. Nicht daß sie sich deshalb in ihn verliebte. Keine Frau
verliebt sich in einen Mann, weil er hübsch aussieht. Jedenfalls kann ich es mir nicht vorstellen, und wenn es doch
geschehen sollte, so sind es keine guten Frauen.

Dieser Jüngling muß, soweit ich das zwischen den Worten

---

[18] *über das Gesicht... wie ein Schatten* — the boy's face clouded momentarily

Der Jüngling aus dem Meer

heraushören konnte, dem schlummernden Sklaven von Michelangelo etwas geglichen haben. Wenn man ihn sieht, wird man von einer ängstlichen Zärtlichkeit ergriffen, und das hat doch auch seinen Grund nicht allein darin, daß er einen hübschen Körper hat. Es muß etwas andres sein.

Näturlich dachte Hanna nicht entfernt an diesen Sklaven, aber es machte sie doch froh und sicherer zu wissen, daß der Jüngling hübsch sei. Wenn ich übrigens von ihr als einer Frau rede, so muß man das nicht mißverstehen. Sie war ungefähr sechsundzwanzig Jahre alt und nicht verheiratet. Doch von ihr als von einem jungen Mädchen zu reden, würde ein ganz verkehrtes Bild geben. Das ist ein dummes Verlegenheitswort.[19]

Der Jüngling ging dahin, wo Hannas Sachen lagen, und nahm das Badetuch, um es sich umzulegen. Aber er wurde nicht damit fertig.[20]

„Wie sind Sie ungeschickt", sagte Hanna. „Kommen Sie her." Sie half ihm und stopfte ihm das Tuch an der Hüfte fest. Als sie ihn berührte, zuckte er zusammen. Sie hatte kalte Hände vom Meerwasser, während er schon ganz trocken und warm war, als wäre er gar nicht im Wasser gewesen.

„So", sagte Hanna, „nun wird es halten." Es war ein hellblaues Badetuch, aber schon etwas verwaschen.[21] Es steht ihm gut,[22] dachte Hanna.

„Ich habe es mir von einer Bekannten geliehen", erzählte sie ihm. „Ich besitze keines. Meine Sachen sind alle verbrannt."

Der Jüngling nickte zu ihren Worten mit dem Kopf.

„Und jetzt", wies Hanna ihn an, „setzten Sie sich da in den Sand und blicken woanders hin, während ich mich anziehe." Er gehorchte und blickte auf das Meer.

---

[19] *Verlegenheitswort* — cliché
[20] *er wurde nicht damit fertig* — he couldn't manage it
[21] *verwaschen* — faded
[22] *Es steht ihm gut* — It looks good on him

Zu dumm, dachte sie, während sie sich den nassen Badeanzug auszog, da habe ich ihm das Badetuch gegeben und habe nichts zum Abtrocknen. Schließlich nahm sie ihr Hemd dazu. Es ist sowieso bald Nacht und bis morgen ist es wieder trocken. Trotzdem wurde sie ärgerlich. Ich habe mir schön etwas aufgehalst, schimpfte sie vor sich hin.[23] Da sitzt er und verläßt sich ganz auf mich. Wie komme ich eigentlich dazu?[24] Das kann auch nur mir passieren. Und noch dazu droht mir der Kopf zu zerspringen.

Am Horizont wetterleuchtete es[25] und der Strand wurde flackernd beleuchtet.

„Es ist nichts", sagte Hanna zu dem Jüngling, der zu ihr hinsah. „Wir bekommen ein Gewitter. Man spürt es."

Ich habe ihm doch befohlen, woanders hinzublicken, dachte sie weiter. Aber nein, er sieht mir zu. Doch ganz gleich,[26] er ist ein guter Junge und denkt sich nichts dabei. Wenn ich es ihm noch einmal sage, bringe ich ihn höchstens auf dumme Gedanken.

Vielleicht hat er auch Hunger. Zu ärgerlich, daß ich nicht vorhin die Fischer gefragt habe. Früher konnte man Aale bei ihnen kaufen. Aale! Nun, sie werden gerade mit ihren Aalen auf mich gewartet haben. Doch er, wenn er aus dem Meer kommt, wird nur Fische und Muscheln essen wollen.

Sie streifte ihn mit einem Blick.[27] Verhungert sieht er Gottlob nicht aus, stellte sie fest. Er ist ja fast noch ein Kind. Am Besten wäre schon ein Glas Milch für ihn.

Dabei lachte sie leise vor sich hin und auch der Jüngling lachte.

---

[23] *Ich habe mir schön etwas aufgehalst, schimpfte sie vor sich hin* — I've taken on more than I can handle, she complained to herself
[24] *Wie komme ich eigentlich dazu?* — How did I get into this anyway?
[25] *wetterleuchtete es* — there were flashes of lightning
[26] *Doch ganz gleich* — But never mind
[27] *Sie streifte ihn mit einem Blick* — She glanced at him

Der Jüngling aus dem Meer

Er hat gut lachen,[28] dachte sie. Woher soll ich wohl Milch bekommen. Überhaupt, er hat wahrscheinlich gar keine Ahnung davon, daß wir schon seit vielen Jahren hungern. Er meint, man braucht einfach Mama zu rufen, und dann steht das Essen auf dem Tisch.

Doch schließlich kann er nichts dafür,[29] und ich muß sehen, wie ich ihn satt kriege.[30]

Nachdem sie sich angekleidet hatte, gingen sie den bewaldeten Abhang[31] hinauf. Es war sehr dunkel auf dem schmalen Wege. Hanna ließ den Jüngling voran gehen. Sein nackter Rücken leuchtete, als schiene das Mondlicht darauf. Plötzlich stolperte er. Das Badetuch hatte sich gelöst, und er hatte sich mit den Füßen dahinein verwickelt. Er bückte sich und hielt es Hanna verlegen hin.

„Es tut nichts"[32] sagte sie. „Ich mache es Ihnen oben wieder fest."

Er muß noch vieles lernen, dachte sie. Man darf ihn nicht allein lassen, sonst lachen die Leute ihn aus.

Oben schloß sie die Hütte auf und zündete eine Kerze an.

„Wir müssen sparsam damit umgehen",[33] sagte sie. „Sie ist sehr teuer. Ich habe sie für alle Fälle[34] mitgebracht. — So, setzen Sie sich jetzt dahin an den Tisch. Wenn es Ihnen kalt wird, können Sie sich meinen Regenmantel um die Schultern legen. Ich werde Tee kochen. Etwas Petroleum haben mir die Fischer gegeben. Ich habe es gegen Zigaretten getauscht, sie wollten sie gar nicht einmal annehmen. Übrigens echten Tee.

---

[28] *Er hat gut lachen* — It's all very well for him to laugh
[29] *kann er nichts dafür* — he can't help it
[30] *wie ich ihn satt kriege* — how I can give him enough to eat
[31] *bewaldeten Abhang* — wooded slope
[32] *Es tut nichts* — It doesn't matter
[33] *Wir müssen sparsam damit umgehen* — We'll have to be careful with it
[34] *für alle Fälle* — just in case

Mama wollte, daß ich ihn mitnähme, obwohl sie ihn selber gern trinkt."

Während sie den alten Petroleumbrenner in Gang brachte[35] und das Wasser aufsetzte, beschloß sie, den Tee sehr dünn aufzugießen.[36] Nicht weil ich es ihm nicht gönne, doch wer weiß, vielleicht verträgt er gar keinen Tee. Auch wird er ihn süß trinken wollen. Ich hätte doch etwas Zucker mitnehmen sollen. Ich dachte, wozu soll ich mich damit abschleppen.[37] Und zu Mama sagte ich: Mir bekommt er nicht,[38] behalt ihn nur. Wer konnte das auch vorher wissen. Überhaupt...

Unzufrieden schlug Hanna das nasse Hemd und den Badeanzug aus und hängte das Zeug über eine Stuhllehne zum Trocknen. Der Jüngling saß die ganze Zeit artig auf seinem Stuhl, folgte ihr aber überallhin mit den Augen.

Ärgerlich klapperte Hanna mit den Tassen, die sie auf den Tisch stellte. Überhaupt bin ich nicht seinetwegen hierhergekommen. Was denkt er sich nur? Ich wollte einmal allein mit mir sein und nun bringe ich mir gleich am ersten Abend diesen Jungen aus dem Wasser mit. Wenn ich nur nicht gebadet hätte. Es sieht nicht so aus, als ob ich ihn so leicht wieder los würde.

Sie ging in den Nebenraum, ließ aber die Tür offen stehen, um Licht zu haben. Als sie sich über ihren Koffer beugte und darin nach einigen Sachen tastete, wurde es plötzlich dunkler. Der Jüngling war ihr lautlos gefolgt und stand in der Türöffnung.

„Warum bleiben Sie nicht sitzen?" schalt Hanna. „Ich lauf Ihnen nicht weg. Ich hole nur die Brote. Mama hat sie mir

---

[35] *in Gang brachte* — started
[36] *dünn aufzugießen* — make weak
[37] *wozu soll ich mich damit abschleppen* — why should I bother to take it along
[38] *Mir bekommt er nicht* — It doesn't agree with me

für die Reise gestrichen.[39] Sicher hat sie die ganze Wochenration Wurst darauf gelegt. Ich kann mich anstellen, wie ich will, sie bemogelt mich immer wieder.[40] Aber ich hatte keinen Appetit auf der Reise. Es war zu heiß. Auch jetzt noch. Essen Sie nur."

Nachdem sie den Tee aufgegossen und eingeschenkt hatte, setzte sie sich ihm gegenüber. Sie nahm ihre Tasse und blies darauf, um den Tee abzukühlen. Der Jüngling ließ sie nicht aus den Augen und machte ihr alles nach,[41] weil er wohl dachte, daß es so richtig wäre.

Er hat hübsche Hände, stellte Hanna fest. Komisch, damit hat er mich am Bein festgehalten. Als ob sich das so gehörte.[42] Doch vielleicht ist das bei ihnen so Sitte,[43] jedenfalls hat er sich nichts dabei gedacht.

Am liebsten würde ich Aspirin nehmen. Doch er würde sich beunruhigen oder er will auch eine Tablette nehmen. Sicher hat er noch nie in seinem Leben Kopfschmerzen gehabt.

Ich könnte jetzt auch eine Zigarette rauchen. Aber was soll er von mir denken? Außerdem: ich habe noch zweiundzwanzig Stück,[44] nein, warte — fünf hat der Fischer bekommen, drei habe ich unterwegs geraucht, — doch ganz gleich,[45] ich werde morgen etwas damit für ihn eintauschen. Das ist wichtiger.

"Wir müssen sowieso auf das Gewitter warten," raffte sie sich auf. "Erzählen Sie mir unterdessen etwas von sich. Wo kommen Sie her? Ich meine, wie ist es bei Ihnen zu Hause?"

---

[39] *die Brote. Mama hat sie mir für die Reise gestrichen* — the sandwiches. Mother made them for me for the trip
[40] *bemogelt mich immer wieder* — keeps deceiving me
[41] *machte ihr alles nach* — imitated everything she did
[42] *Als ob sich das so gehörte* — As if it were perfectly all right
[43] *bei ihnen so Sitte* — a custom among them
[44] *Stück* — cigarettes
[45] *ganz gleich* — it doesn't matter

Der Jüngling sah sie aufmerksam an, um ihre Fragen zu verstehen.

„Oder meinetwegen:[46] Wie heißen Sie?" fragte Hanna. „Sie müssen doch einen Namen haben."

Der Jüngling schüttelte den Kopf.

„So etwas gibt es doch gar nicht. Vielleicht wollen Sie es mir nur nicht sagen? Und wie soll ich Sie denn anreden? Oder soll ich den Namen raten?"

Ja, wie könnte man ihn wohl nennen, überlegte sie und blickte ihn prüfend[47] an. Die Namen schienen ihr alle nicht recht geeignet, doch endlich fiel ihr einer ein, und ehe sie ihn noch ausgesprochen hatte, nickte der Jüngling erfreut mit dem Kopfe.

Das ist seltsam, dachte Hanna. Ich habe nie jemand gekannt, der so hieß. Ich habe nur manchmal gedacht: das ist ein hübscher Name. Man könnte ihn einmal gebrauchen. Doch ganz gleich, es paßt gut zu ihm. Er könnte gar nicht anders heißen. Und sie sagte den Namen, ohne die Lippen zu bewegen, vor sich hin.

Der Jüngling errötete vor Freude.

Vielleicht... Hanna erschrak. Daß ich nicht eher darauf gekommen bin.[48] Sie dachte, daß er vielleicht ein Ertrunkener wäre, wagte es aber nicht, laut zu fragen. Doch der Jüngling schien es begriffen zu haben, denn er schüttelte den Kopf.

„Es war dumm von mir", entschuldigte Hanna sich. „Sie müssen es mir nicht übel nehmen. Übrigens ist nichts Besonderes dabei; denn es könnte ja so sein. Ich hatte einen Bekannten, er war zweiter Ingenieur. Als sie Norwegen[49] angriffen, ging das Schiff unter. Ich habe eigentlich gar nichts mit ihm

---

[46] *meinetwegen* — for that matter
[47] *prüfend* — searchingly
[48] *Daß ich nicht eher darauf gekommen bin* — It's strange that it didn't occur to me before
[49] *Norwegen* — Norway

Der Jüngling aus dem Meer

zu tun; er war der Freund einer Kollegin von mir. Als sie
es mir damals erzählte, mußte ich denken: Wie leben sie
wohl da unten auf dem Meeresgrunde."

Hanna wollte ihn damit ablenken, aber zu ihrer Verlegenheit fand sie sich nicht recht wieder zurück.

„Es gibt ja auch Quallen[50] da", fuhr sie fort, „das ist nicht
angenehm. Doch, was reden wir davon. Ich heiße Hanna. Sie
können mich so nennen, wenn Sie wollen."

Der Jüngling lächelte schalkhaft, als wenn er es besser
wüßte. Er schien zu glauben, daß sie ihn zum Besten haben
wolle.[51]

„Doch, bestimmt heiße ich so", ereiferte Hanna sich. „Ich
kann Ihnen meine Kennkarte[52] zeigen. Mir gefällt der Name
auch nicht besonders gut, aber es ist nicht meine Schuld. Mein
Großvater hieß Johannes. Es ist nicht meine Schuld."

Aber der Jüngling schien weiter daran zu zweifeln.

„Wie sollte ich denn Ihrer Meinung nach heißen?" fragte
nun Hanna ihrerseits den Jüngling und sah ihn interessiert an.

Was für eine überflüssige Frage, schien er zu denken; denn
es dauerte ziemlich lange, ehe er antwortete. Er bewegte den
Mund, aber es kam kein Laut. Seine Lippen schlossen sich
zweimal sanft, dann blieben sie etwas geöffnet stehen.

Hanna wurde ganz weich davon.[53] Wenn ich nur wüßte, was
er sich unter mir vorstellt.[54] Ich möchte ihn nicht gern enttäuschen. Er verläßt sich ganz auf mich.

Sie wandte sich verlegen ab und suchte einen Vorwand.
Sie stand auf, um ein Päckchen Keks[55] zu holen.

---

[50] *Quallen* — jelly-fish
[51] *daß sie ihn zum Besten haben wolle* — that she was trying to fool him
[52] *Kennkarte* — identification card
[53] *wurde ganz weich davon* — was quite moved
[54] *was er sich unter mir vorstellt* — what he imagines me to be
[55] *Keks* — cookies

„Das habe ich ganz vergessen. Sie kommen aus Schweden.⁵⁶ Probieren Sie nur. Solche Keks kennen wir gar nicht mehr. Ich habe sie zum Geburtstag geschenkt bekommen. Eigentlich wollte ich sie noch aufheben, doch das ist nun einerlei.⁵⁷ Essen Sie doch."

Hanna ging im Zimmer auf und ab und suchte nach etwas Andrem, womit sie sich beschäftigen könnte. Denn sie wollte den Jüngling nicht immer ansehen. Dann setzte sie sich aber doch plötzlich wieder hin und sagte: „Nun weiß ich, wer Sie sind. Zu dumm, daß ich nicht gleich darauf kam. Nein, ich laufe nicht weg. Sie brauchen nicht zu denken, daß ich Angst vor Ihnen hätte. Wozu denn? Ich bin ja vielleicht deswegen hierhergekommen. Also ist es ganz in der Ordnung, daß wir uns vorhin im Wasser getroffen haben. Nur daß ich Sie nicht gleich erkannte."

Der Jüngling aber sah sie nur verständnislos an.

„Was soll denn jetzt noch das Versteckspielen",⁵⁸ redete Hanna weiter auf ihn ein. „Geben Sie es doch zu. Mir hat es einmal jemand erzählt oder ich habe es irgendwo gelesen, daß es so ist, und nun fällt es mir wieder ein. Wenn der Todesengel kommt, erkennt man ihn natürlich nicht sofort, aber man verliebt sich gleich in ihn, und dann ist es auch schon geschehen."

Doch der Jüngling schien ganz und gar nicht auf ihren Vorschlag eingehen⁵⁹ zu wollen.

Auf einmal fing Hanna an zu weinen. Sie wollte es nicht, sie war selber erstaunt darüber, aber die Tränen kamen einfach von selber. Erst verschwammen ihr nur die Augen. Es wird

---

⁵⁶ *Schweden* — Sweden
⁵⁷ *doch das ist nun einerlei* — but that doesn't matter now
⁵⁸ *Was soll denn jetzt noch das Versteckspielen* — What's the point of still acting mysteriously?
⁵⁹ *auf ihren Vorschlag eingehen* — agree with her

Der Jüngling aus dem Meer

sich gleich geben,[60] dachte sie, und er merkt es gar nicht. Aber dann ließ es sich nicht mehr halten und rann ihr über das Gesicht.

„Verzeihen Sie", versuchte sie noch zu sagen. „Am besten, Sie achten gar nicht darauf. Ich bin keine Heulliese.[61] Ich habe das Meer sechs Jahre lang nicht gesehen. Daran liegt es. Sie können sich nicht vorstellen, was das bedeutet. Ich wußte gar nicht mehr, daß ich weinen könnte."

Eine Träne fiel in die Teetasse und als Hanna es sah, wurde es noch schlimmer.

Der Jüngling bewegte sich unruhig auf seinem Stuhl. Er wußte nicht recht, was er machen sollte. Wenn er ein Taschentuch gehabt hätte, würde er es Hanna wohl gegeben haben. Er langte sehr zaghaft mit der Hand zu ihr hinüber, um sie zu streicheln. Doch als er ihr Gesicht berührte, nahm Hanna seine Hand fort.

„Laß nur", sagte sie, „es ist gleich vorbei."

Aber es war nicht vorbei. Sie hielt seine Hand, die auf dem Tisch lag, mit ihrer Hand fest.

„Was soll ich denn mit dir machen?" schluchzte sie. „Sie werden dich in eine Uniform stecken und in den Krieg schicken. Das machen sie mit Allen so, und ich kann es nicht ändern. Du mußt doch einsehen, das paßt gar nicht für dich. Du weißt ja gar nicht, was hier vor sich geht.[62] Du denkst, es ist überall so wie da, wo du herkommst, oder meinetwegen[63] so wie hier. Hier ist das Meer, und es sind noch Bäume da und Felder und das Fischerdorf. Ich habe das ja auch gar nicht mehr gewußt. Dies Häuschen ist zwar etwas geplündert, aber das ist ja gar nichts. Es gehört den Eltern meines früh-

---

[60] *Es wird sich gleich geben* — It will be all right in a minute
[61] *Heulliese* — cry-baby
[62] *was hier vor sich geht* — what's happening here
[63] *meinetwegen* — for that matter

eren Verlobten. Sie sagten: ‚Fahr nur hin und sieh nach, was noch da ist. Wir sind zu alt dazu.' Es war ihr einziger Sohn, er ist gleich zu Anfang des Krieges gefallen. Wie lange ist das schon her.

Doch wenn du nur ein paar Schritte weiter ins Land gehst, da ist Alles zerstört. Wir sind es ja gewohnt, wir kennen es gar nicht anders mehr und glauben, es muß so sein. Aber du, was sollst du denn da? Du meinst vielleicht, daß es eines Tages besser wird, und da sie sehen, daß Alles zerstört wurde, wollen sie nicht wieder Krieg machen. Ach, wenn es so weit ist,[64] werden sie doch wieder anfangen. Es läßt ihnen keine Ruhe, es geht scheinbar nicht anders. Und dann wirst du fallen, und das will ich nicht. Und wenn du auch nicht fällst, dann kommst du ganz anders zurück, und weißt nicht, was du mit dir anfangen sollst. Sie sind doch alle so, ich seh es doch. Dann läufst du zornig umher, weil du Hunger hast. Oder du handelst auf dem Schwarzen Markt,[65] um Geld zu verdienen oder etwas anzuschaffen. Dafür eignest du dich doch gar nicht. Und ich? Und ich, wenn ich das sehe, was soll ich dann machen? Eine Ärztin sagte mir neulich: ‚Wer unter den heutigen Verhältnissen ein Kind in die Welt setzt, begeht ein Verbrechen.' Sie war wütend auf die Männer, weil sie nicht nachdenken.

Siehst du, Mama ist eine gute Frau, und ich habe sie auch lieb. Ich kann aber nicht mit ihr darüber reden. Ich bin in einer Buchhandlung angestellt. Wenn ich abends nach Hause komme, erzählt mir Mama zum Beispiel, daß sie beim Gemüsehändler einen Kopf Weißkohl bekommen habe. Und sie hat zwei Stunden dafür angestanden.[66] Sie möchte, daß ich

---

[64] *wenn es so weit ist* — when they're ready
[65] *auf dem Schwarzen Markt* — on the black market [illegal trade carried on after the war]
[66] *hat ... angestanden* — stood in line

Der Jüngling aus dem Meer

mich darüber freue, und manchmal gelingt es mir auch. Aber
das lohnt sich doch gar nicht um diesen Weißkohl. Oder sie
hat Ärger gehabt mit den Leuten, bei denen wir wohnen, in
der Küche oder sonst etwas. Wir wohnen nicht gut. Unser
ganzer Stadtteil ist abgebrannt, und wir mußten sehen, wo
wir unterkamen. Du bildest dir wohl ein, ich besäße etwas. Ja,
früher. Doch wir haben alles verloren. So ein Kleid, wie ich
es anhabe, hätte ich früher gar nicht getragen. Siehst du, und
dann soll ich Mama trösten. Es ist nicht so schlimm, sage
ich zu ihr. Aber das ist ja nicht wahr, und immer gelingt es
mir nicht. Dann werde ich böse. Du weißt ja gar nicht, wie
böse wir alle geworden sind. Wenn du es wüßtest, würdest
du es gar nicht erst versuchen. Vielleicht würdest du auch
böse werden, ganz ohne deine Schuld. Du aber hältst mich
einfach am Bein fest und glaubst: Sie wird es schon machen.
Wie soll ich es denn? Und was weißt du überhaupt von mir?

Ich habe mich erst vor drei Tagen entschlossen, hierher zu
fahren. Ganz plötzlich. Es war gar nicht leicht, eine Fahrkarte
zu bekommen. Und dann die anstrengende Fahrt. Ich sagte
mir: du mußt einmal heraus aus Allem[67] und darüber nachdenken. Wie konnte ich denn vorher wissen, daß ich weinen
würde? Denn reden kannst du auch mit den Besten nicht
darüber. Ja, es gibt auch solche. Es ist nicht wahr, daß sie
alle böse sind. Einige sind so geblieben, wie es sein soll.
Nicht viele und sie sind schwer zu finden, aber es gibt doch
welche. Wenn man sie findet, darfst du aber auf keinen Fall[68]
mit ihnen darüber sprechen. Ich meine über den Weißkohl
und solche Dinge. Dann sagen sie: Das ist nicht so wichtig,
und man schämt sich. Du denkst es vielleicht auch, und es
ist auch nicht wichtig. Doch wenn keiner sich darum kümmert,
dann verhungerst du. Also, wie soll ich es machen?"

[67] *einmal heraus aus Allem* — get away from everything sometime
[68] *auf keinen Fall* — on no account

Hanna drückte die Hand des Jünglings krampfhaft und erschrak selber darüber.

„Hab ich dir weh getan?" fragte sie. „Ist dir auch nicht kalt? Warum ißt du denn die Keks nicht? Sie sind doch so gut. Ich hab doch sonst nichts für dich. Sie sind mit echter Butter gebacken. Auch der Tee war eigentlich nicht für dich bestimmt. Ein Kunde hat ihn mir gegeben. Ich habe ihm ein Buch verschafft, das er dringend brauchte. Bücher gibt es ja auch nur wenige. Erst wollte ich den Tee nicht nehmen, aber dann tat ich es doch. Aus bestimmten Gründen.

Hör zu. Du kannst ruhig alles wissen. Es ist sogar besser, damit du mir nachher keine Vorwürfe machst. Außerdem habe ich noch gar keinen entgültigen Entschluß gefaßt. Denn eigentlich bin ich heute mit ihm verabredet. Ich meine mit dem, für den ich diesen Tee angeschafft habe. Er sagt zwar immer: ich brauche keinen Tee, aber ich weiß doch, wie gut es für seine Arbeit ist. Ich habe ihm nichts von meiner Reise gesagt. Wenn ich heute nicht komme, wird er sich etwas wundern. Doch nicht sehr lange. Ich wollte ihm vorhin einen Brief schreiben, aber dann ließ ich es. Er wird denken: ihr ist etwas dazwischen gekommen,[69] und gleich an seine Arbeit gehen. Vielleicht denkt er sogar: Um so besser, dann werde ich nicht gestört. Er meint das nicht so schroff,[70] wie es klingt, doch ich bin mir nicht ganz sicher. Was glaubst du?

Vor drei Tagen schien es mir so zu sein. Ich saß auf dem Sofa in seinem Zimmer und nähte etwas. Ich hatte gesehn, daß die linke Manschette von seinem Oberhemd durchgescheuert[71] war. Es kommt vom Uhrarmband. Ich sagte: Gib her, man kann die Manschette wenden, und er antwortete ärgerlich: Das ist nicht nötig! und: Dazu bist du nicht da. Aber

---

[69] *ihr ist etwas dazwischen gekommen* — something has detained her
[70] *schroff* — gruffly
[71] *durchgescheuert* — frayed

Der Jüngling aus dem Meer

ich nahm mir das Hemd einfach und machte mich daran.⁷²
   Er saß am Flügel und probierte etwas. Er ist Pianist. Ich
habe ihn kennen gelernt, als er in den Laden kam und nach
einem Buch suchte. Ich fragte ihn: ‚Warum geben Sie gar
keine Konzerte mehr?' Denn vor dem Kriege hatte ich ihn
einige Male gehört. Er war schon ziemlich bekannt.
   Seit dem Tage kennen wir uns. Er behauptete, seine Finger
müßten erst wieder geläufig⁷³ werden. Sie hatten ihn nämlich
zum Schluß auch noch zum Soldaten gemacht. Es ist eine
Schande! Wenn sie Krieg führen, ist ihnen alles gleichgültig,⁷⁴
und wer sich weigert, den schießen sie selber tot. Siehst du,
so ist das hier bei uns.
   Aber das mit den Fingern ist nicht der einzige Grund. Er
konnte sie längst schon wieder so gebrauchen, wie er wollte.
Doch ich durfte ihn nicht fragen. Wenn ich es tat, lachte er
mich aus, oder er wurde ärgerlich. Darum tat ich so, als ginge
es mich nichts an.
   Ich glaube aber, ich weiß es doch. Nur, es läßt sich schwer
erklären. Ich habe nicht Musik studiert. Einmal kam ein
Bekannter zu ihm. Er verkehrte übrigens nur mit Wenigen.⁷⁵
Sie führten dann lange Gespräche; es war sehr interessant für
mich. Er sagte zu dem Bekannten: Ich verstehe euch nicht,
warum ihr nicht lieber in eurem Versteck bleibt und schweigt.
Ihr habt ganz einfach Angst vorm Schweigen, das ist es.
Daher stellt ihr euch hin und redet darauf los,⁷⁶ wie man es
euch beigebracht hat. Als wenn inzwischen kein Krieg und
nichts gewesen wäre. Das ist genau so, als bautet ihr am

---

⁷² *machte mich daran* — went to work on it
⁷³ *geläufig* — supple
⁷⁴ *ist ihnen alles gleichgültig* — nothing is important to them
⁷⁵ *Er verkehrte übrigens nur mit Wenigen* — He had only a few friends
⁷⁶ *Daher stellt ihr euch hin und redet darauf los* — That's why you strike a pose and talk away

Rande einer zerstörten Stadt eine Luftschaukel⁷⁷ auf und sagtet: Bitte! Steigt ein und schaukelt euch.

Der Bekannte war ein Schriftsteller und lachte darüber. Er aber meinte es nicht lächerlich. Er sagte: Die Leute laufen ins Konzert, um ihre Not für eine Stunde zu vergessen. Das kann man ihnen nicht übel nehmen, doch eine Flasche Wein täte es genau so gut, nur sie kostet etwas mehr auf dem Schwarzen Markt als ein Konzertbillett. Was aber die Musik betrifft, so ist es Hurerei.⁷⁸

Du mußt dich nicht an seinen Ausdrücken stoßen.⁷⁹ Er meint es natürlich nicht so, wie es klingt. Aber ungefähr versteht man es doch, nicht wahr?

Während ich an dem Hemd nähte, probierte er immer das gleiche Stück. Manchmal brach er ab und begann wieder von vorne. Ich erschrak jedesmal, wenn er abbrach, weil es so unvermittelt⁸⁰ kam. Ich dachte, er spielte das Stück sehr gut und man könne es gar nicht besser spielen. Warum also erzählt er nicht zu Ende?⁸¹

Ich beobachtete ihn heimlich. Er durfte es nicht merken. Das konnte er nicht vertragen. Er hielt den letzten Ton noch fest und lauschte ihm nach.

Siehst du, da habe ich mich entschlossen, hierher zu fahren.

Es wird mir furchtbar schwer, dir das zu erklären. Ich möchte nicht gern, daß du denkst, ich wollte ihn schlecht machen. Wenn du nur wüßtest, wie gern ich in dieser Minute noch zu ihm zurückfahren möchte. Ja, mit dir zusammen. Du kannst mitkommen. Du würdest ihn sehr gern mögen. Ihr würdet euch sofort verstehen.

⁷⁷ *Luftschaukel* — swing
⁷⁸ *Hurerei* — prostitution
⁷⁹ *dich nicht an seinen Ausdrücken stoßen* — not take offence at the way he expresses himself
⁸⁰ *unvermittelt* — unexpectedly
⁸¹ *Warum also erzählt er nicht zu Ende?* — Why doesn't he finish it?

Der Jüngling aus dem Meer

Du siehst ihm nämlich etwas ähnlich. Ein Andrer würde es vielleicht gar nicht sehen, aber ich sehe es. Du brauchst deshalb nicht wegzublicken. Natürlich ist er älter, er hat Falten im Gesicht und verkneift oft den Mund.[82] Auch die Haare sind anders, ja, es sind schon einige weiße darunter. Nicht viele. Doch früher, ich meine vor dieser Zeit, ehe er Soldat wurde und alles zerstört wurde, und noch früher, wird er so ausgesehen haben wie du. Bestimmt.

Und manchmal sieht er auch heute noch so aus. Dann... dann... Ist dir auch wirklich nicht kalt? Wenn ich nur gewußt hätte, daß ich dich hier treffen würde. Ich hätte noch andre Sachen mitgebracht. So aber hab ich gar nichts für dich.

Ja, wie er da am Flügel saß, dachte er gar nicht an mich. So angespannt war er mit seiner Sache beschäftigt. Ich wußte aber genau, wie es kommen würde. Nach einiger Zeit würde er sich zu mir setzen. Das heißt, nur wenn es ihm nicht gelänge, das Stück zu Ende zu spielen. Er würde sich eine Zigarette anzünden und so tun, als wenn nichts wäre. Ich würde es aber doch merken. Nun gut, er würde sich mit mir unterhalten oder auch sonst was.

Er braucht mich nämlich gar nicht, das ist es. Du mußt nicht erschrecken, doch man darf sich nichts vormachen.[83] Natürlich kann ich ihm die Manschetten am Oberhemd umsetzen.[84] Und manchmal ist er auch müde, dann kommt er. Aber wie er da am Flügel saß, war ich gar nicht für ihn auf der Welt. Im Gegenteil, ich hätte ihn nur gestört.

Willst du mir glauben, daß ich deswegen oft wütend auf ihn war? Nicht jetzt, und es war auch unrecht von mir. Übrigens war ich auch schon über dich ärgerlich, so kurz wir uns kennen. Ich bin nun einmal so, es ist nicht deine Schuld.

---

[82] *verkneift oft den Mund* — bites his lips
[83] *doch man darf sich nichts vormachen* — but one must not deceive oneself
[84] *umsetzen* — turn

Und wenn er das Stück nun zu Ende gespielt hätte, so wie er es für richtig hielt? Was dann?
Ich kann es dir nicht schildern, wie erschrocken ich war. Ich hatte solche Angst, daß alles verschwinden würde, wenn ich weiter darüber nachdächte. Das Zimmer, das Sofa, das Hemd und ich auch. Ich mußte mich richtig an dem Hemd festhalten. Er aber würde weiter spielen und sich um nichts kümmern.

Denn ich wollte etwas mit ihm besprechen. Nicht über solche Dinge, wie den Weißkohl und die Sorgen, die ich mit Mama besprach. Das kam nicht in Frage.[85] Doch es gibt auch wichtigere Dinge.

Stattdessen bin ich fortgefahren. Das war nicht einfach, ach. Ich weiß auch nicht, ob es das Richtige ist. Und was ich nachher tun werde, weiß ich auch noch nicht. Aber ich muß sehen, wie ich allein damit zurecht komme.[86] Ich hätte ja auch besser aufpassen können. Denn schließlich ist es ja wirklich nicht seine Sache.

Und vielleicht, während ich hier sitze, spielt er das Stück zu Ende."

Hanna horchte lange und vergaß ganz, daß sie nicht allein war. Erst ein plötzlicher Windstoß, der von der Landseite her gegen das Häuschen fuhr, brachte sie wieder zu sich selbst. Der Jüngling saß ihr nach wie vor[87] gegenüber und es sah so aus, als machte es ihm Mühe,[88] die Augen offen zu halten.

Der Ärmste, dachte Hanna beschämt, wozu habe ich ihm das Alles erzählt. Er versteht es doch nicht und nur, um mir einen Gefallen zu tun, gibt er sich Mühe, mir zuzuhören. Was bin ich auch für eine komische Person.

---

[85] *Das kam nicht in Frage* — That was out of the question
[86] *wie ich allein damit zurecht komme* — how I can straighten things out alone
[87] *nach wie vor* — as before
[88] *als machte es ihm Mühe* — as if he were having trouble

Der Jüngling aus dem Meer

„Du mußt jetzt zu Bett", sagte sie. „Auch müssen wir die Kerze sparen. Sie brennt schon viel zu lange. Komm! Wir haben nur Bettzeug für ein Bett, doch es wird schon gehen."
Sie ging mit dem Licht ins Nebenzimmer und der Jüngling folgte ihr schlaftrunken.
„Leg dich nur schon hin", sagte sie. „Ich will nur noch die Tassen ausspülen,[89] dann brauche ich es morgen früh nicht zu tun."
Der Jüngling nahm sich das Badetuch von den Hüften und bemühte sich, es sorgsam in den ursprünglichen Falten zusammenzulegen. Hanna war sehr verwundert darüber. Er ist sehr ordentlich, dachte sie.
„Laß nur. Wirf es auf den Stuhl. Ich lege es nachher schon zusammen", sagte sie. Der Jüngling schlüpfte ins Bett und sie ging mit der Kerze in die Küche zurück um aufzuräumen.
Während sie dabei war, begann endlich das Gewitter. Sie zuckte zusammen und blickte nach dem ersten Donnerschlag auf die offene Tür zum Schlafraum. Aber es rührte sich dort nichts.
Eigentlich müßte ich warten, bis es vorbei ist, überlegte sie. Er ahnt ja nicht einmal, daß ich Angst vor dem Gewitter habe. Aber dann entkleidete sie sich doch.
Der Jüngling schlief bereits, als sie an das Bett trat. Ich weiß nicht, ob Hanna etwas anderes erwartet hatte. Kein Wunder, dachte sie, daß er müde ist. Dies ist sein erster Tag an Land, und was hat er gleich alles erleben müssen.[90]
Er lag auf der Seite und atmete ruhig. Brust und Arme waren nicht zugedeckt, weil es ihm wohl zu warm war.
Hanna hielt die Hand vor die Kerze, damit ihn das Licht nicht weckte, und betrachtete ihn gerührt. Sie bedauerte, daß sie ihm keinen Gutenachtkuß gegeben hatte.

---
[89] *ausspülen* — wash out
[90] *und was hat er gleich alles erleben müssen* — think of all he has had to experience

Vielleicht hat er darauf gewartet? Oder ich müßte sogar irgendein Abendgebet mit ihm sprechen?

Vor sich hin lächelnd, blies sie das Licht aus und legte sich vorsichtig zu ihm ins Bett. Es war Platz genug. Er wachte nicht auf.

Draußen rauschte der Regen nieder und Hanna schlief sofort ein...

Man muß sich nicht darüber wundern, daß der Jüngling am nächsten Morgen fort war. Auch Hanna wunderte sich nicht. Ich sagte schon, daß diese Geschichten meistens etwas traurig, zum mindesten aber unbefriedigend enden. Wenn ich es mir ausgedacht hätte, würde es nicht schwer sein, irgendeinen Schluß dazu zu erfinden, so daß niemand im Zweifel bliebe, was daraus geworden ist. Es bedürfte gar nicht vieler Worte über Hanna und den Jüngling. Vielleicht hat sie doch Aale bei den Fischern eintauschen können, das wäre zum Beispiel schon etwas. Oder Hanna schreibt einen Brief an ihre Mutter. Ja, man brauchte nur diesen Brief herzusetzen,[91] das wäre das einfachste. Was diesen Pianisten angeht,[92] so ist es allerdings schon sehr viel schwieriger, für ihn ein Schicksal zu erfinden. Man möchte zum Beispiel gern wissen, ob es ihm endlich gelungen ist, sein Stück zu Ende zu spielen. Aber wer weiß das? Vielleicht hat ihn jemand inzwischen im Konzertsaal gehört. Doch selbst dann bliebe immer noch die Frage offen: Weiß er etwas von Hannas Erlebnis? Und wenn:[93] Hat das irgend welchen Einfluß auf sein Spiel gehabt?

Doch wie gesagt, es ist nicht meine Erfindung und ich will nur erzählen, was ich weiß.

Am nächsten Morgen trat Hanna vor die Tür der Hütte. Es war etwas dumpfig darin vom Tage vorher. Das Gewitter

---

[91] *herzusetzen* — introduce
[92] *Was diesen Pianisten angeht* — As far as this pianist is concerned
[93] *Und wenn* — And if he does

Der Jüngling aus dem Meer

war längst vorüber. Das Land lag erfrischt und sauber in der Sonne. Gar nicht weit davon saß ein Fuchs vor einem Mauseloch. Fast ohne den Kopf zu wenden, schielte er pfiffig zu Hanna hin.[94] Mag sie da stehen, dachte er, und wandte sich, ohne weiter von ihr Notiz zu nehmen, seiner Angelegenheit wieder zu.

Hanna atmete tief auf. Ach, ich habe gestern geweint, fiel es ihr dabei ein. Durch die Buchenstämme[95] des Abhanges blinkte das silberne Meer.

Das nächste Mal, wollte Hanna sagen, aber sie dachte es gar nicht erst zu Ende, da es ihr gar zu selbstverständlich schien. Mag er nur kommen, dachte sie, ich werde es schon irgendwie schaffen.

Das Meer war nur ganz leicht gekräuselt.[96] Winzige Wellen betasteten den Strand, sehr zärtlich, ohne eine Spur zu hinterlassen, eine nach der andern. —

Immerhin, soviel könnte man, ohne zu lügen, wohl dazu sagen. Frauen, die ein solches Erlebnis haben, können mehr daraus machen. Sie können sich zum Beispiel ein Kind wünschen, das diesem Jüngling aus dem Meere gleicht, und wenn sie sich Mühe geben, wird ihnen der Wunsch auch in Erfüllung gehen. Das ist doch sehr viel mehr, als auf einer einsamen Klippe sitzen und dann und wann abends ein sehnsüchtiges Lied singen.

Übrigens fällt mir dabei ein seltsamer Spruch ein, den ich irgendwo einmal gelesen habe. Ich glaube, er stammt aus dem alten Griechenland,[97] doch ich weiß nicht von wem: Das Meer wäscht alle Not der Menschen ab.

---

[94] *schielte er pfiffig zu Hanna hin* — it squinted craftily at Hanna
[95] *Buchenstämme* — trunks of the beech trees
[96] *gekräuselt* — ruffled
[97] *Griechenland* — Greece

FRAGEN

1. Was hat der Erzähler noch nie erlebt?
2. Wovon hat noch nie ein Mensch gehört?
3. Warum mochte der Erzähler den Namen Hanna nicht?
4. Wie sah Hanna aus?
5. Welches seltsame Erlebnis hatte Hanna beim Schwimmen?
6. Wie lange war Hanna schon am Meer gewesen?
7. Wo hat sie den Schlüssel her?
8. Womit hatte Hanna gerechnet?
9. Was hielt sie fest?
10. Was sah sie im Wasser?
11. Wer tauchte aus dem Meer auf?
12. Was gefiel ihr nicht?
13. Was hielt sie von dem Jüngling?
14. Wie alt war Hanna?
15. Was versuchte der Jüngling mit dem Tuch zu tun?
16. Wohin gingen sie vom Strand?
17. Wie bekam sie etwas Petroleum?
18. Was bereitete sie vor?
19. Warum wünschte sie, daß sie nicht gebadet hätte?
20. Warum hat sie die Brote auf der Reise nicht gegessen?
21. Was versuchte sie festzustellen?
22. Warum schüttelte der Jüngling den Kopf?
23. Was hielt Hanna von ihrem eigenen Namen?
24. Warum wollte sie den Jüngling nicht enttäuschen?
25. Warum wollte sie etwas anderes tun?
26. Was tat Hanna auf einmal?
27. Warum weinte sie?
28. Wem gehörte das Häuschen?
29. Worüber machte sie sich Sorgen?
30. Was für eine Stellung hatte Hanna?

Der Jüngling aus dem Meer 163

31. Wann entschloß sie sich, ans Meer zu reisen?
32. Warum erschrak Hanna? *das Gewitter*
33. Wie bekam sie den Tee? *Kunden*
34. Wo sollte sie eigentlich heute sein? *mit Pianist*
35. Was war ihr Freund von Beruf?
36. Wie hatte sie ihn kennengelernt? *in einem Buchladen*
37. Was behauptete der Schriftsteller?
38. Was tat ihr Freund, während sie an dem Hemd nähte?
39. Wohin möchte Hanna mit dem Jüngling gehen?
40. Wann besuchte der Freund Hanna? *when he wanted to play the piano*
41. Was wollte Hanna tun, als er da war?
42. Warum hatte Hanna Mitleid mit dem Jüngling? *Er*
43. Was geschah, während Hanna in der Küche arbeitete?
44. Was bedauerte Hanna?
45. Worüber machte sie sich am nächsten Tage keine Gedanken?
46. Welches andere Ende für diese Geschichte wäre denkbar?
47. Was will der Erzähler mit dem griechischen Zitat sagen?

wirklich - Krieg, Pianist, Buchladen,
Hanna's Schwangerschaft.

Nicht wirklich -
Jüngling
When she speaks to youth - unreal
" " of past - reality
constantly intertwined

FRIEDRICH DÜRRENMATT

Friedrich Dürrenmatt, a Swiss, is one of the most widely discussed and most controversial younger authors writing today in German. He was born in 1921 and studied philosophy and theology in Zürich.

He is probably best known for his plays, one of which, *Der Besuch der alten Dame*, was enthusiastically received in this country under the title *The Visit*. He has, however, written several novels, some of which are best described as psychological detective stories of high literary quality. His radio plays have also received wide attention. Dürrenmatt is an unflagging critic and satirist, and, in his plays at least, an author who disregards tradition, convinced that it is out of place in an atomic world. This world, as he sees it, is an absurd and grotesque place. But despite this apparent nihilism (which he now emphatically refutes), he has not yet completely despaired, since he realizes that man somehow manages to survive. It is possible that his theological background is still strong enough to support some kind of faith.

Dürrenmatt is yet another of the younger generation whose early prose shows the influence of Kafka. Like Kafka's characters, the student in "Der Tunnel" finds that a perfectly normal, everyday experience, in this case a train ride, can develop into a baffling, completely irrational and nightmarish situation. There seems to be no end, no goal to this journey, no one is responsible for what happens, and if one reads "life" for "journey," the existential possibilities are immediately apparent. No explanation is forthcoming; indeed, the implication is that there is no use asking for one. However, it is significant that the "hero," ridiculous as he may appear to be when he is introduced to us, is the only person who seems to realize at the end what is happening, and who faces the irrational with some degree of calm and understanding.

[Handwritten annotations at top: Written in style of comic-tragedy. Moved by forces of NATURE. Satirical of Man. The characters don't think. Exist. does think. Writes w/ much detail]

DER TUNNEL

FRIEDRICH DÜRRENMATT

Ein Vierundzwanzigjähriger, fett, damit das Schreckliche hinter den Kulissen,[1] welches er sah (das war seine Fähigkeit, vielleicht seine einzige), nicht allzu nah an ihn herankomme, der es liebte, die Löcher in seinem Fleisch, da doch gerade durch sie das Ungeheuerliche hereinströmen konnte, zu verstopfen, derart, daß er Zigarren rauchte (Ormond-Brasil 10)[2] und über seiner Brille eine zweite trug, eine Sonnenbrille und in den Ohren Wattebüschel:[3] Dieser junge Mann, noch von seinen Eltern abhängig und mit nebulosen Studien auf einer Universität beschäftigt, die in einer zweistündigen Bahnfahrt zu erreichen war, stieg eines Sonntagnachmittags in den gewohnten Zug, Abfahrt siebzehnuhrfünfzig, Ankunft neunzehnuhrsiebenundzwanzig, um anderentags[4] ein Seminar zu besuchen, das zu schwänzen[5] er schon entschlossen war. Die Sonne schien an einem wolkenlosen Himmel, da er seinen Heimatort verließ. Es war Sommer. Der Zug hatte sich bei diesem angenehmen Wetter zwischen den Alpen und dem Jura[6] fortzubewegen, an reichen Dörfern und kleineren Städten vorbei, später an einem Fluß entlang, und tauchte denn auch nach noch nicht ganz zwanzig Minuten Fahrt, gerade nach

---

[1] *hinter den Kulissen* — behind the scenes
[2] *Ormond-Brasil 10* — [brand of cigar]
[3] *Wattebüschel* — plugs of cotton
[4] *anderentags* — the next day
[5] *schwänzen* — cut [class]
[6] *Jura* — mountains in Eastern Switzerland

Burgdorf[7] in einen kleinen Tunnel. Der Zug war überfüllt. Der Vierundzwanzigjährige war vorne eingestiegen und hatte sich mühsam nach hinten durchgearbeitet, schwitzend und einen leicht vertrottelten[8] Eindruck erweckend. Die Reisenden saßen dicht gedrängt, viele auf Koffern, auch die Coupés der zweiten Klasse waren besetzt, nur die erste Klasse schwach belegt.[9] Wie sich der junge Mann endlich durch das Wirrwarr der Familien, Rekruten, Studenten und Liebespaare gekämpft hatte, bald, vom Zug hin und her geschleudert, gegen diesen fallend und bald gegen jenen, gegen Bäuche und Brüste torkelnd, fand er im hintersten Wagen Platz, so viel sogar, daß er in diesem Abteil der dritten Klasse — in der es sonst Wagen mit Coupés selten gibt — eine ganze Bank für sich allein hatte: Im geschlossenen Raume saß ihm gegenüber einer, noch dicker als er, der mit sich selbst Schach spielte und in der Ecke der gleichen Bank, gegen den Korridor zu, ein rothaariges Mädchen, das einen Roman las. So saß er schon am Fenster und hatte eben eine Ormond Brasil 10 in Brand gesteckt,[10] als der Tunnel kam, der ihm länger als sonst zu dauern schien. Er war diese Strecke schon manchmal gefahren, fast jeden Samstag und Sonntag seit einem Jahr und hatte den Tunnel eigentlich gar nie beachtet, sondern immer nur geahnt. Zwar hatte er ihm einige Male die volle Aufmerksamkeit schenken wollen, doch hatte er, wenn er kam, jedes Mal an etwas anderes gedacht, so daß er das kurze Eintauchen in die Finsternis nicht bemerkte, denn der Tunnel war eben gerade vorbei, wenn er, entschlossen ihn zu beachten, aufschaute, so schnell durchfuhr ihn der Zug und so kurz war der kleine Tunnel. So hatte er denn auch jetzt die Sonnenbrille

---

[7] *Burgdorf* — a small Swiss city
[8] *vertrottelten* — unkempt
[9] *schwach belegt* — almost empty
[10] *in Brand gesteckt* — lighted a cigar [see footnote 2]

Der Tunnel

nicht abgenommen, als sie einfuhren, da er nicht an den Tunnel dachte. Die Sonne hatte eben noch mit voller Kraft geschienen und die Landschaft, durch die sie fuhren, die Hügel und Wälder, die fernere Kette des Juras und die Häuser des Städtchens war wie von Gold gewesen, so sehr hatte alles im Abendlicht geleuchtet, so sehr, daß ihm die nun schlagartig einsetzende Dunkelheit[11] des Tunnels bewußt wurde, der Grund wohl auch, warum ihm die Durchfahrt länger erschien als er sie sich dachte. Es war völlig finster im Abteil, da der Kürze des Tunnels wegen die Lichter nicht in Funktion gesetzt waren, denn jede Sekunde mußte sich ja in der Scheibe der erste, fahle Schimmer des Tages zeigen, sich blitzschnell ausweiten und mit voller, goldener Helle gewaltig hereinbrechen; als es jedoch immer noch dunkel blieb, nahm er die Sonnenbrille ab. Das Mädchen zündete sich in diesem Augenblick eine Zigarette an, offenbar ärgerlich, daß es im Roman nicht weiterlesen konnte, wie er im rötlichen Aufflammen des Streichholzes zu bemerken glaubte; seine Armbanduhr mit dem leuchtenden Zifferblatt zeigte zehn nach sechs. Er lehnte sich in die Ecke zwischen der Coupéwand und der Scheibe und beschäftigte sich mit seinen verworrenen Studien, die ihm niemand recht glaubte,[12] mit dem Seminar, in das er morgen mußte und in das er nicht gehen würde (alles, was er tat, war nur ein Vorwand, hinter der Fassade seines Tuns Ordnung zu erlangen, nicht die Ordnung selber, nur die Ahnung einer Ordnung, angesichts des Schrecklichen, gegen das er sich mit Fett polsterte,[13] Zigarren in den Mund steckte, Wattebüschel in die Ohren), und wie er wieder auf das Zifferblatt schaute, war es viertel nach sechs und immer noch der Tunnel. Das

---

[11] *die nun schlagartig einsetzende Dunkelheit* — the darkness which struck like a blow
[12] *die ihm niemand recht glaubte* — which no one really took seriously
[13] *polsterte* — padded

verwirrte ihn. Zwar leuchteten nun die Glühbirnen auf, es wurde hell im Coupé, das rote Mädchen konnte in seinem Roman weiterlesen und der dicke Herr spielte wieder mit sich selber Schach, doch draußen, jenseits der Scheibe, in der sich nun das ganze Abteil spiegelte, war immer noch der Tunnel. Er trat in den Korridor, in welchem ein hochgewachsener Mann in einem hellen Regenmantel auf und ab ging, ein schwarzes Halstuch umgeschlagen.[14] Wozu auch bei diesem Wetter, dachte er und schaute in die anderen Coupés dieses Wagens, wo man Zeitung las und miteinander schwatzte. Er trat wieder zu seiner Ecke und setzte sich, der Tunnel mußte nun jeden Augenblick aufhören, jede Sekunde; auf der Armbanduhr war es nun beinahe zwanzig nach; er ärgerte sich, den Tunnel vorher so wenig beachtet zu haben, dauerte er doch nun schon eine Viertelstunde und mußte, wenn die Geschwindigkeit eingerechnet wurde, mit welcher der Zug fuhr, ein bedeutender Tunnel sein, einer der längsten Tunnel in der Schweiz. Es war daher wahrscheinlich, daß er einen falschen Zug genommen hatte, wenn ihm im Augenblick auch nicht erinnerlich war,[15] daß sich zwanzig Minuten Bahnfahrt von seinem Heimatort aus ein so langer und bedeutender Tunnel befand. Er fragte deshalb den dicken Schachspieler, ob der Zug nach Zürich fahre, was der bestätigte. Er wüßte gar nicht, daß an dieser Stelle der Strecke ein so langer Tunnel sei, sagte der junge Mann, doch der Schachspieler antwortete, etwas ärgerlich, da er in irgendeiner schwierigen Überlegung zum zweiten Mal unterbrochen wurde, in der Schweiz gebe es eben viele Tunnel, außerordentlich viele, er reise zwar zum ersten Mal in diesem Lande, doch falle dies sofort auf,[16] auch habe er in einem statistischen Jahrbuch gelesen, daß kein Land so viele

[14] *umgeschlagen* — around his neck
[15] *ihm ... nicht erinnerlich war* — he could not remember
[16] *doch falle dies sofort auf* — but this struck one at once

Der Tunnel 171

Tunnel wie die Schweiz besitze. Er müsse sich nun entschuldigen, wirklich, es tue ihm schrecklich leid, da er sich mit einem wichtigen Problem der Nimzowitsch-Verteidigung[17] beschäftige und nicht mehr abgelenkt werden dürfe. Der Schachspieler hatte höflich, aber bestimmt geantwortet; daß von ihm keine Antwort zu erwarten war, sah der junge Mann ein. Er war froh, als nun der Schaffner, ein blasser, magerer Mann, nervös, wie es den Eindruck machte, dem Mädchen gegenüber, dem er zuerst die Fahrkarte abnahm, bemerkte, es müsse in Olten[18] umsteigen, gab der Vierundzwanzigjährige noch nicht alle Hoffnung auf, so sehr war er überzeugt, in den falschen Zug gestiegen zu sein. Er werde wohl nachzahlen[19] müssen, er sollte nach Zürich, sagte er denn, ohne die Ormond Brasil 10 aus dem Munde zu nehmen und reichte dem Schaffner das Billet hin. Der Herr sei im rechten Zug, antwortete der, wie er die Fahrkarte geprüft hatte. „Aber wir fahren doch durch einen Tunnel!" rief der junge Mann ärgerlich und recht energisch aus, entschlossen, nun die verwirrende Situation aufzuklären. Man sei eben an Herzogenbuchsee[20] vorbeigefahren und nähere sich Langenthal,[21] sagte der Schaffner. „Es stimmt, mein Herr, es ist jetzt zwanzig nach sechs." Aber man fahre seit zwanzig Minuten durch einen Tunnel, beharrte der junge Mann auf seiner Feststellung.[22] Der Schaffner sah ihn verständnislos an. „Es ist der Zug nach Zürich", sagte er, und schaute nun auch nach dem Fenster. „Zwanzig nach sechs", sagte er wieder, jetzt etwas beunruhigt, wie es schien, „bald kommt Olten, Ankunft

---

[17] *Nimzowitsch-Verteidigung* — „Nimzowitsch defense" [chess]
[18] *Olten* — city in Switzerland
[19] *nachzahlen* — pay the difference
[20] *Herzogenbuchsee* — Lake Herzogenbuch
[21] *Langenthal* — city in Switzerland
[22] *beharrte der junge Mann auf seiner Feststellung* — the young man insisted steadfastly

achtzehnuhrsiebenunddreißig. Es wird schlechtes Wetter gekommen sein, ganz plötzlich, daher die Nacht, vielleicht ein Sturm, ja, das wird es sein." „Unsinn", mischte sich nun der Mann, der sich mit einem Problem der Nimzowitsch-Verteidigung beschäftigte, ins Gespräch, ärgerlich, weil er immer noch sein Billet hinhielt, ohne vom Schaffner beachtet zu werden, „Unsinn, wir fahren durch einen Tunnel. Man kann deutlich den Fels sehen, Granit wie es scheint. In der Schweiz gibt es am meisten Tunnel der ganzen Welt. Ich habe es in einem statistischen Jahrbuch gelesen." Der Schaffner, indem er endlich die Fahrkarte des Schachspielers entgegennahm, versicherte aufs neue, fast flehentlich,[23] der Zug fahre nach Zürich, worauf der Vierundzwanzigjährige den Zugführer verlangte. Der sei vorne im Zug, sagte der Schaffner, im übrigen fahre der Zug nach Zürich, jetzt sei es sechsuhrfünfundzwanzig und in zwölf Minuten werde er nach dem Sommerfahrplan in Olten anhalten, er fahre jede Woche diesen Zug dreimal. Der junge Mann machte sich auf den Weg. Das Gehen fiel ihm noch schwerer[24] im überfüllten Zug als vor kurzem, wie er die gleiche Strecke umgekehrt gegangen war, der Zug mußte überaus schnell fahren; auch war das Getöse, das er dabei verursachte, entsetzlich; so steckte er sich seine Wattebüschel denn wieder in die Ohren, nachdem er sie beim Betreten des Zuges[25] entfernt hatte. Die Menschen, an denen er vorbeikam, verhielten sich ruhig, in nichts unterschied sich der Zug von anderen Zügen, die er an den Sonntagnachmittagen gefahren war, und niemand fiel ihm auf, der beunruhigt gewesen wäre. In einem Wagen mit Zweitklaß-Abteilen stand ein Engländer am Fenster des Korridors und

---

[23] *fast flehentlich* — almost pleadingly
[24] *fiel ihm noch schwerer* — was even more difficult for him
[25] *beim Betreten des Zuges* — upon boarding the train

Der Tunnel

tippte freudestrahlend²⁶ mit der Pfeife, die er rauchte, an die Scheibe. „Simplon",²⁷ sagte er. Auch im Speisewagen war alles wie sonst, obwohl kein Platz frei war, und der Tunnel doch einem der Reisenden oder der Bedienung,²⁸ die Wienerschnitzel und Reis servierte, hätte auffallen können. Den Zugführer, den er an der roten Tasche²⁹ erkannte, fand der junge Mann am Ausgang des Speisewagens. „Sie wünschen?" fragte der Zugführer, der ein großgewachsener, ruhiger Mann war, mit einem sorgfältig gepflegten schwarzen Schnurrbart und einer randlosen Brille. „Wir sind in einem Tunnel, seit fünfundzwanzig Minuten", sagte der junge Mann. Der Zugführer schaute nicht nach dem Fenster, wie der Vierundzwanzigjährige erwartet hatte, sondern wandte sich zum Kellner. „Geben Sie mir eine Schachtel Ormond 10", sagte er, „ich rauche die gleiche Sorte wie der Herr da"; doch konnte ihn der Kellner nicht bedienen, da man diese Zigarre nicht besaß, so daß denn der junge Mann, froh, einen Anknüpfungspunkt zu haben, dem Zugführer eine Brasil anbot. „Danke", sagte der, „ich werde in Olten kaum Zeit haben, mir eine zu verschaffen, und so tun Sie mir denn einen großen Gefallen. Rauchen ist wichtig. Darf ich Sie nun bitten, mir zu folgen?" Er führte den Vierundzwanzigjährigen in den Packwagen, der vor dem Speisewagen lag. „Dann kommt noch die Maschine",³⁰ sagte der Zugführer, wie sie den Raum betraten, „wir befinden uns an der Spitze des Zuges." Im Packraum brannte ein schwaches, gelbes Licht, der größte Teil des Wagens lag im Ungewissen,³¹ die Seitentüren waren verschlossen, und nur

---

²⁶ *freudestrahlend* — radiant with joy
²⁷ *„Simplon"* — [famous tunnel in Switzerland]
²⁸ *Bedienung* — dining-car personnel
²⁹ *an der roten Tasche* — by his official red pouch
³⁰ *Maschine* — locomotive
³¹ *lag im Ungewissen* — was difficult to make out

durch ein kleines vergittertes³² Fenster drang die Finsternis des Tunnels. Koffern standen herum, viele mit Hotelzetteln beklebt, einige Fahrräder und ein Kinderwagen. Der Zugführer hing seine rote Tasche an einen Haken. „Was wünschen Sie?" fragte er aufs neue, schaute jedoch den jungen Mann nicht an, sondern begann in einem Heft, das er der Tasche entnommen hatte, Tabellen auszufüllen. „Wir befinden uns seit Burgdorf in einem Tunnel", antwortete der Vierundzwanzigjährige entschlossen, „einen so gewaltigen Tunnel gibt es auf dieser Strecke nicht, ich fahre sie jede Woche hin und zurück, ich kenne die Strecke." Der Zugführer schrieb weiter. „Mein Herr", sagte er endlich und trat nah an den jungen Mann heran, so nah, daß sich die beiden Leiber fast berührten, „mein Herr, ich habe Ihnen wenig zu sagen. Wie wir in diesen Tunnel geraten sind, weiß ich nicht, ich habe dafür keine Erklärung. Doch bitte ich Sie zu bedenken: Wir bewegen uns auf Schienen,³³ der Tunnel muß also irgendwo hinführen. Nichts beweist, daß am Tunnel etwas nicht in Ordnung ist, außer natürlich, daß er nicht aufhört." Der Zugführer, die Ormond Brasil immer noch ohne zu rauchen zwischen den Lippen, hatte überaus leise gesprochen, jedoch mit so großer Würde und so deutlich und bestimmt, daß seine Worte vernehmbar waren, obgleich im Packwagen das Tosen des Zuges um vieles³⁴ stärker war als im Speisewagen. „Dann bitte ich Sie, den Zug anzuhalten", sagte der junge Mann ungeduldig, „ich verstehe kein Wort von dem, was Sie sagen. Wenn etwas nicht stimmt mit diesem Tunnel, dessen Vorhandensein³⁵ Sie selbst nicht erklären können, haben Sie den Zug anzuhalten." „Den Zug anhalten?" antwortete der andere

---

³² *vergittertes* — barred
³³ *Schienen* — tracks
³⁴ *um vieles* — a great deal
³⁵ *Vorhandensein* — presence

langsam, gewiß, daran habe er auch schon gedacht, worauf er
das Heft schloß und in die rote Tasche zurücksteckte, die
an ihrem Haken hin und her schwankte, dann steckte er die
Ormond sorgfältig in Brand. Ob er die Notbremse ziehen
solle, fragte der junge Mann und wollte nach dem Haken der
Bremse über seinem Kopf greifen, torkelte jedoch im selben
Augenblick nach vorne, wo er an die Wand prallte. Ein
Kinderwagen rollte auf ihn zu und Koffer rutschten heran; seltsam
schwankend kam auch der Zugführer mit vorgestreckten
Händen durch den Packraum. „Wir fahren abwärts", sagte
der Zugführer und lehnte sich neben dem Vierundzwanzigjährigen
an die Vorderwand des Wagens, doch kam der
erwartete Aufprall[36] des rasenden Zuges am Fels nicht, dieses
Zerschmettern und Ineinanderschachteln[37] der Wagen, der
Tunnel schien vielmehr wieder eben zu verlaufen. Am andern
Ende des Wagens öffnete sich die Türe. Im grellen Licht des
Speisewagens sah man Menschen, die einander zutranken,[38]
dann schloß sich die Türe wieder. „Kommen Sie in die
Lokomotive", sagte der Zugführer und schaute dem Vierundzwanzigjährigen
nachdenklich und, wie es plötzlich schien,
seltsam drohend ins Gesicht, dann schloß er die Türe auf,
neben der sie an der Wand lehnten: Mit solcher Gewalt jedoch
schlug ihnen ein sturmartiger, heißer Luftstrom entgegen, daß
sie von der Wucht des Orkans[39] aufs neue gegen die Wand
taumelten; gleichzeitig erfüllte ein fürchterliches Getöse den
Packwagen. „Wir müssen zur Maschine hinüberklettern",
schrie der Zugführer dem jungen Mann ins Ohr, auch so
kaum vernehmbar, und verschwand dann im Rechteck der
offenen Türe,[40] durch die man die hellerleuchteten, hin und

[36] *Aufprall* — crash
[37] *Zerschmettern und Ineinanderschachteln* — smashing and telescoping
[38] *einander zutranken* — were drinking to one another
[39] *Wucht des Orkans* — force of the blast
[40] *im Rechteck der offenen Türe* — through the rectangle of the open door

her schwankenden Scheiben der Zugmaschine sah. Der Vierundzwanzigjährige folgte entschlossen, wenn er auch den Sinn der Kletterei nicht begriff. Die Plattform, die er betrat, besaß auf beiden Seiten ein Eisengeländer,[41] woran er sich klammerte, doch war nicht der ungeheure Luftzug das Entsetzliche, der sich milderte, wie er sich der Maschine zubewegte, sondern die unmittelbare Nähe der Tunnelwände, die er zwar nicht sah, da er sich ganz auf die Maschine konzentrieren mußte, die er jedoch ahnte, durchzittert vom Stampfen der Räder und vom Pfeifen der Luft,[42] so daß ihm war, als rase er mit Sterngeschwindigkeit[43] in eine Welt aus Stein. Der Lokomotive entlang lief ein schmales Band und darüber als Geländer eine Stange, die sich in immer gleicher Höhe über dem Band um die Maschine herumkrümmte: Dies mußte der Weg sein; den Sprung den es zu wagen galt, schätzte er auf[44] einen Meter. So gelang es ihm denn auch, die Stange zu fassen. Er schob sich, gegen die Lokomotive gepreßt, dem Band entlang; fürchterlich wurde der Weg erst, als er auf die Längsseite der Maschine[45] gelangte, nun voll der Wucht des brüllenden Orkans ausgesetzt[46] und drohenden Felswänden, die, hell erleuchtet von der Maschine, heranfegten.[47] Nur der Umstand, daß ihn der Zugführer durch eine kleine Türe ins Innere der Maschine zog, rettete ihn. Erschöpft lehnte sich der junge Mann gegen den Maschinenraum, worauf es mit einem Male still wurde, denn die Stahlwände der riesenhaften Lokomotive dämpften, wie der Zugführer die Türe geschlos-

---

[41] *Eisengeländer* — iron railing
[42] *durchzittert vom Stampfen der Räder und vom Pfeifen der Luft* — shaken by the vibration of the driving-wheels and the whistling of the air
[43] *Sterngeschwindigkeit* — meteoric speed
[44] *schätzte er auf* — he estimated to be about
[45] *Längsseite der Maschine* — side of the locomotive
[46] *ausgesetzt* — exposed to
[47] *heranfegten* — swept past

Der Tunnel

sen hatte, das Tosen so sehr ab, daß es kaum mehr zu vernehmen war. „Die Ormond Brasil haben wir auch verloren," sagte der Zugführer. „Es war nicht klug, vor der Kletterei eine anzuzünden, aber sie zerbrechen leicht, wenn man keine Schachtel mit sich führt, bei ihrer länglichen Form." Der junge Mann war froh, nach der bedenklichen Nähe der Felswände auf etwas gelenkt zu werden, das ihn an die Alltäglichkeit erinnerte, in der er sich noch vor wenig mehr denn einer halben Stunde befunden hatte, an diese immergleichen Tage und Jahre (immergleich, weil er nur auf diesem Augenblick hinlebte, der nun erreicht war, auf diesen Augenblick des Einbruchs, auf dieses plötzliche Nachlassen der Erdoberfläche, auf den abenteuerlichen Sturz ins Erdinnere).[48] Er holte eine der braunen Schachteln aus der rechten Rocktasche und bot dem Zugführer erneut eine Zigarre an, selber steckte er sich auch eine in den Mund, und vorsichtig nahmen sie Feuer, das der Zugführer bot. „Ich schätze diese Ormond sehr", sagte der Zugführer, „nur muß einer gut ziehen, sonst gehen sie aus", Worte, die den Vierundzwanzigjährigen mißtrauisch machten, weil er spürte, daß der Zugführer auch nicht gern an den Tunnel dachte, der draußen immer noch dauerte (immer noch war die Möglichkeit, er könnte plötzlich aufhören, wie ein Traum mit einem Mal aufzuhören vermag). „Achtzehn Uhr vierzig", sagte er, indem er auf seine Uhr mit dem leuchtenden Zifferblatt schaute, „jetzt sollten wir doch schon in Olten sein", und dachte dabei an die Hügel und Wälder, die doch noch vor kurzem waren, goldüberhäuft[49] in der sinkenden Sonne. So standen sie und rauchten, an die

---

[48] *immergleich, weil er ... Sturz ins Erdinnere* — always the same, because he had always been living only for this moment he had now reached, for this moment of breakthrough, for this sudden yielding of the earth's surface, for the fantastic plunge into the bowels of the earth
[49] *goldüberhäuft* — golden

Wand des Maschinenraums gelehnt. „Keller ist mein Name", sagte der Zugführer und zog an seiner Brasil. Der junge Mann gab nicht nach.[50] „Die Kletterei auf der Maschine war nicht ungefährlich", bemerkte er, „wenigstens für mich, der ich an dergleichen nicht gewöhnt bin, und so möchte ich denn wissen, wozu Sie mich hergebracht haben." Er wisse es nicht, antwortete Keller, er habe sich nur Zeit zum Überlegen schaffen wollen. „Zeit zum Überlegen", wiederholte der Vierundzwanzigjährige. „Ja", sagte der Zugführer, so sei es, rauchte dann wieder weiter. Die Maschine schien sich von neuem nach vorne zu neigen. „Wir können ja in den Führerraum gehen", schlug Keller vor, blieb jedoch immer noch unschlüßig an der Maschinenwand stehen, worauf der junge Mann den Korridor entlangschritt. Wie er die Türe zum Führerraum geöffnet hatte, blieb er stehen. „Leer", sagte er zum Zugführer, der nun auch herankam, „der Führerstand[51] ist leer." Sie betraten den Raum, schwankend durch die ungeheure Geschwindigkeit, mit der die Maschine, den Zug mit sich reißend, immer weiter in den Tunnel hineinraste. „Bitte", sagte der Zugführer und drückte einige Hebel nieder, zog auch die Notbremse. Die Maschine gehorchte nicht. Sie hätten alles getan, sie anzuhalten, gleich als sie die Änderung in der Strecke bemerkt hätten, versicherte Keller, doch sei die Maschine immer weitergerast. „Sie wird immer weiterrasen", antwortete der Vierundzwanzigjährige und wies auf den Geschwindigkeitsmesser. „Hundertfünfzig. Ist die Maschine je Hundertfünfzig gefahren?" „Mein Gott", sagte der Zugführer, „so schnell ist sie nie gefahren, höchstens Hundertfünf."
„Eben", sagte der junge Mann. „Ihre Schnelligkeit nimmt zu. Jetzt zeigt der Messer Hundertachtundfünfzig. Wir fallen." Er trat an die Scheibe, doch konnte er sich nicht aufrechter-

[50] *gab nicht nach* — did not let up
[51] *Führerstand* — engineer's place

Der Tunnel

halten, sondern wurde mit dem Gesicht an die Glaswand gepreßt, so abenteuerlich war nun die Geschwindigkeit. „Der Lokomotivführer?" schrie er und starrte nach den Felsmassen, die in das grelle Licht der Scheinwerfer hinaufstürzten, ihm entgegen, die auf ihn zurasten, und über ihm, unter ihm und zu beiden Seiten des Führerraums verschwanden. „Abgesprungen", schrie Keller zurück, der nun mit dem Rücken gegen das Schaltbrett gelehnt auf dem Boden saß. „Wann?" fragte der Vierundzwanzigjährige hartnäckig. Der Zugführer zögerte ein wenig und mußte sich seine Ormond aufs neue anzünden, die Beine, da sich der Zug immer stärker neigte, in der gleichen Höhe wie sein Kopf. „Schon nach fünf Minuten", sagte er dann. „Es war sinnlos, noch eine Rettung zu versuchen. Der im Packraum ist auch abgesprungen." „Und Sie?" fragte der Vierundzwanzigjährige. „Ich bin der Zugführer", antwortete der andere, „auch habe ich immer ohne Hoffnung gelebt." „Ohne Hoffnung", wiederholte der junge Mann, der nun geborgen auf der Glasscheibe des Führerstandes lag, das Gesicht über den Abgrund gepreßt. „Da saßen wir noch in unseren Abteilen und wußten nicht, daß schon alles verloren war", dachte er. „Noch hatte sich nichts verändert, wie es uns schien, doch schon hatte uns der Schacht nach der Tiefe zu aufgenommen,[52] und so rasen wir denn wie die Rotte Korah[53] in unseren Abgrund." Er müsse nun zurück, schrie der Zugführer, „in den Wagen wird die Panik ausgebrochen sein. Alles wird sich nach hinten drängen." „Gewiß", antwortete der Vierundzwanzigjährige und dachte an den dicken Schachspieler und an das Mädchen mit seinem Roman und dem roten Haar. Er reichte dem Zugführer seine übrigen Schachteln

---

[52] *hatte uns der Schacht nach der Tiefe zu aufgenommen* — the tunnel leading downward had swallowed us up
[53] *die Rotte Korah* — „the company of Korah" — [Korah was the leader of a band of Levites who rebelled against Aaron. Numbers 16, 1 ff.]

Ormond Brasil 10. „Nehmen Sie", sagte er, „Sie werden Ihre Brasil beim Hinüberklettern doch wieder verlieren." Ob er denn nicht zurückkomme, fragte der Zugführer, der sich aufgerichtet hatte und mühsam den Trichter[54] des Korridors hinaufzukriechen begann. Der junge Mann sah nach den sinnlosen Instrumenten, nach diesen lächerlichen Hebeln und Schaltern, die ihn im gleißenden Licht der Kabine silbern umgaben.[55] „Zweihundertzehn", sagte er. „Ich glaube nicht, daß Sie es bei dieser Geschwindigkeit schaffen, hinaufzukommen in die Wagen über uns." „Es ist meine Pflicht", schrie der Zugführer. „Gewiß", antwortete der Vierundzwanzigjährige, ohne seinen Kopf nach dem sinnlosen Unternehmen des Zugführers zu wenden. „Ich muß es wenigstens versuchen", schrie der Zugführer noch einmal, nun schon weit oben im Korridor, sich mit Ellbogen und Schenkeln gegen die Metallwände stemmend, doch wie sich die Maschine weiterhinabsenkte, um nun in fürchterlichem Sturz dem Innern der Erde entgegenzurasen, diesem Ziel aller Dinge zu, so daß der Zugführer in seinem Schacht direkt über dem Vierundzwanzigjährigen hing, der am Grunde der Maschine auf dem silbernen Fenster der Führerraumes lag, das Gesicht nach unten, ließ seine Kraft nach.[56] Der Zugführer stürzte auf das Schaltbrett und kam blutüberströmt neben den jungen Mann zu liegen, dessen Schultern er umklammerte. „Was sollen wir tun?" schrie der Zugführer durch das Tosen der ihnen entgegenschnellenden Tunnelwände hindurch[57] dem Vierundzwanzigjährigen ins Ohr, der mit seinem fetten Leib, der jetzt nutzlos war, und nicht mehr schützte, unbeweglich auf der ihn vom Abgrund

---

[54] *Trichter* — funnel
[55] *die ihn im gleißenden Licht der Kabine silbern umgaben* — the silvery sheen of which surrounded him in the brilliant light of the cab
[56] *ließ seine Kraft nach* — his strength gave out
[57] *durch das Tosen der ihnen entgegenschnellenden Tunnelwände hindurch* — through the rushing noise made by the tunnel walls hurtling towards them

Der Tunnel

trennenden Scheibe ruhte, und durch sie hindurch den Abgrund gierig in seine nun zum ersten Male weit geöffneten Augen sog. „Was sollen wir nun tun?" „Nichts", antwortete der andere unbarmherzig, ohne sein Gesicht vom tödlichen Schauspiel abzuwenden, doch nicht ohne eine gespensterhafte Heiterkeit,[58] von Glassplittern übersät, die von der zerbrochenen Schalttafel herstammten, während zwei Wattebüschel, durch irgendeinen Luftzug ergriffen, der nun plötzlich hereindrang (in der Scheibe zeigte sich ein erster Spalt) pfeilschnell nach oben in den Schacht über ihnen fegten. „Nichts. Gott ließ uns fallen und so stürzen wir denn auf ihn zu."

FRAGEN

1. Warum mußte der junge Mann Sonntags mit dem Zug reisen?
2. Wohin fuhr der Zug, nachdem er Burgdorf verlassen hatte?
3. Wo fand der junge Mann endlich Platz?
4. Was taten die anderen Menschen im Abteil?
5. Warum nahm er die Sonnenbrille nicht gleich ab?
6. Warum wurde er verwirrt?
7. Warum ärgerte er sich?
8. Was fragte er den Schachspieler?
9. Warum wurde der Schachspieler etwas ärgerlich?
10. Warum kam der Schaffner ins Abteil?
11. Worauf bestand der junge Mann?
12. Was behauptete der Schachspieler?

[58] *gespensterhafte Heiterkeit* — spectral cheerfulness

13. Was tat der junge Mann, nachdem er das Abteil verlassen hatte?
14. Woran erkannte er den Zugführer?
15. Wohin führte der Zugführer den jungen Mann?
16. Was tat der Zugführer im Gepäckwagen?
17. Was konnte der Zugführer nicht erklären?
18. Was verlangte der junge Mann?
19. Was merkte der Zugführer auf einmal?
20. Wo wollte der Zugführer den jungen Mann hinführen?
21. Wie wurde er gerettet?
22. Was taten sie zunächst auf der Lokomotive?
23. Was wußte Keller nicht?
24. Was entdeckte der junge Mann, als er die Tür zum Führerraum aufmachte?
25. Wo war der Lokomotivführer?
26. Warum war der Zugführer noch nicht abgesprungen?
27. Warum wollte der Zugführer zurückgehen?
28. Warum mußte der Zugführer es versuchen?
29. Wie wurde er verletzt?

VOCABULARY

The following words have been omitted from the vocabulary:

1. articles, pronouns, numerals, days of the week, and names of the months.
2. most of the first 500 words of the frequency list.
3. obvious cognates.
4. words the meaning of which, in the editors' view, should be readily apparent to intermediate students from context.
5. a considerable number of unusual words which are given in the footnotes.
6. most of the words which appear in the translation of phrases or sentences in the footnotes.

Plurals of nouns and vowel changes of strong verbs are given in the usual manner. Where no plural is given, it is either non-existent or rare. Separable prefixes of verbs are set off with dots. Word families are given in groups, except where this practice would make for unwieldiness.

VOCABULARY

der Aal, -e ee
ab·beißen, i, i bite off
ab·binden, a, u put on a tourniquet, bandage
ab·brechen, a, o break off
ab·brennen, a, a burn down
ab·dämpfen subdue, deaden (sound)
der Abdruck, ¨e impression, mark
der Abend, -e evening; Abend für Abend evening after evening; abends in the evening; das Abendessen, - supper; das Abendgebet, -e evening prayer
abenteuerlich fantastic
die Abfahrt, -en departure
die Abgabe, -n delivery
sich ab·geben, a, e bother
ab·gehen, i, a go off, come off
ab·gewinnen, a, o win, get
ab·gleiten, i, i slide off
ab·grenzen separate
der Abgrund, ¨e abyss
der Abhang, ¨e slope
abhängig dependent
ab·holen pick up
sich ab·kehren turn away
ab·kühlen cool off
ab·lecken lick
ab·lehnen refuse
ab·lenken distract, divert
ab·lösen detach
ab·machen arrange, agree
ab·nehmen, a, o take off; einem etwas abnehmen take something from a person
ab·nützen wear out

der Abonnent, -en subscriber
ab·raten, ie, a advise against
ab·reisen depart
ab·schicken send off, produce
ab·schießen, o, o shoot down
der Abschluß, ¨e conclusion
ab·setzen stop
die Absicht, -en intention, design
ab·springen, a, u jump off
ab·steigen, ie, ie get off
ab·stellen put away, put down
sich ab·stoßen, ie, o push off
der Absturz, ¨e rapid fall, plunge
das Abteil, -e (railroad train) compartment
die Abteilung, -en division
ab·trocknen dry off
ab·tropfen drop off, fall in drops
ab·warten await, wait for
ab·wärts downward
ab·waschen, u, a wash away
ab·wechseln alternate
(sich) ab·wenden, a, a turn away
die Abwesenheit absence
die Achsel, -n shoulder
achten pay attention, take notice; sich achten respect oneself; die Achtung respect; Achtung! attention!
ächzen groan
adieu good-bye
das Adreßbuch, ¨er directory
der Affe, -n ape, monkey
ähneln resemble; ähnlich similar; ähnlich sehen resemble
ahnen suspect, surmise, have an idea; die Ahnung, -en idea, suspicion

die **Aktion, -en** action, battle
allerdings to be sure, of course
allerhand all kinds of things
allgemein general; die **Allgemeinheit, -en** generality
allmählich gradual
die **Alltäglichkeit, -en** the commonplace
als as, when, than; **als ob** as if
also thus, so, therefore, well then
das **Alter** age
die **Altersrente, -n** old-age pension
die **Ameise, -n** ant
amtlich official
die **Amtsstunde, -n** office hour
an·bieten, o, o offer
an·blicken glance at, look at; der **Anblick, -e** sight
an·bringen, a, a attach
ändern change
ander sin another way, different, changed; **anderswo** somewhere else
die **Änderung, -en** change
andererseits on the other hand
an·erkennen, a, a acknowledge, give recognition to; die **Anerkennung** recognition
an·fangen, i, a begin, do; der **Anfang, ⁻e** beginning; **anfänglich** at first; **anfangs** in the beginning
an·fassen take hold, grab
die **Anfrage, -n** inquiry
das **Angebot, -e** offer
an·gehen, i, a concern
an·gehören belong to
die **Angelegenheit, -en** matter, circumstance, affair
angenehm pleasant
angesichts in view of, considering, in the face of
angespannt tense
der **Angestellte, -n** employee
angestrengt hard, strenuous, with an effort
an·greifen, i, i attack; der **Angriff, -e** attack

die **Angst, ⁻e** fear; **Angst haben vor** be afraid of; **ängstigen** frighten, worry; **ängstlich** uneasy; **angstvoll** fearful
an·haben wear
an·halten, ie, a stop
an·heben, o, o lift up
an·hören listen to; sich **an·hören** sound
die **Anklage, -n** accusation
sich **an·kleiden** get dressed
der **Anknüpfungspunkt, -e** point of contact
an·knurren growl at
an·kommen, a, o arrive
die **Ankunft, ⁻e** arrival
an·langen arrive, arrive at
der **Anlaß, ⁻e** occasion; **Anlaß zu** occasion or cause for
an·legen take aim, put on
sich **an·melden** announce oneself, announce one's visit
anmutig pleasant, gracious
an·nehmen, a, o assume, accept; die **Annahme, -n** assumption
die **Annonce, -n** advertisement
an·reden address
an·regen excite
an·schaffen procure
an·schauen look at; die **Anschauung, -en** opinion, observation, point of view
an·schneiden, i, i cut
an·schwellen, o, o rise
an·sehen, a, e look at; das **Ansehen** sight, authority, appearance
an·setzen attach
die **Anspielung, -en** allusion
an·sprechen, a, o speak to, address
anständig respectable
an·stellen employ; sich **an·stellen** make a fuss
an·stoßen, ie, o bump against
sich **an·strengen** exert oneself; **anstrengend** strenuous, tiring; die **Anstrengung, -en** exertion
an·treten, a, e start
der **Antrieb, -e** stimulus
an·vertrauen entrust

an·wehen   blow upon
an·weisen, ie, ie   direct, instruct
die Anwesenheit   presence
an·widern   disgust
die Anzahl   number
an·zeigen   report
an·ziehen, o, o   put on; sich
    an·ziehen   get dressed
(sich) an·zünden   light
die Arbeit, -en   work
die Arche, -n   ark
arg   bad
sich ärgern   become annoyed; der
    Ärger   vexation, irritation, trouble;
    Ärger haben   be irritated; ärger-
    lich   irritated, angry, annoyed
argwöhnisch   suspicious
die Armbanduhr, -en   wrist-watch
armselig   miserable, wretched
der Ärmste, -n   poor thing
die Art, -en   kind, manner, way
artig   well-behaved
die Asche, -n   ash; der Aschenbecher,
    -   ash-tray
atmen   breathe; der Atem   breath;
    atemlos   breathless
auf   on, to, upon, up; auf und
    nieder   back and forth; auf und
    ab   back and forth, up and down
auf·atmen   breathe deeply, breathe
    a sigh of relief
auf·bauen   build
auf·bewahren   keep, preserve
auf·blicken   look up
auf·brechen, a, o   break open
der Aufenthalt, -e   lay-over, delay
auf·fahren, u, a   start up
auf·fallen, ie, a   occur, be conspicu-
    ous
auf·fangen, i, a   catch
auf·fischen   fish out, pick up (out
    of the water)
auf·flammen   flame up
auf·fordern   challenge, invite
auf·fressen, a, e   devour, eat (like
    an animal)
auf·geben, a, e   give up; die Auf-
    gabe, -n   task, problem
auf·gehen, i, a   rise

aufgeräumt   in good spirits
auf·gießen, o, o   dmake (tea)
auf·halten, ie, a   etain, delay, stop
auf·heben, o, o   raise, lift up, pick
    up, save, put aside
auf·horchen   listen carefully
auf·hören   stop, cease
auf·klären   clear up; die Aufklä-
    rung, -en   explanation, enlighten-
    ment
auf·klingen, a, u   resound
auf·lachen   laugh aloud
auf·leuchten   light up, shine
auf·machen   open
aufmerksam   attentive; aufmerk-
    sam machen auf   point out, call
    attention to; die Aufmerksam-
    keit, -en   attention; Aufmerksam-
    keit schenken   pay attention to
auf·nehmen, a, o   accept, take up
anf·passen   pay attention, be careful,
    listen
sich auf·raffen   pull oneself together
auf·räumen   clean up
aufrecht erhalten, ie, a   hold up-
    right
auf·regen   excite, stir up
sich auf·richten   set up, straighten
    up
auf·schauen   look up
auf·schlagen, u, a   stamp, beat
auf·schließen, o, o   open, unlock
auf·schreiben, ie, ie   write down
die Aufschrift, -en   inscription, label
sich auf·schwingen, a, u   jump
    on, swing oneself up
auf·sehen, a, e   look up
auf·setzen   land (airplane), put on
auf·sparen   postpone, keep in re-
    serve
auf·speichern   store up
auf·springen, a, u   jump up
auf·stehen, a, a   get up, stand up
auf·steigen, ie, ie   rise, get on
auf·stellen   draw up
auf·suchen   look up, find
ʀuf·tauchen   emerge, appear

auf·tauen thaw, relax
der Auftrag, ⸚e mission, task
der Auftrieb, -e impetus
sich auf·tun, a, a be revealed, open up
auf·wachen wake up
aufwärts upward
auf·wecken waken
auf·zwingen, a, u force upon
das Auge, -n eye; das Augenlid, -er eyelid; der Augenblick, -e moment
ängen peer, look
aus·bilden develop, train
aus·blasen, ie, a blow out
aus·borgen borrow
aus·brechen, a, o break out
aus·breiten spread, stretch out
sih aus·denken, a, a imagine (scch) aus·drücken express (oneiself); der Ausdruck, ⸚e expression; ausdrücklich expressly; zum Ausdruck bringen express
auseinander·falten unfold
die Ausflucht, ⸚e excuse
der Ausflug, ⸚e jaunt, expedition
aus·folgen deliver, turn over (sell)
aus·füllen fill
aus·gehen, i, a go out; der Ausgang, ⸚e exit
die Ausgeherlaubnis, -se pass, permission to leave the post
ausgehöhlt hollow
ausgeschlossen impossible
ausgezeichnet excellent
aus·händigen hand over
aus·kratzen scratch out
aus·lachen laugh at
aus·laufen, ie, au end
aus·lösen release, produce fire (weapon)
aus·machen bother
aus·putzen clean out or up
aus·räumen clear out, empty
die Ausrede, -n excuse
aus·reichen suffice
aus·rufen, ie, u cry out

aus·schlagen, u, a shake out
aus·sehen, a, e appear, look, look like, seem; das Aussehen, - appearance
außen outside; von außen from the outside
außerdem besides
außerordentlich extraordinary
ausschließlich exclusive
die Aussendung, -en dispatch
die Außenwelt outside world
äußerst extreme
außerstande sein be incapable
aus·setzen post, stall, stop
die Aussicht, -en prospect
aus·sprechen, a, o utter, express, pronounce
aus·steigen, ie, ie get out, leave (a train)
aus·strecken stretch out
aus·suchen select, pick out
aus·trinken, a, u empty (ones' glass)
aus·trocknen dry out
der Ausweis, -e certificate, pass, identification paper
sich aus·weiten spread
sich aus·zeichnen be distinguishen
aus·ziehen, o, o pull out, take off; sich aus·ziehen get undressed
das Autofahren riding in a car; der Autoschloßer, - auto mechanic

die Backe, -n cheek
backen, u, a bake; der Backofen, ⸚ oven
das Bad, ⸚er bath
baden go swimming; der Badeanzug, ⸚e bathing-suit; das Badetuch, ⸚er bathing towel; das Badezeug swimming things
die Bahn, -en train; das Bahnfahren train travel; die Bahnfahrt, -en train trip; der Bahnhof, ⸚e railroad station
bald soon; bald...bald now...now
der Balken, - beam, rigging
das Band, ⸚er strip
die Bangigkeit, -en fear

die Bank, ⸚e bench
bar cash
der Bär, -en bear
die Baracke, -n barracks
barfuß barefoot
die Barmherzigkeit compassion; für Barmherzigkeit out of compassion
der Bart, ⸚e beard
der Bauch, ⸚e stomach, belly
bauen build
der Bauer, -n farmer, peasant
der Baumwipfel, - tree-top
beabsichtigen intedn
beachten pay attention to, notice
der Beamte, -n official, clerk
beängstigen disquiet, alarm
beantworten answer
beben tremble
der Becher, - bowl, ashtray
bedauern regret
bedenken, a, a ponder, consider
bedenklich hazardous
bedienen serve, wait on
bedrohlich threatening
bedeuten mean; bedeutend considerable
bedürfen need
die Beere, -n berry
befallen, ie, a overcome
befehlen, a, o order; der Befehl, -e order, command; der Befehlshaber, - commander
befestigen fortify
sich befinden, a, u be, be located
befördern further, increase, advance, promote
befragen inquire
die Befriedigung satisfaction
befürchten fear
sich begeben, a, e go
begegnen encounter, meet; die Begegnung, -en meeting
begehen, i, a make, commit
die Begeisterung enthusiasm
begleiten accompany; der Begleiter, - companion
begreifen, i, i understand, comprehend; begreiflich comprehensible
begründen establish, offer reason for; die Begründung, -en argument
begrüßen greet; die Begrüßung, -en reception, greeting
begünstigen favor
das Behagen enjoyment
behalten, ie, a keep, maintain
behandeln treat
behaupten maintain; die Behauptung, -en assertion
der Behuf behalf, use; zu diesem Behuf for this purpose
behutsam cautious
bei by, upon, with, at, in the case of; bei uns at our house
bei·bringen, a, a teach
beide both, two
der Beifall approbation, applause; Beifall klatschen applaud
bei·legen enclose
das Bein, -e leg
beinahe almost
beiseite·schieben, o, o push aside
das Beispiel, -e example; zum Beispiel for example
beistimmend in agreement
bei·tragen, u, a contribute
der Bekannte, -n acquaintance; die Bekanntschaft, -en acquaintanceship; bekannt familiar, known, well-known
bekleben paste
beklemmen oppress
bekommen, a, o get, receive, acquire
sich beleben be animated, be enlivened
belegen cover
beleuchten illuminate
beliebt popular, well-liked
bellen bark
(sich) belustigen amuse (oneself); die Belustigung, -en amusement

bemalen paint
bemerken notice, remark, say, observe; **bemerkbar** noticeable; die **Bemerkung**, -en remark
sich **bemühen** try, take pains, endeavor; die **Bemühung**, -en effort
sich **benehmen, a, o** act, deport oneself, behave
beneiden envy
das **Benzin** gasoline; die **Benzinleitung**, -en fuel line
beobachten watch, observe
beraten, ie, a deliberate, confer; die **Beratung**, -en conference
bereits already
berechtigen justify
berichtend reporting, matter-of-fact
beruhen rest
beruhigen calm, pacify; die **Beruhigung** calm, peace of mind, pacification
berühmt famous
(sich) **berühren** touch; die **Berührung**, -en touch
(sich) **beschäftigen** occupy, busy (oneself)
beschämt ashamed
Bescheid wissen know
bescheiden modest
beschleunigen hasten, increase (tempo)
beschließen, o, o decide
beschnuppern sniff, smell
beschreiben, ie, ie describe
beschwert weighted
besehen, a, e look at, peruse; sich **besehen** view, look at
besetzen occupy, trim
die **Besichtigung**, -en inspection
besingen, a, u celebrate in song
besitzen, a, e possess, own, have; der **Besitz** possession; der **Besitzer**, - possessor, owner; **in Besitz nehmen** take possession of
besonder special, particular; **besonders** especially
besorgen take care of, carry out
besprechen, a, o discuss
besprengen sprinkle
bespülen wash over
bestätigen confirm
bestehen, a, a exist; **bestehen aus** be composed of
bestellen order
die **Bestie**, -n beast
bestimmen determine; **bestimmt** particular, definite, meant for, positive
das **Bestreben** endeavor, effort
bestreiten, i, i deny
bestreuen sprinkle, strew
besuchen visit, attend; der **Besuch**, -e visit, company; **zu Besuch** on a visit
betasten touch
betäuben overwhelm (the senses)
beten pray
beteuern protest
die **Betonung**, -en emphasis
betrachten view, look over, consider, look at, observe
betreffen, a, o concern
betreiben, ie, ie carry on
betreten, a, e enter, set foot on
betrunken intoxicated, drunk
betten bed down; das **Bettzeug** bedding
(sich) **beugen** lean or bend
beunruhigen disturb, make uneasy; sich **beunruhigen** be upset, be disturbed
beurteilen judge, consider
sich **bewähren** hold out, stand ; test
sich **bewegen** move, affect, excitea die **Bewegung**, -en movement, action, motion; sich **in Bewegung setzen** start to move; **bewegungslos** motionless
beweisen, ie, ie prove, show
der **Bewerber**, - aspirant, interested person
der **Bewohner**, - occupant
bewundern admire; die **Bewunderung** admiration

bewußt known, conscious
bewußtlos unconscious
bezahlen pay, pay for
bezeichnen designate, indicate
beziehen, o, o cover
die Beziehung, -en connection, reference, relationship
beziehungsweise that is, or rather
bezüglich as to, with regard to
bezweifeln doubt
bieten, o, o offer
bilden form; das Bild, -er image, picture
das Billett, -e ticket
billig cheap
der Bindfaden, ⸚ string
die Birne, -n (light) bulb
bis until, down to, even to; bis zu until, to the point of
bisher up to now; bisherig until now
bißchen little bit
bitten, a, e bid ask, entreat, beg, request; der Bittsteller, - suppliant
blank bare, blank, bright, shiny
blasen, ie, a blow
die Blässe pallor; blaß pale
das Blei lead
bleiben, ie, ie stay, remain
bleich pale
blicken stare, look; der Blick, -e glance, view, look
blinken sparkle
blitzen flash; der Blitz, -e lightning; blitzblau bright blue; blitzschnell with lightning speed
bloß mere, pure, only, bare
blühen bloom, blossom
die Blume, -n flower
das Blut blood; blutüberströmt covered with blood
die Blüte, -n blossom; blütenweiß snow-white
der Bock, ⸚e goat
der Boden, ⸚ ground, floor
der Bogen, - curve
das Boot, -e boat
bös ill-tempered, angry, nasty, bad; die Bosheit malice

der Branntwein, -e brandy
brauchen need, require
die Braue, -n eyebrow
bräunlich brownish
brechen, a, o break
breit broad; die Breite, -n breadth
bremsen brake; die Bremse, -n brake
das Brett, -er board
die Brille, -n (eye) glasses
das Brot, -e (loaf of) bread
die Brücke, -n bridge
brüllen low, roar
der Brunnen, - fountain, spring
die Brust, ⸚e chest; die Brusttasche, -n breast pocket
brüten brood
der Bub(e), -n boy, rogue, knave
die Buche, -n beech tree
die Buchhandlung, -en bookstore
die Büchse, -n tin, can (of food)
buchstäblich literally
sich bücken bend down
bunt colorful, varied
bürgerlich middle-class
das Büro, -s office
der Bursche, -n fellow, youth
bürsten brush
der Busch, ⸚e bush
butterweich as soft as butter
die Bütte, -n barrel

charakterfest reliable, steadfast
die Chaussee, -n highway
der Chef head, chief, leader
der Cognac, -s brandy
das Coupé, -s (railway) compartment; die Coupéwand, ⸚e compartment wall

da since, there
dabei in doing so, in the process, at the same time, with them, thereby
das Dach, ⸚er roof
daheim at home

daher therefore, along
daher·kommen, a, o approach
dahin thither, to that place
dahin·fahren, u, a drive off
da·liegen, a, e lie there, be
damals formerly, at that time
damit so that
die **Dame, -n** lady
der **Damm, ⸚e** dam
die **Dämmerung, -en** twilight, dawn
dampfen steam, give off vapor
danach afterwards
dankbar thankful; die **Dankbarkeit** gratitude
dann then; **dann und wann** now and then
darauf thereupon, afterwards
darauf·folgen follow
dar·bringen, a, a bring, offer
das **Darlehen, -** loan
dauern last, take; **dauernd** always, permanently
der **Daumen, -** thumb
davon·fliegen, o, o fly away
davon·laufen, ie, au run away from
dazu for that (purpose), to that end, in addition to that
dazwischen between, in between
die **Decke, -n** ceiling, blanket
sich **dehnen** extend, stretch
der **Delikatessenhändler, -** delicatessen dealer
denken, a, a think, imagine; **denken an** think about; sich **denken** imagine
dennoch notwithstanding, nevertheless
derart in such a way, to such an extent, so; **derartig** that kind of, such, such a
dergleichen similar, the like
deshalb for this reason, therefore
deswegen therefore, for that (this) reason
deutlich clear; die **Deutlichkeit** distinctness, clarity

dicht close, tight
dichten compose poetry; die **Dichterin, -nen** poetess
dick fat, heavy-set
das **Dickicht, -e** thicket
die **Diele, -n** entrance-hall
dienen serve, be good for
der **Dienst, -e** duty, service; das **Dienstmädchen, -** servant-girl
das **Diner, -s** formal dinner
das **Ding, -e** thing, object
doch however, nevertheless, yes, anyway, wasn't he (she), did (you, he, *etc.*)
die **Dogge, -n** mastiff
sich **dokumentieren** to be proven
der **Donnerschlag, ⸚e** clap of thunder
doppelt double, twice
der **Draht, ⸚e** wire (fence)
drängen press, crowd, urge; sich **drängen** hurry
draußen outside
dringen, a, u penetrate
dringend urgent
drinnen within, in it, inside
drohen threaten
dröhnen roar
drucken print
drücken press, depress
duften smell, give off a fragrance; der **Duft, ⸚e** fragrance
dulden permit, allow
dumm dumb, stupid, silly
dumpfig stuffy
dunkel dark, obscure; das **Dunkel** darkness
dünn slender, thin
der **Dunst, ⸚e** haze
durch through, by means of, by
sich **durch·arbeiten** push one's way through
durchaus thoroughly, throughout absolutely
durchbluten soak with blood
durcheinander confused
durch·fahren, u, a pass or travel through; die **Durchfahrt, -en** passage

durch·jagen speed through
durch·kommen, a, o get through, survive
durch·schmuggeln smuggle through
durchsetzen mix, intersperse
durchsichtig transparent
durchtränken soak
dürr gaunt, withered

eben just, precisely, exactly, even
ebenfalls also, likewise
ebenso just as, likewise
ebensowenig just as little
echt genuine
die Ecke, -n corner
der Eckstein, -e corner-stone
ehe before
die Ehe, -n marriage
ehemals formerly
ehren honor; die Ehre, -n honor; der Ehrenmann, ⸚er man of honor
ehrfürchtig respectful, awed
ehrlich honest; ehrlich gesagt to tell the truth
ei why!
das Ei, -er egg
das Eichhorn, ⸚er squirrel
die Eigenart originality
eigentlich actually, really
eigentümlich strange
eigenwillig stubborn
sich eignen be fitted
die Eile haste; Eile haben be in a hurry; eilig hurriedly; es eilig haben be in a hurry
einander one another
sich ein·bilden to imagine
ein·brechen, a, o set in; der Einbruch, ⸚e break; Einbruch der Nacht nightfall
ein·büßen lose
der Eindruck, ⸚e impression
einfach simple, plain
ein·fahren, u, a enter
ein·fallen, ie, a get an idea, come to mind, occur (to one's mind)
der Einfluß, ⸚e influence

193

der Eingang, ⸚e entrance
eingehend in detail, exhaustive
ein·gießen, o, o pour
einige several
ein·kaufen go shopping
einigermaßen to some extent
ein·laden, u, a invite
ein·lassen, ie, a let in; sich ein·lassen in engage in
einmal once, sometime; auf einmal suddenly; nicht einmal not even; noch einmal once more; nun einmal just; einmalig unique
ein·mischen interfere, meddle
ein·rechnen allow for, take into account
ein·reden speak, speak persuasively
einsam solitary, deserted, lonely, alone; die Einsamkeit loneliness
ein·schenken pour
ein·schlafen, ie, a fall asleep
ein·schüchtern overawe, intimidate
ein·sehen, a, e realize, understand; das Einsehen perception; die Einsicht, -en insight
ein·sprechen, a, o (auf) talk (at someone)
ein·steigen, ie, ie enter, climb in, climb aboard
ein·stellen put up, put away
ein·stimmen agree
einstöckig one-story
ein·tauchen plunge in
ein·tauschen barter, trade
ein·treten, a, e enter, set in
ein·trocknen dry up
einverstanden in agreement, agreed; das Einverständnis mutual understanding
der Einwand, ⸚e objection, pretext
ein·wickeln wrap up
einzeln single, individual
einzig single, only
der Eisenhändler, - iron dealer
der Eisenturm, ⸚e iron tower
elend wretched, miserable

der **Ellbogen**, - elbow
die **Eltern** (*pl.*) parents
empfangen, i, a receive
empfinden, a, u feel, consider; das **Empfinden** feeling, sensation; die **Empfindung**, -en sensation
empor·drängen rise
empören enrage, anger
empor·schnellen shoot up
empor·stehen, a, a stand up
empor·springen, a, u bounce up
empor·steigen, ie, ie rise
empor·ziehen, o, o raise
endgültig final
endlich finally
eng narrow, restricted, tight, close, confining
der **Engel**, - angel
entdecken discover; die **Entdeckung**, -en discovery
entfallen, ie, a fall from
entfernen remove; sich **entfernen** recede; **entfernt** distant, away, remote; im **entferntesten** remotely; die **Entfernung**, -en distance
entgegen·blicken look toward or at
entgegen·bringen, a, a show, offer
entgegen·gehen, i, a walk towards
entgegen·halten, ie, a hold toward
entgegen·kommen, a, o come toward
entgegen·nehmen, a, o accept
entgegen·rasen rush toward
entgegen·schlagen, u, a smash against
entgegen·tragen, u, a carry toward
entgegnen encounter, answer, retort
enthalten, ie, a contain; sich **enthalten** abstain from, refrain from
sich **enthüllen** be revealed
sich **entkleiden** undress
entlang along
entlang·gehen, i, a walk along
entlang·schreiten, i, i walk along
entlassen, ie, a discharge

entnehmen, a, o take out
sich **entpuppen** turn out to be, be revealed
entraffen snatch away
entreißen, i, i tear away, take away
entrollen move or roll away
entrüstet angry
entscheiden, ie, ie decide; sich **entscheiden** be decided
entschließen, o, o determine; sich **entschließen**, decide; der **Entschluß, ¨-e** decision; **entschlossen** with determination, determined
entschuldigen excuse; sich **entschuldigen** excuse oneself, apologize
das **Entsetzen** horror, dread; **entsetzlich** frightful
sich **entsinnen, a, o** remember, recall
sich **entspinnen, a, o** develop
entsprechen, a, o correspond to
entstehen, a, a originate, begin
enttäuschen disappoint, disillusion
entweder ... oder either ... or
entweichen, i, i escape
entwickeln develop
der **Epiker**, - prose writer
erben inherit
sich **erbieten, o, o** offer
erbittern irritate; die **Erbitterung** bitterness, exasperation
erbrechen, a, o break open
die **Erde** earth; das **Erdenleben** life on earth; der **Erdentag**, -e life on earth; das **Erdgeschoß, ¨-sse** ground floor
sich **ereifern** get excited
das **Ereignis**, -se event
ererben to receive by inheritance
erfahren, u, a find out, learn
erfassen grasp
erfinden, a, u invent; die **Erfindung**, -en invention
der **Erfolg**, -e success
erfolgen follow
erfordern demand
erfreuen delight, gladden; **erfreu-**

lich gratifying, delightful; **erfreut** happy
erfrischen refresh
erfüllen fill; sich **erfüllen** be fulfilled; die **Erfüllung** fulfillment; in Erfüllung gehen be fulfilled
ergeben, a, e result in, yield
ergreifen, i, i take, seize; die Flucht ergreifen to flee, to take flight
erhalten, ie, a receive, get
sich **erheben, o, o** get up, rise; die **Erhebung, -en** rise, hillock; **erheblich** considerable
erhöhen heighten, increase, enhance, raise; die **Erhöhung, -en** elevation
erholen recover; die **Erholungsreise, -n** trip, trip for one's health
erhören hear
erinnern remind; sich **erinnern** (*with gen. or* an & *accus.*) remember; die **Erinnerung, -en** memory
erkennen recognize, realize
erklären explain; die **Erklärung; -en** explanation
erlangen achieve, acquire
erlauben permit; die **Erlaubnis, -se** permission
erleben experience; das **Erlebnis -se** experience
erlegen pay
erleichtern relieve, ease, facilitate
erleuchten illuminate, light
die **Erlösung, -en** release
der **Ermattete, -n** exhausted or weak one
die **Ermahnung, -en** admonition
ermessen, a, e figure out
ermüden tire, fatigue
ermuntern encourage
der **Erneuerer, -** reviver
ernst serious
erneut renewed, again
erregen arouse, excite
erreichen attain, reach
erröten blush

195

erschaffen, u, a create
erscheinen, ie, ie appear, seem; die **Erscheinung, -en** appearance
die **Erschiessung, -en** execution by firing squad
erschöpft exhausted
erschrecken, a, o frighten, be startled, be alarmed
erst first, only, not until; **erstens** in the first place; **erst recht** really
erstarrt frozen
erstaunen be amazed, be surprised; das **Erstaunen** wonder, surprise; zum **Erstaunen** amazing
ersticken suffocate
sich **erstrecken** extend, last
ertönen resound
ertöten kill
ertragen, u, a bear, endure
ertrinken, a, u drown; der **Ertrunkene, -n** drowned person
erwachen awaken
erwägen consider
erwähnen mention
erwarten expect; **über Erwarten** unexpectedly; **erwartungsvoll** expectant
erwecken awake, arouse
erweisen, ie, ie show; sich **erweisen, ie, ie** prove to be
erwidern answer, reply
erzählen tell, relate, tell about
erzeugen produce
die **Eskorte, -n** escort, guard
essayistisch in essay style
das **Essen, -** meal
etwa perhaps
etwas something, somewhat
der **Europäer, -** European; **europäisch** European
eventuell perhaps
ewig for ever, eternally
das **Exemplar, -** specimen
exerzieren drill (in the army)

fabelhaft incredible
die **Fabrik, -en** factory; der **Fabri-**

kant, -en industrialist, manufacturer
der Faden, ¨ thread
die Fähigkeit, -en ability
fahl pale
fahren, u, a travel, drive, ride, go; der Fahrer, - driver; die Fahrbahn, -en street; der Fahrgast ¨-e passenger; die Fahrkarte, -n ticket; der Fahrkartenschalter, - ticket-window; das Fahrrad, ¨-er bicycle; die Fahrt, -en ride, trip; das Fahrzeug, -e vessel, vehicle
die Faust, ¨-e fist
die Feder, -n feather, pen; der Federhalter, - pen
fegen sweep
fehlen be lacking, be missing
der Fehler, - fault, defect, mistake
feierlich solemn
fein sly, artful
der Feind, -e enemy; feindlich hostile; feindselig hostile; die Feindseligkeit hostility
der Fall, ¨-e case
fallen, ie, a fall, fall in battle; der Schuß fällt the shot is fired; der Fallschirm, -e parachute
falten pleat, fold; die Falte, -n wrinkle, fold, crease; faltenlos without wrinkles
die Familie, -n family; der Familienname, -n family name
famos terrific
die Farbe, -n color
der Fasan, -e pheasant
fassen grasp, take hold of; einen Entschluß fassen make a decision
die Fassung composure, self-command
fast almost
faulen decay, rot
das Feld, -er field, ground
der Fels, -en rock; das Felsgestein, -e rocks; die Felsmasse, -n rock mass; die Felswand, ¨-e rock wall

das Fenster, - window; der Fenstersims, -e window-sill; der Fenstertisch, -e table at the window
fern distant, far, remote, far off; die Ferne distance; von fern her from afar; in der Ferne in the distance; ferner in addition, furthermore
sich fern·halten, ie, a keep away from
fertig complete, finished
fertig·bringen, a, a manage
fest definite, tight
das Festessen, - banquet
(sich) fest·halten, ie, a hold fast, hold on, hold on to
sich fest·klammern...an grab hold of, clutch
fest·machen fasten
fest·stellen ascertain, determine, establish
fest·stopfen tuck in tight
fett fat
feucht damp, moist
das Fieber, - fever
finster dark, gloomy; die Finsternis, -se darkness
der Fischer, - fisherman; das Fischerdorf, ¨-er fisher village; das Fischerhaus, ¨-er fisherman's house; die Fischersleute the people of a fishing village
flach flat
die Fläche, -n space, area
flackern flicker
die Flasche, -n bottle
flattern flutter
flechten, o, o weave, twine
der Fleck, -e spot
der Fleiß industry, diligence; fleissig diligent
flimmern glitter, sparkle
flink rapid, agile, quick
der Floh, ¨-e flea
flott gay, lavish
der Fluch, ¨-e curse
die Flucht, ¨-e flight
flüchtig casual, slight

der **Flügel**, - grand piano
der **Flur**, -e hall
der **Fluß**, ⸚e river
die **Flüßigkeit**, -en liquid
flüstern whisper
die **Flut**, -en flood, water
die **Folge**, -n result, consequence; **in der Folge** in what follows
fordern demand, ask
fördern further, advance
förmlich as it were, really
fort gone, away
sich **fort·bewegen** travel, move
fort·fahren, u, a continue
fort·gehen, i, a go away, leave
sich **fort·machen** take oneself off, get away
fort·nehmen, a, o take away
fort·pflanzen propagate
fort·polieren rub away
fort·schleudern fling away, throw away
fort·tragen, u, a carry away
fort·ziehen, o, o pull off, drag off
Frankreich France; der **Franzose**, -n Frenchman
frei·geben, a, e release
freilich of course
der **Freiwillige**, -n volunteer
fremd strange, different, foreign
die **Freude**, -n joy, pleasure; **eine Freude machen** give pleasure;
freudig joyous, cheerful; das **Freudengeschrei**, -e cries of joy
sich **freuen... über** be happy about, be pleased with
freundlich friendly; die **Freundschaft**, -en friendship; **freundschaftlich** friendly
das **Friedensangebot**, -e offer of peace
der **Friedhof**, ⸚e cemetery
die **Frist**, -en respite
froh happy; **fröhlich** happy, gay, cheerful
fromm pious, upright; die **Frömmigkeit** devoutness, kindness
früher formerly, former

197

der **Frühling**, -e spring
der **Fuchs**, ⸚e fox
sich **fügen** happen, come to pass
(sich) **fühlen** feel; **sich wohl fühlen** be happy
führen lead, carry on, guide, go; **Krieg führen** make war; **mit sich führen** carry with one; der **Führer**, - leader; der **Führerraum**, ⸚e cab (of a locomotive); der **Führerstand**, ⸚e engineer's cabin; der **Fuhrmann**, ⸚er driver; das **Fuhrwerk**, -e vehicle
die **Funktion**, -en function; **in Funktion setzen** turn on
fürbaß further
die **Furche**, -n furrow
fürchten feat, be afraid; **fürchterlich** horrible; **furchtbar** terrible, very
der **Fußboden**, ⸚ floor; der **Fußpfad**, -e foot path; der **Fußtritt**, -e kick

die **Gabe**, -n gift, talent
gähnen yawn
der **Gang**, ⸚e corridor
ganz very, quite, entire; **ganz und gar** entirely, completely
gar absolutely, at all, entirely
die **Gasse**, -n narrow street
der **Gatte**, -n husband
die **Gattung**, -en specie
das **Gebälk** beam work
geben, a, e give; **von sich geben** produce
das **Gebet**, -e prayer
das **Gebirge**, - mountain, mountain range
das **Gebiß**, -(ss)e teeth
geboren born
geborgen safety
gebrauchen use; der **Gebrauch**, ⸚e use
das **Gebrüll** roaring
gebührend properly, duly
der **Geburtstag**, -e birthday

das **Gebüsch, -e** shrubs, cluster of bushes
der **Geck, -e** fool
die **Gedächtnisstätte, -n** memorial
der **Gedanke, -n** thought
gedenken, a, a intend
das **Gedicht, -e** poem
geeignet suitable
die **Gefahr, -en** danger; **gefährlich** dangerous
gefallen, ie, a suit, please; **es gefällt mir** I like it; der **Gefallen, -** favor
das **Gefäß, -e** vessel
das **Gefühl, -e** feeling
gegen against, towards, about; **gegen... zu** toward
die **Gegenäußerung, -en** answer
die **Gegend, -en** section, area
der **Gegenstand, ⸚e** object
das **Gegenteil -e** opposite; **im Gegenteil** on the contrary
gegenüber opposite, compared to
gegenüberliegend opposite
gegenüber·stehen, a, a stand facing
die **Gegenwart** present
das **Geheimnis, -se** secret
das **Geheul** howling
das **Gehirn, -e** brain
gehorchen obey
gehören belong to
die **Geistesgegenwart** presence of mind
geistig intellectual, mental
das **Gekläffe** yelping, barking
das **Gelächter** laughter
das **Geländer, -** railing
gelangen reach
gelassen calm
gelb yellow; **gelblich** yellowish
die **Geldentwertung** inflation
die **Gelegenheit, -en** opportunity
gelingen, a, u succeed, be successful
gelten, a, o be worth, be valid, count; **gelten als** be considered as; **gelten lassen** let pass, not dispute
gemächlich slowly, leisurely
die **Gemahlin, -nen** wife, spouse
gemein mean, nasty
gemeinhin commonly
der **Gemüsehändler, -** vegetable dealer
gen (gegen) toward
genau exact, clear; die **Genauigkeit** exactness
die **Genehmigung, -en** permission
genießen, o, o enjoy
der **Genosse, -n** companion, colleague
der **Gepäckträger, -** porter, baggage carrier
gerade straight, just; **geradezu** actually
geraten, ie, a get
das **Geräusch, -e** sound, noise
die **Gerechtigkeit** justice
das **Gericht, -e** judgment
gering little, slight
der **Geruch, ⸚e** odor, fragrance, smell; das **Geruchsorgan, -e** organ of smell
das **Gerücht, -e** rumor
gerührt moved
gesammelt composed
gesamt entire, collected
der **Gesang, ⸚e** song, singing
das **Geschäft, -e** business, transaction; **geschäftlich** business-like; das **Geschäftshaus, ⸚er** firm
geschehen, a, e happen
geschenkt bekommen, a, o get as a present
die **Geschichte, -n** tale, story, history
die **Geschicklichkeit, -en** skill; **geschickt** skillful
das **Geschlecht, -er** generation
das **Geschöpf, -e** creature
das **Geschrei, -e** yelling
das **Geschütz, -e** cannon, artillery piece
das **Geschwätz** chatter, continual talking, empty talk

die Geschwindigkeit, -en speed; der Geschwindigkeitsmesser, - speedometer
die Geschwister (*pl.*) brother(s) and sister(s)
die Geschwulst, ¨e swelling
der Geselle, -n fellow
gesellig amiable
die Gesellschaft, -en society
das Gesicht, -er face; die Gesichtsfläche, -n face
gespannt intense, eager
das Gespenst, -er apparition, ghost; gespenstisch ghostly
die Gespielin, -nen playmate
das Gespräch, -e conversation; gesprächig talkative
die Gestalt, -en figure, form
gestatten permit
gestehen, a, a admit, confess
das Getöse din, deafening noise
getrost of good hope, of good cheer
die Gewalt, -en power, force; gewaltig mighty, huge, tremendous
gewandt nimble, clever
das Gewässer, - water
das Gewehr, -e rifle
gewinnen, a, o win, gain
gewiß certain
gewissenhaft conscientious
das Gewitter, - storm
sich gewöhnen an get used to; gewöhnt an used to, accustomed to
gewohnt used to, usual
das Gewühl tumult
gierig greedy
gießen, o, o pour
giftgelb poisonous yellow
gipfeln culminate, rise to a peak; der Gipfel, - peak
glänzen shine, gleam, excel; glänzend splendid, brilliant, shining; der Glanz luster, gleam
die Glasscheibe, -n pane of glass; der Glassplitter, - fragment of glass; die Glaswand, ¨e glass wall
glatt smooth; glatthäutig smoothskinned

199

glauben believe, think
gleich same, equal, immediately, right away, like; gleich darauf immediately thereafter
gleichen, i, i look like, resemble
gleichfalls also
gleichgültig a matter of indifference, indifferent
gleichsam as it were
gleichviel no matter
gleichzeitig at the same time, simultaneous
gleißen shine
gleiten, i, i slide, glide
glitzern shine, sparkle
die Glocke, -n bell
das Glück happiness, good fortune; glücklich happy, lucky
glücken be successful, succeed, turn out well; es glückt mir I succeed; der Glücksfall, ¨e piece of good fortune
glühen glow; die Glühbirne, -n light bulb
die Glut glow (of the tip of a cigarette)
gönnen grant, not grudge; nicht gönnen grudge
die Göttin, -nen goddess
Gottlob thank heavens
das Grab, ¨er grave
der Graben, ¨ ditch
der Grad, -e degree; in hohem Grad to a high degree
das Gramm, -e gram
die Granate, -n shell grenade
der Graswuchs, ¨e growth of grass
gräßlich awful, horrid
grausen shudder; grausig dreadful, awful; grausam horrible, cruel; der Graus horror
greifen, i, i grasp, reach; greifbar tangible
greis old, ancient
grell bright
die Grenze, -n border line, boundary
der Griff, -e hilt, handle

grinsen   grin
grob   rude
groß   tall, big, important, great
großartig   grand, magnificent
die Größe, -n   size
großgewachsen   tall, big
der Grund, ⸚e   reason, bottom
gründen   establish
grunzen   grunt
der Gruß, ⸚e   greeting
gültig   valid, authentic
günstig   favorable, advantageous
das Gut, ⸚er   estate
die Güte   goodness, kindness; gütig good, kind, charitable
gutgelaunt   good-natured
gutmütig   good-natured

der Haken, -   hook, handle
halbumgewandt   half turned around
der Halbkreis, -e   half circle
die Hälfte, -n   half
der Hals, ⸚e   neck; das Halstuch, ⸚er scarf
der Halt, -e   firm footing
halten, ie, a   hold, stop; sich halten hold out, keep; halten für consider, think, take to be; halten von think of; die Haltung, -en attitude, bearing
handeln   take place, deal, trade; sich handeln um   be a question of, be a matter of, be about
die Handfertigkeit, -en   dexterity, manuel skill; das Handgelenk, -e wrist; der Handkoffer, - suitcase; der Handwerker, - workman; der Handwerksbursche, -n journeyman
hangen, i, a   hang
das Härchen, -   little hair
hart   severe, hard, harsh, unyielding
hartnäckig   stubborn
der Haselstrauch, ⸚er   hazel bush
hassen   hate
häßlich   ugly

die Hast   haste; hastig   hasty, quick
der Haufen, -   heap, pile
häufig   frequent
das Haupt, ⸚er   head
der Hauptanteil, -e   main portion
der Häuptling, -e   chieftain
die Hauptsache, -n   main thing; in der Hauptsache   mainly
das Haus, ⸚er   house; nach Hause home; zu Hause   at home; die Hausfrau, -en   housewife
die Haut, ⸚e   skin, film
der Hebel, -   lever
heben, o, o   raise, lift
das Heft, -e   notebook
heftig   violent
heilen   heal
heilig   holy
die Heimat, -en   home; der Heimatsort, -e   home town; die Heimfahrt, -en   trip home
heim·fahren, u, a   drive home, ride home
heimisch   at home
heimlich   secretly
heiraten   marry
heißen, ie, ei   call, be called, be named, mean; das heißt   that is
die Heiterkeit   cheerfulness, gaiety; heiter   cheerful, gay
der Heldensinn, -e   heroism, heroic spirit; heldenhaft   heroic
die Helle   brightness; hell   clear, bright, beaming
hellblau   bright blue
hellerleuchtet   brightly lit
das Hemd, -en   shirt
herab·fallen, ie, a   fall
herab·gleiten, i, i   slip down
herab·klettern   climb down
herab·rutschen   slide down
herab·sacken   sink down
herab·sehen, a, e   look down
herab·steigen, ie, ie   descend
heran·drängen   close in
heran·kommen, a, o   come near, approach
heran·rollen   roll up, drive up
heran·rutschen   slide, fall

heran·treten, a, e step up to, approach
heraus·beißen, i, i bite out
heraus·bringen, a, a figure out, find out
heraus·fahren, u, a slip out
heraus·hängen hang out
heraus·heben, o, o raise out, lift out
heraus·hören gather, hear
heraus·kommen, a, o come out, get out
heraus·reißen, i, i pull out
heraus·ziehen, o, o pull out
her·bringen, a, a bring (here)
herbstlich autumnal
der Herd, -e hearth
die Herde, -n herd, flock
herein·brechen, a, o fall (night), break in
herein·dringen, a, u press in, force a way in
herein·strömen flow in
her·fallen, ie, a attack
her·geben, i, a give, give over
her·kommen, a, o come from
her·nehmen, a, o get
die Herrlichkeit, -en splendor, grandeur; herrlich wonderful, delightful, magnificent
herrschen reign, rule, prevail
her·rühren be due to, come from
her·schleichen, i, i creep
her·stammen come from
her·stellen produce
herüber·bringen, a, a bring over
herüber·glänzen gleam, shine
herüber·kommen, a, o come over
herum around
herum·hämmern bang on
herum·krümmen curve around
herum·stehen, a, a stand around
sich herum·tummeln play
sich herum·wenden, a, a turn around
herum·wühlen rub
herunter·reißen, i, i pull off
herunter·schießen, o, o shoot down
herunter·schütten pour down

201

herunter·springen, a, u jump down
herunter·stürzen plummet
hervor·gehen, i, a arise, follow (as a consequence)
hervor·rufen, ie, u evoke, call forth, produce, cause
hervor·stoßen, ie, o blurt, utter
hervor·ziehen, o, o take out, pull out
die Herzensgüte goodness of heart
herzu·treten, a, e trample over
hetzen harrass
der Heuduft, ⸚e oder of hay; die Heuernte, -n hay harvest; der Heugeruch, ⸚e oder of hay
heulen howl
hierher kommen, a, o come here
hierzu to this
hilflos helpless
der Himmel, - heaven, sky; himmlisch heavenly
hin und her back and forth; hin und wieder now and then
hinab·hängen hang down
hinab·stürzen plunge down
sich hinauf·biegen, o, o curve upward
hinauf·führen lead upward, go upward
hinauf·gehen, i, a go up
hinauf·kommen, a, o get up
hinauf·kriechen, o, o crawl up
hinauf·stürzen rush up
hinauf·ziehen, o, o rise, ascend
hinaus out, away, forth
hinaus·blicken look out
hinaus·drängen force out
hinaus·fahren, u, a ride out, drive out
hinaus·horchen listen
hinaus·lassen, ie, a let out
hinaus·lauschen listen
hinaus·schauen look out
hinaus·schießen, o, o shoot out
hinaus·schwimmen, a, o swim out
hinaus·steigen, ie, ie climb out
hinaus·zerren drag out

hinaus·ziehen, o, o draw out
hin·blicken look
hindern hinder; **das Hindernis, -se** obstacle
hin·deuten indicate, point to; **die Hindeutung, -en** intimation
hindurch·rutschen slide through
sich hindurch·zwängen force oneself through
hinein·gehen, i, a go in, enter
hinein·legen put in
hinein·mischen mix in
hinein·rasen rush into
hinein·schieben, o, o shove in
hinein·schreiben, ie, ie write in
hinein·sprechen, a, o speak into
hinein·tauchen duck in, dip in
hinein·werfen, a, o throw oneself into
hin·fahren, u, a go there or to
hin·fliegen, o, o fly there or to
hin·führen lead
hin·halten, ie, a hold out
hin·kommen, a, o arrive
hin·legen put down; **sich hin·legen** lie down
(von) hinnen away from there
hin·reichen hand
hin·reisen travel there
sich hin·stellen take a position, put down
hinten in the back; **nach hinten** back, to the rear
hinterher later, afterwards
hinterlassen, ie, a leave behind
der Hintern rear end
hinterher·springen, a, u jump after
der Hinterteil, -e rear end
hin·tun, a, a put
hinüber·blicken look over
hinüber·klettern climb over
hinüber·langen reach over
hinunter·gehen, i, a go down
hinunter·sehen, a, e look down
hinunter·rollen roll down
hinunter·steigen, ie, ie climb down
hinunter·zerren drag down
hinunter·ziehen, o, o pull down, drag down
hinweg·spülen wash away
hin·ziehen, o, o drag, pull, haul, run
hinzu·drängen crowd
die Hitze heat
hochanständig highly respectable
hochgereckt raised
hochgewachsen tall
hochmütig haughty, arrogant
hoch·steigen, ie, ie rise
höchstens at best, at most
die Hochzeit, -en wedding
(sich) hoch·ziehen, o, o pull up, raise (oneself)
hocken crouch, squat
der Hof, ⸚e farmyard, courtyard
hoffen hope; **die Hoffnung, ⸚en** hope
höflich polite
die Höhe, -n height, top; **in die Höhe** upward; **höher** higher, superior
hohl without expression, hollow
der Hohn scorn; **das Hohngelächter** scornful laughter
holen fetch, get
holperig rough, bumpy
das Holz, ⸚er wood; **die Holzfläche, -n** wooden surface; **der Holzknecht, -e** woodcutter; **der Holzsammler, -** wood gatherer
horchen listen; **horchen auf** listen to
der Horizont, -e horizon
das Hosenbein, -e trouser leg
der Hotelzettel, - hotel sticker
hübsch pretty, nice, handsome
der Huf, -e hoof
die Hüfte, -n hip
der Hügel, - hill, hillock
das Hühnerfleisch chicken meat
hui whoosh
die Hundekarte, -n ticket for a dog; **hundeähnlich** dog-like, resembling a dog
hüpfen jump

die **Hütte, -n** hut
die **Hyäne, -n** hyena

ihrerseits in her turn
immergleich always the same
immerhin no matter, nevertheless, after all
indem in that, by, as
indes while
indessen meanwhile, nevertheless
indiskutabel out of the question
infolge because of, due to
der **Ingenieur, -e** engineer
ingeniös ingenious, clever
der **Inhalt, -e** contents
innen within, inside; das **Innere** the inside
innig heartfelt
intim intimate
das **Inventar, -e** inventory
inzwischen meanwhile
irdisch earthly
irgend etwas anything, something; **irgendein** any, some; **irgendwann** sometime; **irgendwo** somewhere
ironisch ironic
irrig erroneous
Italien Italy; **italienisch** Italian; der **Italiener, -** Italian

ja yes, indeed, certainly
die **Jacke, -n** jacket
jagen force, chase
je each, of each, ever; **je ... desto** the ... the
jedenfalls in any case, anyway
jeder each, every, each one, any, all
jedoch however
jemals ever
jemand someone, anyone
jener that
jenseits on the other side
jetzt now; **jetzt erst** not until now
jeweils occasionally, at times
die **Joppe, -n** jacket
jugendlich youthful
der **Junge, -n** boy
der **Jüngling, -e** youth

das **Kalb, ⸚er** calf, veal
der **Kalk, -e** lime, chalk
der **Kamelhaarmantel, ⸚** camel-hair coat
der **Kamm, ⸚e** comb, ridge
kämpfen fight, struggle
die **Kanaille, -n** dog
die **Karte, -n** map, card
die **Kaserne, -n** barracks
der **Käseschnitt, -e** piece of cheese
die **Kasse, -n** ticket office, cashier's window
katzenhaft feline, cat-like
kauen chew
kaum hardly, scarcely, hardly at all
der **Keiler, -** boar
keineswegs not at all, by no means
der **Kellner, -** waiter
kennen·lernen become acquainted with, meet
das **Kennzeichen, -** distinguishing mark
der **Kerl, -e** fellow
die **Kerze, -n** candle
die **Kette, -n** chain
keuchen pant
der **Kies** gravel
das **Kilometer, -** 5/8 of a mile
die **Kindergesellschaft, -en** children's party; die **Kinderschulter, -n** child's shoulder; der **Kinderwagen, -** baby carriage; die **Kindheit, -en** childhood
das **Kinn, -e** chin
die **Kippe, -n** cigarette butt
kippen tilt, tip
das **Kissen, -** cushion, pillow
die **Kiste, -n** wooden box
kitzeln tickle
sich **klammern** cling
der **Klang, ⸚e** sound
klappern rattle
der **Klappkragen, -** turn-down collar
klatschen clap
das **Klavier, -e** piano
kleben stick

kleiden dress, clothe; das **Kleid, -er** gown, dress; der **Kleiderschrank, ¨e** wardrobe; die **Kleidung** clothing
kleistern cement, paste
klettern climb; die **Kletterei** climbing
klingen, a, u sound
die **Klinke, -n** doorknob
die **Klippe, -n** cliff
klirren clink
klug clever, intelligent, wise
das **Klümpchen, -** little lump
die **Kneipe, -n** saloon, tavern
das **Knie, -** knee
knirschen scrape, grate, crunch
der **Knöchel, -** knuckle, ankle
der **Knopf, ¨e** button; **knopfartig** button-like
kochen cook; die **Köchin, -nen** cook
der **Koffer, -** suitcase
die **Kollegin, -nen** colleague
komisch funny
kommen, a, o come; **zu sich kommen** come to; **kommen...auf** think of
die **Kompagnie, -n** company (of soldiers)
das **Konzertbillett, -s** concert ticket; der **Konzertsaal, ¨e** concert hall
der **Kopf, ¨e** head; der **Kopfschmerz, -en** headache
der **Kopist, -en** copyist
der **Korb, ¨e** basket
kosten cost
köstlich wonderful
das **Kotelett, -s** cutlet, chop
der **Kotfügel, -** fender
die **Kraft, ¨e** strength, power; **kraftvoll** powerful, vigorous
der **Kragen, -** collar
krähen crow
kramen rummage
krampfhaft convulsively
kränken hurt, offend; **kränklich** sickly

kräuseln curl
der **Kreis, -e** circle
kreischen scream, screech
das **Kreuz, -e** cross; die **Kreuzung, -en** crossing, cross-breeding
kriechen, o, o crawl
der **Krieg, -e** war; die **Kriegführung, -en** strategy; der **Kriegsgefangene, -n** prisoner of war; das **Kriegsland, ¨er** country at war
die **Kritik, -en** criticism
krönen crown
die **Küche, -n** kitchen
die **Kugel, -n** sphere, globe
die **Kühlung** coolness
die **Kühnheit, -en** audacity
der **Kuhstall, ¨e** cow barn
sich **kümmern** concern oneself; sich **kümmern um** concern oneself with, take care of, bother about
kümmerlich wretched
der **Kunde, -n** customer
die **Kunst, ¨e** skill, art; der **Künstler, -** artist; **künstlich** artificial
die **Kunstseide, -n** rayon
das **Kunststück, ¨e** trick
kurz short, sharp, in short; **vor kurzem** a short time ago; **kurzum** in short; **kürzen** shorten; die **Kürze** shortness
kurzgeschnitten trimmed short
küssen kiss
die **Küste, -n** coast
kutschieren ride
das **Kuvert, -e** envelope

lächeln smile
lachen laugh; der **Lachkrampf, ¨e** laughing fit
lächerlich ridiculous, comical
der **Laden, ¨** shop, store
die **Lage, -n** situation; **in der Lage sein** be able to
lagern camp; das **Lager, -** army camp
lähmen lame, paralyze
die **Landschaft, -en** scenery, district, province, countryside; die **Landseite, -n** land side; die

Landstraße, -n highway; die **Landwirtschaft, -en** farming, agriculture; die **Landzunge, -n** point (of land)
lang long, tall; **lange** for a long time; **längst** for a long time, long ago, long since; **länglich** elongated
langsam slow, "take it easy," not so fast
lärmend noisy
lassen, ie, a let, permit, leave, have, allow, refrain from, abandon; **sich lassen** can, have
die **Last, -en** load, burden
das **Laster, -** vice; das **Lasterleben, -** wicked life
laufen, ie, au run, move rapidly; der **Lauf, ⸚e** course
lauschen listen
laut loud, aloud; der **Laut, -e** sound; **lautlos** soundless
lauten auf be made out for
lauter nothing but
leben von make one's living by; **lebhaft** lively; das **Leben, -** life; das **Lebewesen, -** living thing
der **Lederbeutel, -** leather sack; die **Lederhose, -n** pair of short leather pants
legen put, place, lay; **sich legen** lie down
(sich) lehnen lean
der **Lehnstuhl, ⸚e** easy-chair
lehren teach; **lehrreich** instructive
die **Lehre, -n** apprenticeship
das **Lehrlingsgehalt, ⸚er** salary as an apprentice
der **Leib, -er** body
die **Leiche, -n** corpse
leicht easy, light, free, slight; die **Leichtigkeit** ease
leid tun, a, a feel sorry for, be sorry about
leiden, i, i suffer, suffer damage
die **Leidenschaft, -en** passion
leider unfortunately
leihen, ie, ie borrow; das **Leihhaus, ⸚er** pawnshop

205

die **Leine, -n** cord, rope
das **Leinenkleid, -er** linen dress
leise soft, quiet
die **Leistung, -en** accomplishment
die **Leitung, -en** management
die **Lektüre, -n** reading matter
lenken direct, guide, divert
die **Lerche, -n** lark
lesbar legible
leuchten gleam, shine
licht light, bright; die **Lichtquelle, -n** source of light; der **Lichtschalter, -** light switch; der **Lichtschein, -e** gleam of light; das **Lichtzeichen, -** light signal
die **Lichtung, -en** clearing
das **Lid, -er** eye-lid
lieb dear, esteemed; **lieb haben** be fond of; die **Liebe** love, loved one; der **Liebesdienst, -e** service, favor; der **Liebhaber, -** fancier, lover; der **Liebling, -e** darling; die **Liebeslyrik** love poems
lieber better, rather
liebkosen fondle, pet
lieblich nice, pleasant
die **Lieblingsspeise, -n** favorite dish
lieblos heartless, unkind
das **Lied, -er** song
liegen, a, e lie, be situated, be located, be; **daran liegen** be due to the fact
das **Lineal, -e** ruler
die **Lippe, -n** lip
lispeln lisp
die **List, -en** cunning; **listig** sly
die **Literaturgeschichte, -n** history of literature
loben praise
das **Loch, ⸚er** hole, opening
der **Lodenmantel, ⸚** waterproof coat made of coarse wool
sich lohnen be worth while
das **Lokal, -e** public house, tavern
der **Lokomotivführer, -** engineer
los sein to be rid of, be wrong, be

the matter; **los lassen** let go, let loose, release; **los werden** get rid of

lösen solve; **sich lösen** end, clear away, come loose; **die Lösung, -en** solution

los·fahren, u, a set out

los·lassen, ie, a let go

die Luft, ⸚e air, breeze; **der Luftstrom, ⸚e** stream of air; **der Luftzug, ⸚e** draft or blast of air

lügen, o, o lie

lügnerisch deceitful, false

die Lungenentzündung pneumonia

die Lust, ⸚e desire, pleasure; **lustig** cheerful

die Lyrik lyric poetry; **der Lyriker, -** lyric poet

machen make, do, give, amount, say, take; **sich auf den Weg machen** start

mächtig hearty, mighty

der Magen, - stomach

mager gaunt, thin

der Magier, - magician

mähen mow

mahnen exhort, remind

das Mal, -e time; **mit einem Male** suddenly, all at once

der Malaie, -n Malay

der Maler, - painter

man one, they, people

mancherlei various

manchmal sometimes, from time to time

das Manöver, - maneuver

die Manschette, -n cuff

die Mark mark (coin equal to twenty-five cents)

der Marmortisch, -e marble table

das Martyrium martyrdom

die Maschine, -n machine, airplane; **der Maschinenraum, ⸚e** engine room

massiv big-boned

massvoll moderate

matt dull

die Matte, -n mat

mauern build, construct; **die Mauer, -n** wall; **die Mauersleute** masons

das Mauseloch, ⸚er mousehole

das Meer, -e ocean, sea; **der Meeresboden, ⸚** bottom of the sea; **der Meeresgrund, ⸚e** sea floor; **der Meergreis, -e** merman (old man of the sea); **das Meermädchen, -** mermaid

mehr more; **nicht mehr** no longer; **mehrere** several; **mehrmals** again and again, several times

meiden, ie, ie avoid

meinen say, mean, think; **die Meinung, -en** opinion

meistens usually, mostly

melden report; **sich melden** come forward, apply; **die Meldung, -en** report

menschlich human; **die Menschheit** humanity; **die Menschensammlung, -en** collection of people, gathering; **der Menschenvetter, -** fellow man

merken notice; **merkwürdig** strange

das Messer, - knife; **der Messerwerfer, -** knife thrower

das Meter, - unit of measure of about three feet

der Metzger, - butcher

die Meute, -n pack

die Miene, -n expression, countenance

mieten rent

die Milch milk

sich mildern become moderate, be softened

(zum) mindestens at least

mischen mix; **sich ins Gespräch mischen** enter into the conversation

mißlingen, a, u miscarry, prove unsuccessful

das Mißtrauen, - distrust; **mißtrauisch** suspicious

mißverstehen, a, a misunderstand

der Mistkäfer, - dung beetle
mit·bringen, a, a bring along
miteinander with one another
mit·fahren, u, a ride along
mit·geben, a, e send along
das Mitglied, -er member
mit·helfen, a, o help, assist
das Mitleid compassion; mitleidig compassionately
mit·nehmen, a, o take along
mit·schreien, ie, ie yell along
die Mittagspause, -n noon break; die Mittagssonne midday sun
die Mitte, -n middle
der Mittelgang, ⸚e middle aisle
mittelgroß medium-sized
mitten durch through the middle; mitten in in the middle of
die Mitternacht, ⸚e midnight
mittlere medium
das Möbel, - furniture
mögen may, like, care for
möglich possible; die **Möglichkeit**, -en possibility
monatlich monthly
der Mond, -e moon
monoton in a monotone
das Moos, -e moss
der Mord, -e murder; **mordlustig** bloodthirsty
morgen tomorrow; **morgen früh** tomorrow morning
das Morgengrauen, - dawn; der Morgenruf, -e morning call
motorisieren motorize
sich mühen take trouble, bother; mühelos effortless; mühsam weary, with difficulty; die Mühe, -n effort, trouble, difficulty; sich Mühe geben make the effort
die Multiplikationsaufgabe, -n multiplication exercise
munter awake, lively, gay, cheerful; die Munterkeit liveliness
murmeln murmur
murren grumble, mutter; **mürrisch** sullen
die Muschel, -n mussel
muskelös muscular

207

mustern look at, survey
der Mut courage; mutig courageous
das Mützchen, - little cap

nach·ahmen imitate
der Nachbar, -n neighbor, friend
nachbestellen give an additional order for
nachdem after
nach·denken, a, a think, reflect, meditate, ponder, consider; **nachdenklich** thoughtful
nach·fühlen reach out to feel
nach·füllen refill
nach·gehen, i, a trace, follow
nachher afterwards
nach·lassen, ie, a subside, abate
nachlässig negligent
nach·prüfen check, investigate
die Nachricht, -en report
nach·schleichen, i, i follow
nach·sehen, a, e look after, take a look, inspect
nächst next, nearest
nach·starren stare after
nächtlich nocturnal; **nachts** in the night; die Nachtruhe sleep, night rest; die Nachtübung, -en night maneuver
die Nachwelt posterity
der Nacken, - nape (of the neck)
nackt naked
nah(e) close; die Nähe, -n vicinity, proximity, nearness; **in der Nähe von** in the vicinity of
nähen sew
sich nähern approach, draw near to
näher·rücken move closer
nähren nourish
nämlich namely, that is to say
die Nase, -n nose
nässen make wet, moisten; naß wet; die Nässe moistness
natürlich naturally, of course
der Nebel, - fog, mist
nebenan in the adjoining room
nebeneinander next to one another

der Nebenraum, ¨e adjoining room; das Nebenzimmer, - adjoining room, next room
der Neger, - negro
nehmen, a, o take; sich in acht nehmen take care, be careful
der Neid envy
sich neigen decline, lean, tip
nennen, a, a name, call; sich nennen call oneself
das Netz, -e net
neu new; von neuem anew; aufs neue anew
der Neubau, -ten new building
neuerdings recently, again
neugierig curious
die Neugierde curiosity
neulich recently
nichts als nothing but
nicken nod
nieder low, inferior
die Niederung, -en hollow
sich nieder·beugen bend down
nieder·blicken look down
nieder·drücken press down
sich nieder·lassen, ie, a sit down
nieder·rauschen pour down
nieder·schießen, o, o shoot down
nieder·schreiben, ie, ie write down
nieder·treten, a, e tramp down
niemals never
nirgendwo nowhere
noch still, additional, besides, yet; noch immer still; noch einmal once more; nicht... noch not... nor; noch ein another
die Normallage, -n normal position
die Not, ¨en trouble, need; die Notbremse, -n emergency brake; nötig necessary; not tun, a, a be necessary; notwendig necessary;
nüchtern sober
nur so just
nützen be of use; nutzlos useless

oben upstairs, up, up above; von oben bis unten from top to bottom
obendrein on top of that
die Oberfläche, -n surface
oberhalb above
das Oberhemd, -en dress shirt
obgleich although
obwohl although
der Ofen, ¨ stove
offen open
offenbar obvious, evident
die Ohnmacht unconsciousness
das Ohr, -en ear
ordentlich orderly, neat
die Order written order
ordinär common, crude
die Ordnung, -en order
der Orkan, -e hurricane
der Ort, -e place, village; an Ort und Stelle right at the place
der Osten east

das Paar, -e pair; ein paar a few
das Päckchen, - package
packen grab
der Packraum, ¨e baggage room; der Packwagen, - baggage car
die Packung, -en package
das Paket, -e package
das Palmblatt, ¨er palm leaf
panikartig panicky
die Pantomime, -n pantomime
passen suit, fit; passen zu harmonize with, suit with, fit with
passieren happen
die Pause, -n pause, let-up; Pause machen stop
peinlich distressing
die Peitsche, -n whip
pekuniär financial
pendeln sway, bump
periodenweise periodically
die Perle, -n drop, pearl, bead
der Petroleumbrenner, - oil stove
das Pfandhaus, ¨er pawn shop; der Pfandschein, -e pawn ticket
der Pfau, -e peacock
der Pfeffer pepper
pfeifen, i, i whistle; die Pfeife, -n pipe
der Pfeil, -e arrow; pfeilschnell with the speed of an arrow

die **Pflanze, -n** plant
pflastern pave
die **Pflaume, -n** plum
pflegen take good care of, groom, be accustomed to
die **Pflicht, -en** duty
das **Plakat, -e** billboard
der **Platz, ⸚e** seat, place, post, room
platzen burst, go flat
plötzlich suddenly
plündern plunder
die **Pneumatik** tire
die **Poesie** poetry
die **Polemik** controversy
die **Polizei** police; **polizeilich** police
der **Posten, -** guard, sentry
die **Pracht** luxury, splendor; **prächtig** magnificent, splendid; **prachtvoll** magnificent
prallen bump, collide
präpariert stuffed
die **Präzision** precision
der **Preis, -e** price; **preiswert** cheap
pressen press
probieren try, practice
prüfen check, examine
das **Puppentheater, -** puppet show

die **Qual, -en** pain, torment
quer diagonal

das **Rad, ⸚er** wheel, bicycle
der **Radiergummi, -s** eraser
ragen tower
der **Rand, ⸚er** edge; **randlos** rimless
der **Rang, ⸚e** class, rank
rasch rapid, quick
der **Rasen, -** grass
rasen rush; die **Raserei** frenzy
rasieren shave; das **Rasierwasser, -** shaving lotion
die **Rasse, -n** breed; die **Rassereinheit** purity of breed
raten, ie, a advise, guess
der **Rat, ⸚e** councillor
rätselhaft mysterious, puzzling
der **Raubvogel, ⸚** bird of prey
rauchen smoke; **rauchgeschwärzt** smoke-blackened

rauh rough, coarse
der **Raum, ⸚e** room
rauschen rustle
raus·fahren, u, a drive out
raus·kommen, a, o get out
reagieren react
die **Rechenkunst, ⸚e** arithmetic
rechnen calculate, reckon; **rechnen mit** count on; die **Rechnung, -en** computation, bill
recht correct, quite, really, very, right-hand; **recht haben** be right; das **Recht, -e** right; **recht geben, a, e** agree with; **rechtzeitig** on time
recken stretch
die **Redaktion, -en** editorial office
reden speak, talk; die **Rede, -n** speech, conversation; die **Redewendung, -en** expression
der **Regen** rain; der **Regenmantel, ⸚** rain-coat; der **Regenschirm, -e** umbrella
reiben, ie, ie rub
der **Reichtum, ⸚er** wealth
reichen offer, serve
die **Reichsmark** German monetary unit from the currency stabilization in 1924 to the end of World War II
der **Reifen, -** tire
rein pure, clear; **ins Reine** in final form; **reinigen** clean; **reinlich** neat, clean
der **Reis** rice
reisen travel, set out; der **Reisende** traveler; die **Reise, -n** trip; **eine Reise machen** take a trip; **auf Reisen** traveling; der **Reisegefährte, -n** fellow passenger, travel-companion; der **Reisevertreter, -** traveling representative
reißen, i, i tear, pull, rend
reizen excite, attract; der **Reiz, -e** fascination, charm, attraction; **reizend** charming
der **Rekrut, -en** recruit
rennen, a, a run

der **Rest, -e** residue, remnant
retten save; die **Rettung, -en** escape; der **Rettungsgürtel, -** lifebelt
reuen regret
richten arrange, make, put, direct
richtig correct, real, right
die **Richtung, -en** direction
riechen, o, o smell; **riechen nach** smell of
der **Riese, -n** giant; **riesenhaft** gigantic; **riesig** gigantic, immense
ringen, a, u struggle, grapple
ringsum all around
rinnen, a, o run
riskieren risk
die **Robinienblüte, -n** locust blossom; der **Robinienstengel, -** locust blossom stem
der **Rock, ⸚e** shirt, tunic; die **Rocktasche, -n** coat pocket
die **Rodung, -en** clearing
der **Roman, -e** novel
rosig rosy, pink
die **Röte** redness; sich **röten** become red; **rötlich** reddish
der **Ruck, -e** jolt
der **Rücken, -** back
rückwärts back, backwards; **von rückwärts** from behind; der **Rückflug, ⸚e** return flight; das **Rückporto** return postage; die **Rückseite, -n** back, reverse side; der **Rücksitz, -e** back seat
das **Ruder, -** rudder
rufen, ie, u call, shout
ruhen repose, rest; die **Ruhe** calm, rest, quiet; **in Ruhe** calmly, quietly; **ruhig** quiet, calm, just as well, easily, without reservation
der **Ruhm** fame
rühmen praise
rühren touch, ring (bell)
(sich) **rühren** move, stir
runter·schweben float down
runzeln furrow, wrinkle
der **Rüssel, -** trunk (of an elephant)
(das) **Rußland** Russia
rutschen slide
rütteln shake

der **Saal, ⸚e** hall, room
die **Sache, -n** thing, affair, business
die **Sachlichkeit** objectivity
sachte gently
sagen say, tell
der **Salat, -e** lettuce, salad
die **Sammlung, -en** collection
sandfarben sand-colored
sanft gentle, placid, quiet
der **Sanitätswagen, -** ambulance
satt satisfied; **satt haben** be tired of, have enough of
der **Sattel, -** bicycle seat; die **Satteltasche, -n** saddlebag
der **Satz, ⸚e** sentence, statement
sauber clean, neat
sauer hard
saufen drink excessively
saugen, o, o suck, absorb
sausen whistle, roar
schäbig wretched
das **Schach** chess; der **Schachspieler, -** chess player
der **Schacht, ⸚e** shaft
die **Schachtel, -n** box, package
schade too bad
der **Schädel, -** skull
schaden harm; der **Schaden, ⸚** damage, injury, harm; der **Schadenersatz** compensation, damages
das **Schaf, -e** sheep
schaffen, u, a establish, create, make; **Ordnung schaffen** clean up
schaffen work, make, procure
der **Schaffner, -** conductor
schalkhaft roguish
schallen sound, resound
der **Schalter, -** ticket-window, switch; das **Schaltbrett, -er** control panel; die **Schalttafel, -n** control panel
sich **schämen** be ashamed
die **Schande** disgrace, shame; **schändlich** shameful
die **Schar, -en** troop

scharf sharp, shrill
der Schatten, - shadow
schätzen prize
der Schauder, - shudder; schauderhaft horrible
schauen look
(sich) schaukeln swing
schäumen foam
das Schauspiel, -e spectacle, play
die Scheibe, -n window, pane
scheinen, ie, ie seem, shine; scheinbar apparently; der Scheinwerfer, - searchlight, headlight
scheitern miscarry, go away
schelten, a, o scold
der Schenkel, - thigh
schenken give (as a gift), present
scherzen joke, jest; der Scherz, -e jest, joke
schicken send
das Schicksal, -e fate
(sich) schieben, o, o push, shove (oneself)
schief·gehen, i, a go wrong
schießen, o, o shoot
schildern represent, depict, describe
schillern shimmer
schimpfen curse; schimpflich disgraceful; das Schimpfwort, -e curse
der Schirm, -e umbrella
die Schläfe, -n temple
schlaff limp
der Schlafraum, ⸚e bedroom
schlaftrunken overcome with sleep
der Schlag, ⸚e clearing
schlagen, u, a strike, wave
schlank slender
schlapp slack, tired
schlau sly, crafty; die Schlauheit cleverness
schlecht bad, poor
schleichen, i, i creep, crawl
der Schleier, - veil
die Schleife, -n bow, loop
schlendern stroll, amble
schleppen drag, carry
schleudern throw
schlicht simple, unadorned
schließen, o, o close, conclude

schließlich finally, after all
schlimm serious, bad
schluchzen sob
schlummern sleep; der Schlummer slumber
schlüpfen slip
schlürfen shuffle (in walking)
der Schluß, ⸚e conclusion, end; zum Schluß finally
der Schlüssel, - key
schmal narrow, thin
schmecken taste
schmeicheln flatter
schmerzen hurt, pain; schmerzlich painful
schmettern dash, smash
schmieden form, make
(sich) schmücken adorn, decorate, attire (oneself)
schnappen gasp
der Schnaps, ⸚e whiskey
schnarchen snore
das Schnäuzchen, - little muzzle, little snout
der Schnee snow; das Schneefeld, -er snow-field; das Schneelicht light on the snow; schneeweiß snow-white
schneiden, i, i cut
schnell swift, quick, fast; die Schnelligkeit speed
schnitzen cut
schnüffeln sniff
die Schnur, ⸚e string, cord
der Schnurrbart, ⸚e mustache
schön fine, beautiful, handsome
schonen economize, spare, be sparing of
der Schopf, ⸚e tuft
der Schoß, ⸚e lap
schräg diagonal, off to the side
der Schrank, ⸚e closet
der Schreck fright, scare
der Schrecken, - alarm, terror; schrecklich terrible, dreadful
schreiben, ie, ie write; die Schreibarbeit writing; das Schreibgerät,

-e writing tools; die **Schreibmaschine**, -n typewriter; der **Schreibtisch**, -e desk; die **Schreibwaren** writing materials; das **Schreibzeug** writing utensils
schreien, ie, ie scream; der **Schrei**, -e scream, yell
die **Schrift**, -en paper, writing; der **Schriftsteller**, - writer; das **Schriftzeichen**, - symbol, sign
der **Schritt**, -e step, pace
schüchtern shy, timid
der **Schuhladen**, ¨ shoe store
der **Schulaufsatz**, ¨-e essay to be written for school
die **Schuld**, -en guilt, fault; **schuldig sein** owe for, be in debt for
die **Schulter**, -n shoulder
der **Schuß**, ¨-e shot
schütteln shake; **sich schütteln** shake oneself
schützen protect; **sich schützen** protect oneself; der **Schutz** defense, protection
schwach weak, faint; die **Schwäche**, -n weakness; **schwächlich** weak,
der **Schwager**, ¨ brother-in-law
schwanken totter, stagger, waver, sway, hesitate
der **Schwanz**, ¨-e tail
der **Schwarm**, ¨-e group, swarm
schwarzäugig with dark brown eyes
schwarzhaarig black-haired
schwatzen chat, chatter, gossip
die **Schwefelsäure** sulfuric acid
schweigen, ie, ie be silent; das **Schweigen** silence
das **Schwein**, -e pig
der **Schweiß** perspiration; **schweißtriefend** perspiring
die **Schweiz** Switzerland
schwellen, o, o swell
schwenken sweep
schwer hard, difficult, heavy, with difficulty, strong; **schwerfällig** unwieldy; **schwermütig** sad

die **Schwiegermama**, -s mother-in-law; die **Schwiegermutter**, ¨ mother-in-law
schwierig difficult; die **Schwierigkeit**, -en difficulty
schwitzen perspire, drip
schwül humid
sechzigfach sixty-fold
die **See**, -n ocean
der **Seehund**, -e seal
die **Seele**, -n soul; **seelisch** spiritual, moral
sehnsüchtig yearning
die **Seide**, -n silk; **seiden** silk; die **Seidenschleife**, -n silken bow
seinetwegen on his account, for his sake
die **Seite**, -n side; die **Seitenstraße**, -n side street; **seitlich** off to the side
seither since then
die **Sekunde**, -n second
selber, **selbst** self, him-, herself, *etc.*; der **Selbstmörder**, - suicide; **selbstmörderisch** suicidal; die **Selbstverachtung** self-contempt; **selbstverständlich** as a matter of course, taken for granted, self-evident; das **Selbstvertrauen** self-confidence
selten seldom, infrequent, unusual
seltsam strange
senden, a, a send
senken lower
sensibel sensitive
servieren serve
der **Sessel**, - armchair
sich setzen sit down
seufzen sigh
sicher sure, safe, certain, with surety
sichtbar visible
das **Siegel**, - seal
der **Silberbart**, ¨-e gray beard
silbern silver
sinken, a, u sink, subside
der **Sinn**, -e mind, sense; die **Sinnesverwirrung** confusion; **sinnlos** senseless, meaningless
die **Sippe**, -n clan

die **Sitte, -n** custom, propriety
sitzen·bleiben, ie, ie remain seated
der **Sklave, -n** slave; **sklavisch** slavish, servile
so so, thus, that way
sofort immediately; **sofortig** immediate
sogar even
sogenannt so-called
sogleich immediately
die **Soldatenzeit, -en** period of military service
solid well-made, serviceable
sollen should, be to, be said to, be supposed to
der **Sommerfahrplan, ⸚e** summer timetable; die **Sommerhitze, -n** summer heat
sonderbar strange, peculiar; **sonderlich** especially; der **Sonderling, -e** odd person, eccentric
sondern but, but rather
die **Sonnenbrille, -n** sun glasses; **sonnig** sunny
sonst otherwise, else, at other times
die **Sorge, -n** care, worry; **sorgfältig** careful
die **Sorte, -n** brand
sowie as well as; **sowieso** anyway; **sowohl** as well as
spähen peer, watch
der **Spalt, -e** slit, crack
sparen spare, save; **sparsam** frugal
der **Spaß, ⸚e** joke; der **Spaßmacher, -** jokester, jester; der **Spaßvogel, ⸚** jokester
späterhin later
spazieren·fahren, u, a go for a ride
der **Speisewagen, -** dining-car
das **Spiegelei, -er** fried egg
sich spiegeln be reflected; **spiegelglatt** smooth as a mirror
das **Spiel, -e** game, playing (a musical instrument); **spielerisch** playful
spießen spear
das **Spinnennetz, -e** spider web
die **Spitze, -n** head, lace; **spitz** pointed, sharp

213

sportlich sport
spöttisch scornful
die **Sprache, -n** language
spritzen splash, spray
der **Spruch, ⸚e** saying
sprühen sparkle
der **Sprung, ⸚e** jump
die **Spur, -en** trace, vestige, mark, track, footstep
spüren notice, feel, sense
der **Stab, ⸚e** staff
der **Stacheldraht, ⸚e** barbed-wire (fence)
der **Stadtgarten, ⸚** city park; **städtisch** municipal; der **Stadtteil, -e** section of the city
die **Stahlwand, ⸚e** steel wall; **stählern** steel
der **Stall, ⸚e** barn, stable; die **Stallecke, -n** corner of the stable; die **Stallung, -en** stable, stall
der **Stamm, ⸚e** trunk (of a tree)
stammen come from
stampfen stamp
die **Stange, -n** bar
stark strong, mighty, thick, vigorous, pungent
starren be benumbed, stare; **starr** staring, benumbed
starten start
der **Stationsvorstand, ⸚e** station master
statistisch statistical
statt instead of; **stattdessen** instead
stattlich sizable
stauben dust; der **Staub** dust
staunen be amazed; das **Staunen** astonishment
stecken stick, put, be hidden; **in Brand stecken** light, put a flame to
stehen·bleiben, ie, ie stop
stehlen, a, o steal
steif stiff
steil erect, stiff
stellen put, place, set, stand, furnish;

sich stellen appear before; für
sich stellen separate, put apart;
eine Frage stellen ask a question;
die Stelle, -n place, spot; stellenweise in places
stemmen brace
steuern steer; das Steuer, - steering wheel
der Stiefel, - boot
still silent, quiet, calm; stillen stop, quiet; die Stille silence, quiet; stillschweigend silently, without speaking
die Stimme, -n voice
stimmen be right, be in order
die Stirn, -en brow, forehead
der Stock, ⸚e floor or story of a building, stick, cane
stolpern stumble
stolz proud
der Storch, ⸚e stork
stören disturb
stoßen, ie, o put down (a cane), thrust; der Stoß, ⸚e push, blow
die Strafe, -n punishment
sich straffen tighten
das Strafgericht, -e judgment
der Strand, -e beach
stranden strand
die Straßenbahn, -en streetcar
der Strauch, ⸚er bush
strecken stretch (out); die Strecke -n stretch, distance
streicheln stroke, pet, caress
das Streichholz, ⸚er match
streifen graze, brush; der Streifen -e strip, streak
der Streit, -e quarrel, fight
der Strich, -e line
der Strom, ⸚e stream, flood, electric current
die Strophe, -n strophe, verse
die Stube, -n room
das Stück, ⸚e piece, part, portion, musical composition, stretch of road, patch; ein Stück Weges part of the way

das Stuhlbein, -e chair leg; die Stuhllehne, -n back of a chair
stumm mute, silent
stundenlang for hours
sturmartig like a storm, violent; stürmisch violent, stormy
stürzen plunge, fall; der Sturz, ⸚e plunge
stutzen crop, cut short
stützen support; die Stütze, -n support
suchen seek, look for
die Sucht urge, mania
die Sünde, -n sin
die Suppe, -n soup
sympathisch likeable

die Tabelle, -n form
die Tageszeit, -en time of day; tagsüber during the day
tanzen dance
die Tapete, -n wall paper; der Tapetenhändler, - wallpaper dealer; das Tapetenmuster, - wallpaper sample
die Tasche, -n pocket, pocketbook; das Taschentuch, ⸚er handkerchief
die Tasse, -n cup
tasten grope, feel
die Tat, -en deed
die Tatsache, -n fact
tatsächlich actually
tätscheln pat
tauchen dive, appear
taumeln stagger
tauschen gegen exchange for
die Taxe, -n fare
die Technik technology
die Teetasse, -n tea cup
teilen share, part; der Teil, -e part; zum größten Teil for the most part, almost completely; zum Teil partly, in part
der Teller, - plate
das Tempo, -s speed
die Terrasse, -n terrace
teuer expensive
der Teufel, - devil

die **Textilfirma, -men** textile firm
die **Theke, -n** counter, bar
theologisch theological
tief deep, intense, low; die **Tiefe, -n** depth; **in der Tiefe** down below
der **Tierfreund, -e** animal lover; die **Tierliebe** love of animals
der **Tintenstift, -e** ink pencil
tippen tap
der **Tisch, -e** table, counter; der **Tischnachbar, -n** neighbor at table
der **Tod, -e** death; die **Todesart, -en** manner of execution; der **Todesengel, -** angel of death; **tödlich** deadly
toll mad
die **Tollwut** hydrophobia
der **Ton, ⸚e** note (musical)
der **Topf, ⸚e** pot
das **Tor, -e** gate, portal
torkeln reel
tosen roar
tot dead, stagnant; der **Tote, -n** dead person; die **Totenmaske, -n** death mask; der **Totschlag, ⸚e** homicide; **töten** kill
traditionsbewußt conscious of tradition
träge lazy, slow, listless
tragen, u, a bear, carry, wear
die **Träne, -n** tear
die **Tränke, -n** watering-place
die **Trauer** sorrow, sadness; **traurig** sad, unhappy; die **Traurigkeit, -en** sadness
der **Traum, ⸚e** dream
treffen, a, o hit, meet, find; **sich treffen** meet
treiben, ie, ie force, drive, blow
(sich) **trennen, a, a** separate
die **Treppe, -n** flight of stairs; das **Treppchen, -** flight of stairs
treten, a, e step, kick
treu faithful, true; die **Treue** fidelity, faithfulness
trocken dry
trocknen dry
trösten console, comfort; das **Tröstliche** consoling word

215

trotz despite, in spite of; **trotzdem** in spite of the fact that, nevertheless
trüb muddy, dark, dull, dim, sad, gloomy; **trübselig** sad
die **Trunkenheit** intoxication, drunkenness
das **Tuch, ⸚er** towel
tüchtig efficient, able, hearty; die **Tüchtigkeit** proficiency
tun, a, a... als ob act as if; das **Tun** action
das **Türglas, ⸚er** window glass in a car door; die **Türklinke, -n** door knob; die **Türöffnung, -en** doorway
der **Turm, ⸚e** tower
tuscheln whisper

übel·nehmen, a, o hold against
über over, about
überall everywhere
überaus excessively, exceedingly
überblicken survey
überbringen, a, a deliver; der **Überbringer, -** messenger
überdies besides, in addition to this
überein·kommen, a o agree
überfallen, ie, a overcome
der **Überfluß** abundance, plenty; **überflüssig** unnecessary, superfluous
überfüllt packed, filled to overflowing
übergeben, a, e deliver, leave, hand to
über·gehen, i, a pass by, go over to
überhaupt at all, anyway, on the whole, really, generally
überhören not hear (due to thoughts being on something else)
über·kommen, a, o descend upon
überlassen, ie, a give up, relinquish
überleben survive
(sich) **überlegen** consider, think, reflect, reflect upon, deliberate; die **Überlegung, -en** deliberation
übermenschlich superhuman

übernehmen, a, o   take over
überraschen   surprise; die Überraschung, -en   surprise
überreichen   give, hand over
übersäen   cover, strew
der Überschuß, ⸚e   excess
überschwemmen   inundate
übersetzen   translate
übertönen   drown out, rise above
überwintern   spend the winter
überzeugen   convince
üblich   customary, usual
übrig   remaining, over; im übrigen   furthermore
übrig·bleiben, ie, ie   remain
übrigens   moreover, besides, by the way
das Ufer, -   river bank
die Uhr, -en   watch, o'clock, clock; das Uhrarmband, ⸚er   wristwatch band
um   around, in order to; um so all the
umarmen   embrace
um·binden, a, u   tie on
um·bringen, a, a   kill
(sich) um·drehen   turn around, turn over
um·fallen, ie, a   fall over
um·fassen   comprise
um·geben, a, e   surround, encompass
umgehend   immediately
umgekehrt   in the opposite direction
umher·laufen, ie, au   run around
umher·schauen   look around
umher·toben   rave, jump around
umklammern   clasp
sich um·legen   put around oneself
um·nehmen, a, o   put on
um·pflanzen   transplant
umringen, a, u   surround
der Umriß, -e   outline
umschließen, o, o   surround
umschreiten, i, i   walk around
sich um·sehen, a, e   look around
umsonst   for nothing, in vain
umspielen   play around, blow around
der Umstand, ⸚e   circumstance, condition
umständlich   awkwardly
um·steigen, ie, ie   change trains
sich um·tun, a, a   put around oneself
sich um·wenden, a, a   turn around
um ... willen   for the sake of
unangenehm   unpleasant
unappetitlich   disgusting
unbarmherzig   cruel, harsh
unbefahrbar   impassable
unbefangen   without embarassment, simple, uninhibited
unbefriedigend   unsatisfactory
unbehelligt   undisturbed
unbekümmert   unconcerned
unbeirrt   calm
unbequem   uncomfortable
unbesorgt   carefree
unbestimmt   indefinite, uncertain
unbeweglich   motionless
unecht   false, artifical
unendlich   endless, infinite, immense
unermeßlich   immeasurable, vast
unermüdet   tirelessly
unerwartet   unexpected
der Unfall, ⸚e   accident
unfern   nearby
ungeduldig   impatient
ungefähr   approximately
ungefährlich   safe
ungeheuer   tremendous, huge, terrible, monstrous
ungehindert   unhindered
ungeschehen machen   be undone
ungeschickt   awkward
ungewiß   uncertain
unglaublich   unbelievable
das Unglück, -e   misfortune; unglücklich   unhappy
unlieb   unpleasant
unlustig   dull, morose, disagreeable
unmäßig   intemperate, excessive
unmittelbar   immediate, direct
unnötig   unnecessary
die Unordnung, -en   disorder, trouble
unpassend   improper

unrecht unjust; **unrecht haben** be wrong
unregelmäßig abnormal
die **Unruhe, -n** restlessness; **unruhig** restless
unsagbar unutterable; **unsäglich** unspeakable
unschlüssig perplexed, undecided
die **Unschuld** innocence; **unschuldig** innocent
die **Unsicherheit, -en** uncertainty
unsichtbar invisible
der **Unsinn** nonsense
unsterblich immortal
unten below; **nach unten** down
unter under, among
unterbrechen, a, o interrupt
unter·bringen, a, a quarter
unterdessen meanwhile
untergehakt arm in arm
unter·gehen, i, a sink, perish
sich **unterhalten, ie, a** talk
unter·kommen, a, o find shelter
unternehmen, a, o undertake
der **Unteroffizier, -e** non-commissioned officer
unterscheiden, ie, ie distinguish; sich **unterscheiden** be distinguished; der **Unterschied, -e** difference
unter·tauchen plunge, immerse
unterschreiben, ie, ie sign
die **Unterwäsche** underwear
unterwegs on the move, on the way
unvergleichlich incomparable
unveröffentlicht unpublished
unversehens unexpectedly, all of a sudden
der **Unverstand** lack of understanding
unverwandt resolute
unwahrscheinlich improbable, unlikely
der **Unwille** ill will, annoyance; **unwillig** unwilling, reluctant
unwissend ignorant
unzufrieden dissatisfied
unzuverlässig unreliable
unzweideutig unmistakable
unzweifelhaft without a doubt
üppig lush, luxuriant
uralt ancient
der **Urenkel, -** great grandchild
ursprünglich original
urteilen judge; das **Urteil, -e** judgment

die **Vaterstadt, ¨e** home town
das **Veilchen, -** violet
sich **verabreden** make a date; **verabredet sein mit** have a date with
sich **verabschieden** take leave, say good-bye
verachten despise; **verächtlich** scornful, contemptuous; die **Verachtung** contempt
sich **verändern** change
die **Verantwortung, -en** responsibility
verarmt impoverished
das **Verbandzeug** bandages
verbergen, a, o conceal, hide
verbieten, o, o forbid
verbinden, a u bind, bandage
verbluten bleed profusely, bleed to death
das **Verbrechen, -** crime
sich **verbreitern** widen
verbrennen, a, a burn up
verbringen, a, a spend (time)
verderben, a, o ruin corrupt, spoil; **verderblich** pernicious
sich **verdichten** thicken
verdienen deserve, earn
verdreifachen triple
verdrossen vexed, annoyed; die **Verdrossenheit, -en** reluctance; der **Verdruß** annoyance, displeasure
sich **verdunkeln** cloud
verdutzt puzzled
verehren honor
verewigen immortalize
sich **verfangen, i, a** become entangled

verfaulen rot
verflachen wane, decrease
verfliegen, o, o disappear, fly away
verfließen, o, o blend
verfluchen curse
die Vergangenheit past
vergeblich in vain
vergehen, i, a pass
vergessen, a, e forget; die Vergeßlichkeit forgetfulness
vergießen, o, o shed
das Vergnügen, - pleasure, fun,
amusement; vergnügt in a good
mood; die Vergnügungsreise, -n
pleasure trip
die Verhaftung, -en arrest
sich verhalten, ie, a act, behave;
das Verhalten behaviour
das Verhältnis, -se relationship,
circumstance; verhältnismäßig relative
verhandeln debate
verheiratet married
verhindern prevent
das Verhör, -e interrogation
verhungern starve
verkannt unrecognized, mistaken
verkaufen sell
der Verkehr traffic
verkehrt misleading
verklagen sue, lodge a complaint
against
verkratzen scratch
verlangen demand, ask for
verlangsamen slow, reduce
verlassen, ie, a leave, desert; sich
verlassen auf rely upon, depend
upon
verlaufen, ie, au subside, flow away,
come off, run its course
verlegen embarrassed, confused; die
Verlegenheit confusion, embar-
rassment
verleihen, ie, ie lend, confer
verletzen hurt, injure
sich verlieben in fall in love with
verlieren, o, o lose

der Verlobte, -n fiancé
die Vermahnung, -en warning
sich vermehren multiply
das Vermögen, - means, wealth
vermögen have the capacity to,
be able to
vermuten suspect; die Vermutung,
-en suspicion; vermutlich presumably
vernehmen, a, o hear; vernehmbar
audible; die Vernehmung, -en
hearing, trial
vernünftig sensible, rational
verpflichten obligate, put under
obligation
verpflanzen transplant
verprügeln beat, beat up
verraten, ie, a betray
verregnet wet with rain
verrücken move out of place
versagen refuse, deny, fail
sich versammeln collect, congregate
versäumen forget
verschaffen procure, get
verscheiden, ie, ie die
verschenken give away
verschieden different, various
verschließen, o, o lock
verschönen beautify
verschwiegen quiet, discreet, reserved, reticent
verschwimmen, a, o blend, become blurred
verschwinden, a, u disappear
versehen, a, e provide
versetzen give
versichern assert, assure; die Versicherungssozietät, -en in-
surance company
versinken, a, u sink
versöhnlich conciliatory
verspotten make fun of
versprechen, a, o promise
der Verstand mind, intelligence; die
Verstandesarbeit, -en working
of the mind; das Verständnis
feeling, understanding; verständnislos uncomprehending
sich verstärken increase

verstecken hide; das **Versteck, -e** hiding-place
verstehen, a, a understand, know how
verstopfen plug up
versuchen try, attempt; der **Versuch, -e** attempt
die Verteidigung, -en defense; die **Verteidigungsarmee, -n** defending army
vertragen, u, a tolerate, stand, hold
das Vertrauen trust; **vertraulich** confidential, intimate
verursachen cause
die Verwaltung, -en management
die Verwandschaft, -en relationship; der **Verwandte, -n** relative
verwaschen washed out, faded
verwenden employ, use
verwerfen, a, o reject
verwesen decay
verwickeln entwine, entangle; sich verwickeln become entangled
verwildert wild
verwirren confuse
verwunden wound
verwundern puzzle; sich **verwundern** be astonished, be surprised; die **Verwunderung** amazement
verzagen despair, give up
der Verzehr consumption
verzeihen, ie, ie excuse
verzerren distort
verzweifeln despair; die **Verzweiflung** despair
der Vetter, - cousin
das Vieh beast
vielfarbig many-colored
vielmehr rather, on the contrary
vierte —r fourth
das Viertel, - quarter; die **Viertelstunde, -n** quarter of an hour
das Vogelgeschrei screeching of a bird
der Volant, -en ruffle
das Volk, ¨er people
voll, -er full of, full, complete; **völlig** completely
vollenden complete

voll·gießen, o, o fill, pour full
vollkommen completely
vor before, in front of, ago; vor sich hin to one's self
voran ahead
voran·gehen, i, a go ahead
voraus·sehen, a, e foresee; **voraussichtlich** probably, presumably
vorbehalten, ie, a preserve
vorbei past
vorbei·fahren, u, a go past
vorbei·gehen, i, a walk past
vorbei·kommen, a, o (an) pass
sich vorbei·ringeln curl past
vorbei·sausen rush past
vor·bringen, a, a put forward, offer
das Vorderbein, -e foreleg
die Vorderwand, ¨e front wall
vor·finden, a, u find there
der Vorfrühling, -e early spring
der Vorgänger, - predecessor
vor·gehen, i, a happen, take place
vor·halten, ie, a endure
vorhanden present, at hand
der Vorhang, ¨e curtain
vorher beforehand, before
vorhin before, a short time ago
vor·kommen, a, o seem, happen, appear, occur
vor·machen show, demonstrate
der Vormittag, -e forenoon
vorne front, in front, up front; **von vorne** from the beginning
sich vor·nehmen, a, o decide, plan
der Vorort, -e suburb
der Vorsatz, ¨e resolution, plan
vor·schlagen, u, a suggest; der **Vorschlag, ¨e** suggestion
die Vorsicht care, caution; **Vorsicht!** Look out! Be careful! **vorsichtig** careful
die Vorstadt, ¨e suburb; die **Vorstadtstraße, -n** suburban street
sich vor·stellen imagine
vor·strecken stretch out
der Vorteil, -e advantage
vortrefflich excellent, first-rate

vor·treten, a, e come forward
vorüber past
vorüber·fahren, u, a (an) drive past
vorüber·ziehen, o, o pass by
das Vorurteil, -e prejudice
der Vorwand, ⸚e pretext
vorwärts forward
vorwärts·streben strive forward
vorwärts·stürzen plunge forward
die Vorweisung, -en display, showing
der Vorwurf, ⸚e reproach
vor·zeigen show, demonstrate
vorzeitig too soon, prematurely
der Vorzug, ⸚e merit

wach awake
die Wache, -n watch, guard; der Wachhund, -e watchdog; wachsam alert, vigilant
wachsen, u, a grow, increase
wacker valiant, zealous, well
die Waffe, -n weapon
wagen dare
wägen weigh
der Wagen, - car, automobile, wagon, railroad car; die Wagenfahrt, -en auto ride, trip
der Waggon, -e railroad car
wahnsinnig crazy
die Wahrheit, -en truth
wahren preserve
währen last
während during, while
wahrscheinlich probably
die Waldwiese, -n meadow in the woods
die Wand, ⸚e wall
die Wange, -n cheek
wann when, at what time
warten auf wait for; der Wartesaal, ⸚e waiting-room
was what, something (short form of etwas)
waschen, u, a wash
die Wasserflut, -en flood
der Wattebüschel, - cotton plug

weben, o, o weave
wechseln change, exchange
wecken wake
weder ... noch neither ... nor
weg·blicken look away
weg·gehen, i, a go away
wegen on account of, because of
weg·kommen, a, o get away
weg·laufen, ie, au run away
weg·schwemmen wash away
weg·stellen put down, put away
weg·werfen, a, o throw away
weh tun, a, a hurt
wehen blow, wave
das Wehgeheul howl of woe
sich wehren defend oneself
das Weib, -er woman, mate
weich soft, light
sich weigern refuse, object
die Weile a while, a space of time
der Weiler, - hamlet
weinen weep
die Weise, -n way, manner
weisen, ie, ie direct; weisen ... auf point at
weiß white
der Weißkohl cabbage
die Weisung, -en instruction
weit far, far away, great
weiter on, farther, additional; nichts weiter als no more than
weiter·fahren, u, a drive on; die Weiterfahrt, -en further progress
weiter·flüstern continue whispering
weiter·geben, a, e pass on
weiter·gehen, i, a go on, continue on one's way
weiterhinab·sinken, a, u sink farther down
weiter·lesen, a, e continue reading
weiter·rasen rush on
weiter·rutschen continue to slide
weiter·schreiben, ie, ie continue writing
weiter·trinken, a, u continue to drink
weiter·wüten continue to rage
weithin far

der **Weizen,** wheat; die **Weizenernte, -n** wheat harvest
die **Welle, -n** wave
der **Welthimmel, -** Heaven; die **Weltschöpfung, -en** creation of the world
(sich) **wenden, a, a** turn; sich **wenden an** turn to, appeal to
die **Wendung, -en** expression
wenig few, little; **wenigstens** at least
werden, u, o become, get; **werden zu** turn into
werfen, a, o throw, cast
das **Werk, -e** work, task
wert worth
das **Wesen, -** creature
weshalb why, therefore, for what reason
die **Weste, -n** vest
die **Wette, -n** bet, wager; **um die Wette** vie, have a contest; **wetteifern** compete; das **Wettspiel, -e** contest
der **Wetterfleck, -e** rain coat; der **Wettermantel, ⁻** raincoat
der **Wicht, -e** wretch
wichtig important
wiederholen repeat
widerstehen, a, a resist; der **Widerstand, ⁻e** resistance
widerstrebend reluctantly
wie how, as, when
wieder·bringen, a, a bring back
wiederholen repeat
wieder·kehren recur, return
wieder·sehen, a, e see again; das **Wiedersehen, -** reunion
wiehern whinny
die **Wiese, -n** meadow, field; die **Wiesenblume, -n** meadow flower; das **Wiesenland, ⁻er** meadowland
das **Wiesel, -** weasel
der **Wille, -n** will; **um ... willen** for the sake of
die **Wimper, -n** eyelash
windig vain
der **Windstoß, ⁻e** gust of wind
der **Winkel, -** corner

221

winseln whine
winzig minute, tiny
wippen twitch, move up and down
wirken make an impression, effect; die **Wirkung, -en** effect; **wirkungsvoll** effective, impressive
wirklich real, actual
der **Wirrwarr** confusion
der **Wirt, -e** landlord, proprietor; die **Wirtschaft, -en** inn
woanders somewhere else
wochenlang for weeks; die **Wochenration, -en** ration for a week
woher how
wohl probably, well, to be sure, indeed; **wohl sein** feel good
das **Wohl** welfare
wohlhabend wealthy, well to do
wohlschmeckend savory, tasty
der **Wohlstand, ⁻e** comfort
wohltuend comforting
das **Wohlwollen** goodwill, benevolence; **wohlwollend** benevolent
wohnen live, dwell; die **Wohnung, -en** apartment, home, dwelling; die **Wohnungstür, -en** door of the house; der **Wohnwagen, -** house trailer; das **Wohnzimmer, -** living room
die **Wolke, -n** cloud; **wolkenlos** cloudless; der **Wolkenschatten, -** cloud shadow; das **Wolkenstückchen, -** patch of cloud
wollen want to, be about to, wish to
worauf whereupon, after which
der **Wortlaut** wording; der **Wortschatz, ⁻e** vocabulary
wozu why, to what purpose
die **Wucht, -en** force
die **Wunde, -n** wound
wunderbar magnificent
wunderlich strange, curious
sich **wundern** be surprised

wundervoll wonderful
wünschen wish; **der Wunsch,** ⸚e wish
die Würde, -n dignity; **würdevoll** dignified, with dignity; **würdig** worthy
die Wurst, ⸚e sausage
die Wurzel, -n root
würzen spice; **würzig** pungent
wüten rage; **wütend** furious

zaghaft timid
zäh tough, wiry, tenacious
zahlen pay
zählen count, number; **die Zahl, -en** number
der Zahn, ⸚e tooth; **zähnefletschend** with bared teeth
zappeln kick
zart delicate; **zärtlich** tender; **die Zärtlichkeit, -en** fondness, tenderness
der Zauber, - magic; **zauberhaft** enchanting; **das Zauberstück,** ⸚e magic trick
das Zeichen, - sign
zeigen show, reveal; **sich zeigen** be revealed; **zeigen auf** point at; **der Zeigefinger, -** index finger
zeitlebens all my life; **zeitgenössisch** contemporary; **zeitraubend** time-consuming; **bis in die letzte Zeit** until recently
die Zeitung, -en newspaper
die Zelle, -n cell, compartment
zerbeißen, i, i chew up; **sich zerbeißen** bite oneself
zerbrechen, a, o break (to pieces)
zerfetzen mutilate
zerfressen, a, e destroy, corrode
zerkauen chew up
zernagen gnaw to pieces
zerren tug, pull
zerschießen, o, o shoot to pieces, shoot up
zerschmettern smash
zerspringen, a, u split, burst
zerstören destroy
zerstreut abent-minded, distracted
der Zettel, - ticket
das Zeug, -e stuff, thing
der Zeuge, -n witness
der Ziegel, - brick
der Ziehbrunnen, - well
ziehen, o, o take off, pull, haul, drag, draw, move, go; **sich ziehen** move, stretch, extend
zielen aim; **das Ziel, -e** target, goal, destination
ziemlich rather, quite
zierlich dainty, pretty
das Zifferblatt, ⸚er face (of a watch)
der Zigarettenqualm (heavy) cigarette smoke
der Zigeuner, - gypsy
zischeln hiss
zittern tremble; **zittern um** fear for
der Zivilist, -en civilian
zögern hesitate
der Zopf, ⸚e braid
der Zorn anger; **der Zornausbruch,** ⸚e outburst of anger; **zornig** angry
zubereiten prepare
sich zu·bewegen move toward
zucken shrug
der Zucker sugar
zu·decken cover
zu·drehen turn
zu·drücken close
zuerkennen award
der Zufall, ⸚e accident; **zufällig** accidental, by chance
zu·fallen, ie, ie ... auf fall towards
der Zug, ⸚e train, platoon; **der Zugführer, -** senior conductor; **die Zugmaschine, -n** locomotive; **die Zugverbindung, -en** train connection
zu·geben, a, e concede, admit
zu·gehen, i, a ... auf go up to
zugehörig attached, adjoining
zugleich at the same time, simultaneously

zu·halten, ie, a close, keep shut
zu·horchen listen
zu·hören listen; der Zuhörer, - listener
zulächeln smile at (a person)
zuletzt ultimately, eventually, finally; bis zuletzt until the end, (for) the last time
zumeist for the most part
zumindest at least
zumute werden, u, o begin to feel
zunächst at first, for the time being
zu·nehmen, a, o increase
die Zunge, -n tongue
zu·nicken nod at, nod to
zu·rasen ... auf rush toward
zurecht kommen, a, o succeed
zu·rennen, a, a ... auf run toward
zurück·blicken look back
sich zurück·drehen turn back
zurück·fahren, u, a go back
zurück·fallen, ie, a fall back
sich zurück·finden, a, u find one's way back
zurück·gehen, i, a, return, go back
zurück·kehren return, turn back
zurück·kommen, a, o come back, return
zurück·lassen, ie, a leave behind, leave alone
zurück·laufen, ie, au run back
sich zurück·lehnen lean back
zurück·legen cover; sich zurück·legen lean back
zurück·rennen run back
zurück·schaffen get back
zurück·schieben, o, o push back, put back
zurück·schlagen, u, a throw open, push back
zurück·schleppen drag back, carry back
zurück·schreien, i, i shout back
sich zurück·setzen sit back down
zurück·stecken put back
zurück·taumeln stagger back
sich zurück·wenden, a, a turn back

zurück·ziehen, o, o retire, come back, pull back
zu·rufen, ie, u call out
zusammen·hängen be connected
zusammen·kneifen, i, i press together
zusammen·legen fold
zusammen·pressen press together, close, compress
zusammen·stecken put together
zusammen·stürzen collapse
zusammen·suchen gather
zusammen·treffen, a, o meet
(sich) zusammen·ziehen, o, o compress
zusammen·zucken wince, start
zu·schauen look at, watch; der Zuschauer, - spectator
zu·schieben, o, o ... auf push toward
zu·schlagen, u, a slam
zu·schnappen snap shut
zu·sehen, a, e watch
der Zustand, ¨-e condition
zu·stimmen agree with
zu·stürzen plunge toward
zu·trinken, a, u toast
zuvor before
zuweilen occasionally
(sich) zu·wenden, a, a turn
zu·werfen, a, o cast
zwar to be sure, indeed, it is true
der Zweck, -e reason, purpose; zu diesem Zweck for this reason
zweieinhalb two and one half
der Zweifel, - doubt; zweifellos no doubt, doubtless
der Zweig, -e twig
das Zweirad, ¨-er bicycle
zweitens secondly
zwingen, a, u force
der Zwischenraum, ¨-e space, interval
zwitschern twitter
der Zylinderhut, ¨-e top hat